Hambrientos

Hambrientos

Kirsty McKay

Traducción de
Mercedes Guhl

Hambrientos

Título original: *Unfed*

© 2012 Kirsty McKay

Todos los personajes y lugares mencionados en este libro son propiedad del autor y no pueden reproducirse sin su autorización. La autora ha sostenido sus derechos morales.

Publicado originalmente en inglés en 2012 por The Chicken House, 2 Palmer Street, Frome, Somerset, BA11 1DS

Diseño de portada: Francisco Ibarra Meza π
Traducción: Mercedes Guhl

D.R. © Editorial Océano, S.L.
Milanesat 21-23, Edificio Océano
08017 Barcelona, España
www.oceano.com

D.R. © Editorial Océano de México, S.A. de C.V.
Blvd. Manuel Ávila Camacho 76, piso 10
11000 México, D.F., México
www.oceano.mx
www.oceanotravesia.mx

Primera edición: 2014

ISBN: 978-607-400-895-1
Depósito legal: B-18719-2014

IMPRESO EN ESPAÑA / *PRINTED IN SPAIN*

9003918010914

Prólogo

Cuando uno se enfrenta a las garras de la muerte a los quince años, no es mucha la vida que puede desfilarte ante los ojos en ese momento.

—¡Prepárense! ¡Prepárense! —grita una voz.

¿Eh? Pero si vamos en un autobús, tonto, no es como si fuéramos en un avión que se dispone a aterrizar de emergencia.

Patinamos y mi cara choca con el asiento de adelante mientras todos los chicos a mi alrededor gritan. Antes de que pueda agarrarme a algo se oye un golpe y un ruido sordo, y nos detenemos durante una fracción de segundo. Después, salgo despedida por el aire, volando como si no pesara nada, en silencio. El autobús se vuelca. El mundo da vueltas a mi alrededor y reboto contra mil cosas, como un gato en una secadora. Los vidrios se rompen y el frío se cuela. Se oye un sonido de algo que se rompe y se retuerce... el autobús que se parte. A pesar de la oscuridad en el exterior, distingo un árbol a través de una ventana. Seguimos cayendo. El autobús se zarandea de un lado para otro al rebotar sobre obstáculos inamovibles y a cada golpe, hay nuevos alaridos terribles de mis compañeros de viaje. Trato de agarrarme de lo que sea... los compartimentos superiores, los asientos, los cuerpos, pero todo se escabulle de entre mis manos. Choco con la espalda de alguien o algo y un pie enfundado en una bota viene a golpear mi garganta asfixiándome.

Se oye una explosión, tan fuerte que el sonido me resuena en el pecho. Me encojo sobre mí misma, ¿estallaríamos?

Me arriesgo a abrir los ojos: restos de autobús, relleno de los asientos esparcido por ahí, una mochila con una lonchera dentro y una pierna.

Estoy embutida en lo que podría ser la parte inferior de dos asientos.

¡Santos autobuses voladores! Estoy de cabeza.

El pelo me cuelga, la sangre se me acumula en la cara y me golpetea la cabeza.

Me deslizo y mis manos salen a protegerme pero no sirven de mucho, voy en caída libre.

Aterrizo de cabeza, como una flecha que se clava en el suelo y hago una pirueta digna de la peor gimnasta del mundo.

Se oye un cascabeleo de mal augurio, una sombra se atraviesa ante mi vista. Cierro los ojos y algo cae sobre mí... algo muy pesado que me aplasta contra el suelo y me saca el aire de los pulmones. Debería dolerme, pero no es así.

—¡Bobby!

Hay una voz en mi oreja, un aliento tibio.

—¡Despierta, Bob!

Dice nuevamente, suave pero de forma apremiante.

Smitty.

Abro los ojos pero no puedo verlo. Todo parece borroso, debe estar detrás de mí y pienso que estoy en una posición algo cómica, como de contorsionista, y lo que me aplasta me impide darme la vuelta.

—¿Estás bien?

Trato de hablar pero no me sale nada, debo verme como un pez que jadea fuera del agua, muy favorecedor.

—Ya vienen, Bob. Tienes que moverte, tienes que levantarte.

Lo intento con todas mis fuerzas, pero mi cuerpo no me obedece.

—No logro mover esto, Bobby, ¡tienes que ayudarme!

Está sacudiendo lo que me aplasta y es muy incómodo. Ahora mismo lo que necesito es dormir y cuando me despierte le ayudaré. Estoy segura de que entenderá.

—¡Bobby! —se oye muy molesto, como si estuviera a punto de llorar. ¡Caramba!, no parece cosa de Smitty. A lo mejor esa porquería que le inyectamos en la pierna tuvo un efecto inesperado.

Los recuerdos de lo que sucedió en ese lago congelado desplazan todo lo demás: Smitty mordido por uno de ellos, los muertos vivientes infectados y la única cura posible se encuentra en la jeringa que tengo en mi mano. Pero la oscuridad avanza más veloz y me hace sentir tentada a dejarme llevar.

Por unos instantes así lo hago.

Pero vuelvo con un escalofrío y todo es real de nuevo.

Lo que estaba sobre mí se levanta y un par de botas negras y sólidas se plantan frente a mí.

A través de los restos del accidente le echo un vistazo a mi salvador que no es Smitty sino un hombre de negro con pasamontañas, chamarra de esquí y guantes gruesos.

Mi salvador me mira desde arriba, se agacha y me ve a los ojos. Hay una diminuta insignia amarilla en su solapa: una X envuelta en una voluta. Conozco ese logo de *Industrias Xanthro*, los malos de la película: una malévola compañía farmacéutica y, ¿cómo olvidarlo?, la empleadora de mi madre. Es la última en la lista de mis salvadores favoritos.

El dolor me recorre de arriba a abajo una vez que mis nervios finalmente entienden lo que sucede.

Y eso es lo último.

Capítulo 1

Me despierto. El aire me raspa al respirar, como si me hubieran mantenido bajo el agua helada.

Estoy sola. Tendida en una cama.

Los únicos sonidos son mis jadeos y mi corazón que late fuerte dentro de mis oídos. ¿Estaré paralizada? Trato de mover un pie y se me escapa una palabrota cuando me golpeo con la cama. No, es obvio que no estoy paralizada, ¡qué bien!

Con las manos aferradas a los bordes metálicos, contemplo fijamente el techo brillante y blanco, sujetándome mientras la habitación deja de girar, a la espera de la calma.

Muevo la cabeza despacio de lado a lado, tratando de sacudirme la niebla de encima.

¿Dónde diablos estoy?

Ajá. Los recuerdos aparecen violentamente, uno a uno, como una pandilla de muñecos saltarines que asoman malévolos de sus cajas de sorpresas.

Una excursión escolar en el infierno. Yo, la nueva de la clase, nacida en Inglaterra pero reubicada en los gloriosos Estados Unidos los últimos años y que recién regresa a su patria, sin amigos y con un acento extraño.

Viajábamos en un autobús durante una tormenta de nieve.

Hubo una parada en una cafetería del camino llamada *Alegres bocados* y un jugo de verduras envenenado.

Mis compañeros se volvieron salvajes, con Z de zombi. Y luego, ¿qué tal?, mi madre resulta ser la creadora de un estimulante denominado *Osiris* que convierte a la gente en muertos vivientes chupasesos.

La excursión más normal que haya habido en el mundo, ni más ni menos.

Y claro, está Smitty, el muchacho más desesperante del mundo: una fuente de insultos, un beso y esos terribles mordiscos en su pierna. Y cómo le di la única jeringa existente de antídoto para que se curara.

Pero nos rescataron, ¡sí!, fue un autobús de muchachos, no muy diferente del nuestro, justo antes de que se convirtieran en muertos vivientes.

Y luego el autobús chocó.

¿Smitty...?

¿Mamá...?

¿Los demás...?

Recuerdo los gemidos y después algo más. ¿Rescatistas? ¿Quién me sacó de allí? ¿Por qué no puedo acordarme de eso?

El corazón se me encoge y me dificulta la respiración.

No te vayas a derrumbar.

Estoy viva, eso ya es mucho. Alguien me rescató. Estoy en una cama en quién sabe dónde, pero eso no importa porque estoy viva.

Hay un mueblecito a mi lado derecho y encima un libro grueso. Trato de alcanzarlo; se siente pesado en mi mano tan débil. ¡Uf! Hay una cosa pegada en el dorso de mi mano derecha, hacia la muñeca, un delgado tubo de plástico que va a una bolsa de líquido transparente que cuelga por encima de la cama en un soporte metálico. ¡Arrrrrgggg! Quisiera sacarme el tubo pero me da miedo lo que pueda suceder si lo hago.

Recuesto el libro sobre mi pecho y levanto la tapa. Una Biblia con un sello que dice: "Propiedad de Santa Gertrudis".

"¿Dónde estás Gertruditas?, ¿planeas regresar pronto por tu Biblia?"

La dejo de vuelta sobre el mueble.

Al menos ya sé dónde estoy: en un hospital.

Aquí fue. Esto es lo que ocurre con el apocalipsis zombi: el hospital vacío. Es clásico, el sobreviviente se despierta a solas. Todos los demás han desaparecido. El edificio ha sido abandonado; los corredores manchados de sangre e invadidos por camillas volcadas. El teléfono descolgado y sin tono. No queda nadie vivo.

Pero hay muertos.

Y también muertos vivientes.

Trago saliva. Esto es real. Me está sucediendo a mí.

"Concéntrate". Parpadeo. "Trata de sentarte". Giro sobre mi costado izquierdo e intento levantarme para quedar lo más erguida posible. A la izquierda veo una ventana con las persianas abiertas. La luz que viene de fuera es tenue por lo que no puedo ver lo que hay del otro lado, sólo a una chica en una cama mirándose a sí misma.

¡Mierda!

La chica es de una palidez mortal, con ojos oscuros enormes y extremidades flacuchas. Soy yo, ¡caramba!, sí que estoy flaca, como cualquiera de esas modelos anoréxicas. Pero eso no es nada. Levanto una mano temblorosa hacia mi cabeza.

Estoy rapada.

Me acerco a la ventana tratando de ver mejor mi reflejo. En la parte del frente de mi cráneo hay una enorme cicatriz. Recorro con dedos vacilantes el parche de heridas casi cicatrizadas, una red de puntos y costuras. ¿Qué me sucedió? Lágrimas de autocompasión me asoman a los ojos. "No lo hagas. No te quiebres, cobarde".

Suficiente, ya está bien. Ahora necesito respuestas.

—¿Hola?

Mi voz suena como si hubiera estado haciendo gárgaras con avispas. Sería cómico si la situación no resultara tan alarmante.

Me agarro a las sábanas para levantarme hasta quedar sentada. Mis pies descalzos tocan un piso de azulejo. ¿Podré ponerme en pie? Todo me duele. Pero tengo que salir. Necesito escapar. Necesito sobrevivir a todo otra vez.

Detrás de mí una puerta se abre de repente. Me doy la vuelta vacilante. Veo una figura; la boca estirada formando una sonrisa grotesca. Con los brazos tendidos hacia el frente, la cosa se apresura hacia mí y antes de que me desmaye y pierda la conciencia, me agarra.

La oigo gritar mientras me derrumbo en la cama, luchando con todas mis fuerzas, que son nulas. Tanteo patéticamente bajo las sábanas, cierro los ojos con fuerza y aguardo a que llegue el mordisco, encogiendo las piernas en un movimiento fútil.

—No deberías estar fuera de la cama.

¡Huy, qué locura!

Me está hablando. Por lo general no hablan. Y no está tratando de arrancarme un gran bocado de sesos. A lo mejor la juzgué apresuradamente. Me asomo por encima del cobertor.

—Perdona si te asusté.

Una mujer. Viviente.

La sonrisa aparece de nuevo, esa enorme boca con dientes como lápidas de cementerio. No es atractiva pero tampoco digna de un monstruo. Tiene mejillas sonrosadas, lentes y pelo rizado amarillo canoso. Es grandota, como un Humpty-Dumpty que hubiera tomado esteroides. No lo digo con crueldad, pero es la persona de carne y hueso más redonda que he visto en la vida.

La miro. Abro la boca para decir algo, pero no sale nada.

—Me llamo Martha —su voz es suave, tranquilizadora, y su mirada, inteligente.

Me levanto un poco de la cama.

—Hola —hago sonar mi voz, aunque más parece un graznido.

—Trabajo aquí en el hospital. Estás a salvo conmigo —espera, como si me permitiera cortésmente que la invitara a adentrarse en mis dominios. Muy amable, pero siempre sospecho un poco de los adultos que me tratan como si fuera su igual—. Siento mucho haberte gritado, pero es que fue una sorpresa encontrarse despierta. Una sorpresa agradable, por supuesto —me sonríe—. ¿Te importa si me siento?

—Claro que no.

Se desliza hacia mí como si tuviera rueditas, con delicadeza, y sin el menor esfuerzo toma una silla en el trayecto. Sin hacer ruido, la deposita junto a la cabecera de la cama.

Miro la ligera silla de plástico y ella me lee la mente.

—No te preocupes, las hacen bastante resistentes.

Me sonrojo.

Martha se sienta lentamente. La silla cruje, pero la sostiene. Pliega las manos sobre su enorme figura. Son extrañamente finas, con las uñas manicuradas y pintadas de rosa pálido. Lleva un anillo iridiscente de ópalo en uno de sus delgados dedos.

—Debes tener un montón de preguntas, pero déjame que primero te haga el resumen.

—Muy bien.

—Estuviste en un accidente de autobús. Sufriste algunas heridas en la cabeza y en una pierna, pero te estás recuperando satisfactoriamente. En ese plano no hay nada de qué preocuparse. Perdiste la conciencia por un periodo largo. ¿Recuerdas algo de este hospital antes de hoy? —se inclina imperceptiblemente.

Niego con la cabeza.

—¿Cuánto tiempo estuve inconsciente?

Toma aire, como calculando si voy a descontrolarme o no. Podría ser que sí, en realidad no lo sé.

—Poco menos de seis semanas —sus cejas se levantan, como si acabara de contabilizarlo para sí misma—. Cuarenta días, para ser más exacta.

Paso saliva. Hubiera podido ser mucho peor. No es como si me hubieran mantenido congelada en criogenia y me despertara para encontrar que todos mis seres queridos ya murieron y que tengo un peinado completamente fuera de moda para la época. Ummm, bueno, mi peinado sí es un desastre.

De repente, Martha busca en el mueble al lado de mi cama y saca una bolsa grande para basura.

—Tus efectos personales recuperados del autobús —me ofrece la bolsa y la recibo con cautela. Es blanca y tiene un letrero rojo que dice "Material peligroso"—. Disculpa la bolsa. No hay nada peligroso ahí, te lo aseguro. Pero no tenía nada más a la mano.

La abro apenas para ver lo que hay dentro: teléfono, camiseta, suéter, calcetines y botas, y mi ropa interior.

—Tu ropa fue lavada. Me temo que en la ambulancia tuvieron que cortar tus *leggings* para quitártelos —se frota las manos como si se las lavara y el anillo de ópalo centellea—. Espero que no fueran tus preferidos. Estoy segura de que podremos conseguir algo para cuando puedas levantarte y andar a tus anchas.

No digo nada y dejo caer la bolsa al piso. Esperaré a que ella salga y entonces veré para qué puede servir el teléfono.

—Roberta… —empieza otra vez.

—Mejor Bobby.

—Sí, claro —asiente—. Bobby, no sé qué tanto sabes de lo que estaba sucediendo, pero han sido unas semanas bastante interesantes.

Interesantes, ajá. Podría decirse eso.

—No quiero abrumarte…

—No lo hará.

—Un poco —aún se ve indecisa—. Hubo un brote de una enfermedad —hace una pausa para ver qué digo. Opto por hacerme la boba, por el momento—. De una enfermedad peligrosa que se extendió en el área por la cual ustedes viajaban y una porción relativamente grande de los habitantes de la zona resultaron afectados. Los infectados se pusieron violentos y atacaron a otras personas —entrecierra los ojos—. Esto no son novedades para ti, ¿cierto?

—No exactamente.

Asiente, como si confirmara algo que ya sabía.

—Para desgracia nuestra, la enfermedad es altamente contagiosa e infectó a otros. Muchos otros, se extendió con rapidez.

Bien, ahora sí tiene mi total atención.

—¿Se extendió? ¿Adónde? ¿Cuántas personas?

—Rober… perdón, Bobby, Escocia está en cuarentena.

Me froto lo ojos.

—¿Qué?

—Escocia está aislada del resto de la Gran Bretaña y del mundo, en cierta forma. Por el momento nadie puede salir ni entrar. El gobierno está tratando de contener la enfermedad, pero se extendió tan rápido que amenaza con infectar a toda la población. Se han tomado medidas para rectificar la situación y garantizar la seguridad…

—Un momento —levanto una mano—. ¿Dónde estamos?

—En Escocia —asiente, con gravedad—. Justo en las afueras de Edimburgo. Por lo pronto estamos en confinamiento, pero no hay de qué preocuparse. Este es un hospital militar. Tenemos una valla protectora alrededor y las medidas de seguridad más estrictas. En realidad, no corremos el menor peligro.

Me enderezo de repente en la cama.

—¿Significa que están allá afuera? —le grito—. ¿Ahora mismo, al otro lado de la valla protectora? —la sangre se me sube a la cabeza y me hace sentir mareada—. ¿O sea, que la situación no está resuelta? ¿Cómo se salió de control? ¿Cómo lo permitieron? ¡Dios mío! —me llevo las manos a la cara y me dejo caer de nuevo en la cama—. ¿Qué tan difícil era hacerlo? Si nosotros matamos unos cuantos, y apenas somos unos niños. Se les corta la cabeza, así se mueren —la miro fijamente—. O se les prende fuego. Eso también funciona.

Las lágrimas me sorprenden, corriendo por las mejillas libremente, con furia. No puedo evitar el temblor en mi cuerpo, como si estuviera saliendo del efecto de alguna droga fuerte, cosa que es muy probable que me esté sucediendo.

—Te prometo que aquí estamos a salvo —dice y posa una mano delicada sobre mi brazo—. Tenemos suerte. Contamos con comida, agua, electricidad. El gobierno nos asegura que será cosa de un par de semanas más, a lo mucho.

Tomo aire, los sollozos se extinguen. Me siento avergonzada. Pero supongo que estaba en todo mi derecho. Muy bien, Martha dice que estamos a salvo. En un hospital militar. En cierta forma, las cosas no podían estar mejor. Militares. Eso significa armas, personas grandes y fuertes para utilizarlas. Y luego la vida vuelve por completo a la normalidad. Regreso a casa con mamá, la malvada supercientífica, con mi amigo Smitty, única fuente conocida de la cura. Cierro los ojos.

—¿Y qué hay de los demás que iban en el autobús?

Suspira en forma casi imperceptible. Aquí viene.

—Lo lamento mucho Bobby, pero hubo algunas víctimas fatales.

—¿Quiénes? —tengo los puños cerrados, presionándome los ojos.

—Algunos se infectaron, otros perecieron en el choque.

—¿Quiénes sobrevivieron? —la respuesta, rápido.

—Fuiste una de los cuatro sobrevivientes.

La miro y ni me molesto en disimular mi bocota bien abierta. ¿Sólo cuatro? ¿De todo un autobús? ¿Alumnos, profesores, todos?

—Lo siento, Bobby, pero no hay manera fácil de decirte esto.

—¿Qué? —me muerdo el labio, ya sé la respuesta.

Mueve la cabeza a los lados, con tristeza.

—Tu mamá murió, Bobby.

Sus palabras flotan en el aire y permanecen suspendidas allí, entre las dos. Las miro, sin asimilarlas, al menos no todavía. No puedo.

Y luego empiezan las sirenas.

Sirenas, sirenas con un volumen estridente. Tan repentinas y ensordecedoras que me provocan dolor en el pecho, o a lo mejor es mi corazón que se desgarra, no tengo tiempo de notar la diferencia.

—¡Quédate aquí!

En la cara de Martha se nota el pánico. Se levanta y cruza el cuarto a una velocidad sorprendente, abre la puerta y se asoma. Está asustada. Trata de ocultarlo, pero nadie da un vistazo de esa manera, a menos que esté aterrorizado.

—Probablemente es un simulacro —su cara se ve tensa y me dice con toda claridad que no lo es. No es un simulacro. Me zumba la cabeza, pero no voy a hacer caso de estas últimas noticias.

Se inclina hacia mí y puedo oler el aroma ya rancio de su desodorante, lo dulce que se mezcla con lo agrio.

—Tienes que confiar en mí. Eres mi prioridad número uno.

Antes de poder contestarle, me empieza a dar vueltas la cabeza. Martha está empujando el émbolo que regula el líquido que entra por el dorso de mi mano.

—¡No! ¿Qué hace? —le grito. Siento que doy una sacudida hacia delante. Mi cabeza flota mientras mi cuerpo va en una montaña rusa, por una pendiente muy empinada.

—No te preocupes —me dice—. Es por tu bien.

Llego al tope de la pendiente y la montaña rusa desciende hacia el olvido.

—¡No! —trato de gritar con fuerza, pero suena más bien como un ladrido ahogado.

—Vas a estar bien —me grita Martha desde algún lugar cerca de la puerta—. Vendré a buscarte.

Y con eso, me hundo.

Capítulo 2

—espiértate, Roberta.

Smitty se inclina sobre mí y huelo el champú de frambuesa que usa. Me besa con suavidad en la frente, sus manos tibias contra mi mejilla.

No puedo verlo, todo parece borroso, y al frotarme los ojos la cosa no parece mejorar.

¡Oh, cielos! Ya sé por qué no puedo ver. Es un sueño.

—Levántate. No es hora de estar roncando —detecto la sonrisa en su voz—. Vamos por un camino sin rumbo conocido y tú eres la única que tiene brújula.

Frunzo el entrecejo.

—¿En serio? ¿Ahora estamos dedicados a los mensajes crípticos en sueños, Smitty?

Se ríe.

—Es lo mejor que puedo hacer Bob. Y no me culpes si no tienen gracia. Es tu subconsciente, al fin y al cabo.

Sus manos se han colado subrepticiamente bajo mis sábanas y siento su piel contra mi piel. Hay un aliento suave y cálido que sopla en mi nuca. El roce de pestañas contra mi cabeza rapada.

La dicha me invade. Estiro los brazos y lo toco. La chamarra de cuero tan familiar cruje un poco cuando lo jalo hacia mí, saboreando el abrazo. Siento su cara que se mueve hacia la mía. Trato de abrir los ojos para mirar a los suyos, pero se rehúsan. Los labios se tocan, nos besamos profundamente. Nada más me importa por el momento, sólo besarnos. Smitty rueda sobre sí mismo de manera que queda sobre mí, y se lo permito emocionada y un poco asustada al sentir su peso. Los besos se hacen más ardientes, más desesperados y me rindo a ellos, con una oleada de calor que me recorre pulsante. Levanto las manos para acariciarle el pelo, abro la boca y su lengua empuja la mía. Me siento ruda. Me siento maravillosa. Me siento feliz.

Y luego, su lengua empuja más hondo, llenándome la boca, y antes de darme cuenta me estoy ahogando. No puedo respirar, trato de quitármelo de encima, de gritar, pero su peso me aplasta el pecho y las manos que hace un instante eran suaves y afectuosas, ahora parecen garras que me arrancan la carne.

Mis ojos se abren. Mi mano estruja un mechón de pelo negro de un cráneo blanqueado con ojos enloquecidos. Unos dientes que rechinan se hunden en mi mejilla y la cara me estalla de dolor.

Smitty es un muerto viviente y pronto yo también lo seré.

Las sirenas siguen aullando cuando vuelvo a la realidad con los ojos legañosos y un rastro de saliva seca que me sale por la comisura de la boca.

Mamá. Mi mamá está muerta y yo tengo sueños revueltos y eróticos con Smitty.

No creo que ella esté muerta. No lo quiero creer. Ella siempre tiene un plan. Morirse no sería parte de uno.

Me froto la cara para sacudirme el remordimiento y el comienzo de lo que podría convertirse en una tristeza incontrolable, me levanto y me arranco el tubo de tranquilizante del dorso de la mano. Me la sobo un poco, para ayudarla a sanar. Con la mandíbula apretada, saco las piernas de debajo de la sábana y apoyo mi peso en los pies, afianzándome en los deditos. Y es entonces cuando lo siento, un ardor fugaz entre mis piernas.

Ay, caramba.

Hay otro tubo que va hacia donde ningún tubo debería ir. Mi mano buena busca bajo las sábanas, encuentra la cinta adhesiva, y antes de que alcance a pensar en el dolor o en las consecuencias, me lo saco y lo arrojo lejos de mí como si estuviera en llamas.

Piensa en mamá. Apaga un dolor con otro.

Del tubo sale un líquido amarillo pálido. Horror de horrores. Hay una bolsa de orina que cuelga de un lado de la cama y que ahora se está vaciando a un charco que crece en el piso.

Huy, huy, huy.

Este debe ser el peor despertar de la historia.

Y créanme que he tenido malos despertares.

Rescato la bolsa con mis pertenencias antes de que se moje y me visto tan rápido como puedo: ropa interior, camiseta y suéter, calcetines y botas. Nada para cubrirme las piernas; por ahora tendrán que ir desnudas. Me encajo el teléfono en una bota y rodeo con cuidado el lago de pipí para llegar de puntillas hasta la puerta. Está cerrada con llave, por supuesto. Presiono mi oreja contra la lámina tratando de oír algo. ¿Gritos? ¿Chillidos? ¿Risas de alivio? Pero no me llega nada más que el aullido de las sirenas.

Y luego se callan.

De un salto me alejo de la puerta.

Silencio.

Ahora vendrá alguien. Con toda seguridad. Todo no fue nada más que un error y vendrán a tranquilizarme.

Pero nadie aparece.

El silencio se hace cada vez peor.

Mientras sigo allí, veo una tabla para tomar notas en el casillero que hay junto a la puerta. Escrito en la parte superior de una hoja rayada se lee "Roberta Brook" seguido de horas, fechas y números misteriosos garabateados en cada renglón. La tomo y ojeo las anotaciones. Cosas al azar que no puedo aspirar a entender, no solamente porque son temas médicos y en taquigrafía, sino porque no logro descifrar los trazos. Eso no debería sorprenderme: mamá es médica y sus letras son como las huellas que deja en la arena una gallina enfurecida.

Mamá. No, ni lo pienses.

Me obligo a leer. ¿"Análisis"? ¿Bla bla bla "virus"? Me recorre un escalofrío. Deben creer que tengo la enfermedad de los zombis, Osiris. ¿Dirá "portadora" en alguna parte? ¿"Indicadores" bla bla bla "encubiertos por otros factores"? ¿Qué?

¿"Portadora"? Niego lentamente. Mi mamá me dijo que una persona en un millón lo es. Son los que tienen el virus pero que no se convierten en zombis. Mi papá era uno de ellos, aunque no hizo mucha diferencia al final, porque se enfermó y murió antes de que mamá pudiera salvarlo.

¿Será cosa de familia?, ¿qué tanta lógica tendría que yo también lo fuera? Mucha. La idea me produce escalofríos.

Necesito salir de aquí.

La ventana. Ya está más claro afuera. Me pregunto cuánto tiempo dormí. Rodeo la cama y me apoyo en el marco de la ventana para asomarme.

Una mariposa aterriza en el vidrio frente a mí y aletea extendiendo bellamente sus alas.

Muy bien. No sé qué era lo que esperaba encontrar, pero seguro no era esto.

Afuera veo un bosque tropical, el aire plagado de aleteos yendo de hoja en hoja. Parpadeo y enfoco la vista. A través del follaje y los insectos veo paredes y ventanas. Es un patio dentro del edificio. Hay flores exóticas abiertas, como pequeñas explosiones de color en medio del verdor; plantas con hojas enormes y planas; enredaderas que trepan por las paredes, desviándose alrededor de las ventanas que veo enfrente, de cristales oscuros que me impiden divisar cualquier cosa más allá. Y en el aire, cientos de mariposas de todos los tamaños y colores. Me aferro al marco de la ventana, vacilante, mientras absorbo todo eso. ¡Qué hospital! ¡Podrían vender entradas para visitarlo!

Tonk.

La puerta. Me volteo tan rápido que mi cuello cruje.

Alguien llegó.

Un gemido bajo. Un ruido como si rascaran la puerta.

Puede ser Martha que volvió o…

Un gemido. Más rasguños.

No es alguien, sino algo, lo que volvió.

Tonk.

Maldita sea, están aquí.

Valiente hospital militar resultó este, pensé que tendría más tiempo antes de que me encontraran. Una desagradable combinación de náuseas y escalofrío me recorre de arriba abajo. Me había olvidado de cómo me hacen sentir y ahora que están de regreso, es como si hubiera sido ayer.

Retrocedo un poco.

Tonk. La puerta se mueve levemente. Gemidos más fuertes. Ahora hay más de uno allá afuera. Tres o cuatro creo, porque esa puerta me pareció bastante sólida. Pero no quisiera apostar a que resista demasiado.

Piensa rápido.

Echo mano del mueble que está al lado de la cama y lo pongo frente a la puerta.

Ahora… ¿la ventana? ¿Acerco una silla? ¿Rompo el vidrio y escapo por ella? No es una gran salida, ¿adónde escaparía? Un patio con ningún lugar al cual seguir. ¡Piensa! Miro alrededor desesperada.

Hay un cuadrado en la parte alta de la pared, no mucho mayor que una de esas puertitas para mascotas, cubierto por una rejilla de plástico. ¿Un ducto de aire acondicionado o algo así? Agarro la silla y la coloco junto a la pared para subirme en ella y ver mejor. Mientras tanto, los zombis de la puerta están coordinando esfuerzos, sus embestidas se han sincronizado y la puerta se queja. ¡Que viva el trabajo en equipo! No tengo mucho tiempo.

Levanto el brazo hasta el ducto y mis manos toman la rejilla. Un par de sacudidas y se desprende para revelar un agujero prometedor, apenas del tamaño justo para que esta chica logre deslizarse con trabajos por él.

Pero está demasiado arriba. Necesito algo para subirme.

Miro desesperadamente por todo el cuarto.

Sólo hay algo que puede servir: la cama.

Bajo de un salto de la silla. Muy bien, esta cama tiene ruedas, así que debería ser fácil. Con las palmas de las manos sudorosas trato de arrastrarla. ¡Diablos! Tiene algún tipo de freno. Lo busco. No logro verlo.

Se oye un crujido en la puerta. Ya se las arreglaron para destrabar la cerradura que se ve desprendida del marco. Tengo escasos segundos.

¡Vamos! Tanteo en busca del freno moviendo diversas palancas. La cabecera se dispara hacia arriba, algo golpetea, sube y baja, y la cama pasa por posiciones poco ortodoxas. Pero la maldita no se mueve de su lugar.

El mueble que puse como obstáculo cae al suelo y la puerta se abre. Están dentro. Llegó mi hora.

Salto al lado opuesto de la cama, de manera que formamos un sándwich en donde ella hace de relleno y los panes somos los zombis y yo. Los miro. No puedo evitarlo. Debería concentrarme en encontrar el condenado freno y en dedicar mis últimos esfuerzos a mover esta cosa, pero quedo atrapada sin remedio y ante la inevitabilidad de mi muerte, desgarrada en trozos por estos demonios.

Son niños.

"Zombinos". Media docena o quizá más se cuelan en el cuarto. Muchachitos, menores que yo. ¿Tendrán nueve o diez años? ¡Por Dios! Siento un nudo de tristeza en la garganta. Algunos van desnudos. Los que no, tienen la ropa hecha jirones sucios, húmedos de sangre, saliva y cualquier otro líquido que salga por orificios humanos. Sus caras infantiles se ven demacradas, vacías, del color de un moretón. A algunos les faltan pedazos de carne, en otros los dedos están torcidos o rotos, unos más sin extremidades, y un niño se apoya sobre un muñón al andar, donde solía tener un pie, como una paloma.

Los líderes de la manada se detienen tambaleando y me detectan. Nos miramos por encima de la cama. La más alta es una niña larga, pálida y desnuda, cuyo pecho plano y estómago están surcados por una burda "Y". La abrieron y la volvieron a cerrar. Pero eso no es lo más notable con respecto a ella: tiene el pelo rojo rizado y salvaje. Apuesto a que solía ser una preciosidad, el orgullo de su madre, pero ahora se ve apelmazado, casi como si se lo hubiera despeinado a propósito ahora que es una zombi. Y le falta la mitad de la cabeza, como un huevo tibio al que le han quitado la parte superior. Está ahí, meciéndose, desnuda y sin la menor vergüenza. Miro sus ojos nebulosos tratando de decirle que no, que no me lastime, que tan sólo soy una niña como ella.

El grupo no se mueve. ¿Será que perciben mi indefensión?

Siento una punzada esperanzadora en mi pecho. A lo mejor se van a negar a atacar a otro niño, una de ellos, como si tuviéramos algún tipo de entendimiento silencioso y quisieran que yo viva la vida que ellos no alcanzaron a experimentar.

Y luego la pelirroja echa la cabeza hacia atrás y ruge.

Avanzan como uno solo hacia mí. Esto no es una alianza de la juventud, lo que quieren son mis sesos.

Logro encontrar fuerzas y giro la manivela de la cama con todo lo que tengo, para así levantar un extremo y poder arrastrarla sobre sus ruedas hacia la pared, mi única esperanza de escape. La pelirroja viene tras de mí. Me subo a la cama, coloco la silla en el extremo más alejado y salto a ella. Los niñitos zombis se arremolinan hacia mí con las manos extendidas, en mis prisas resbalo y caigo de espaldas en el lecho. Los dedos torcidos y rotos me encuentran y tratan de arrancarme la carne, pero afortunadamente sólo agarran mi suéter y antes de que me vuelvan a alcanzar, ruedo con un movimiento temerario hacia el otro lado de la cama.

No hay tiempo de languidecer en el piso. Aunque me tienta arrastrarme por debajo de la cama, sé que eso no los engañará más que durante unos instantes. También son niños y saben mis movidas; probablemente así se escondieron para ocultarse de los monstruos que los mordieron.

Trato de levantarme de un salto pero hay algo que me envuelve, una especie de cuerda que mantiene mis brazos pegados a mi cuerpo. Tiro un poco y se oye un repiqueteo. Es el tubo para inyectarme sustancias en las venas que aún está conectado a la bolsa sostenida por el poste metálico. Pero ahora la bolsa se está derramando en el piso, mezclándose con el lago de orina y mojándome las piernas. El poste queda tendido a mi lado. Ni siquiera hace falta que lo piense. Tomo el arma, me pongo en pie y salto a la cama.

Dejo escapar un grito gutural mientras muevo el poste por encima de mi cabeza y golpeo a dos niños. La primera víctima cae y mi arma continúa hacia la segunda. Su cabeza se abre, como una calabaza demasiado madura que esparce su apestoso contenido sobre lo que la rodea. Me agacho para evitar que me salpique y luego vuelvo a hacer girar el poste. La parte superior, donde se colgaban las bolsas, se cae y ahora el extremo tiene una punta filosa. Qué bien, nos gustan las puntas filosas. La dirijo con fuerza al muchacho del muñón. No es un impacto directo pero, como tiene problemas con el equilibrio, el golpe lo empuja hacia atrás y cae.

Van tres y me quedan cuatro o cinco o seis.

Hacen una pausa; a lo mejor no están acostumbrados a esto. Al fin y al cabo son niños. Debe resultar bastante eficaz eso de jugar a ser los monstruitos adorables de ojos soñadores. Sus víctimas probablemente no se resisten sino hasta que ya es demasiado tarde.

La pelirroja evitó el primer embate: es lista. Las personas con pelo de ese color siempre tienen grandes instintos de supervivencia. Se lanza hacia la cama también, es muy rápida, más que cualquier otro zombi que haya visto, pero no tanto. Golpeo el poste con fuerza contra su cabeza y la obligo a morder el colchón. Alcanzo la silla y empiezo a trepar en ella...

Pero la pelirroja no está muerta, me agarra de la bota y con una fuerza sorprendente me jala hacia abajo, y antes de darme cuenta me veo con ella entre las sábanas. Está encima de mí, una cosa flacucha que se retuerce para todos lados, una especie de bolsa de huesos que se mantienen juntos a punta de furia y fuerza con los dientes inquietos a pocos centímetros de mi carne expuesta. Su aliento huele a pescado rancio. Quisiera gritar pero no me atrevo a abrir la boca por temor a que algo de la porquería que emana de la suya caiga en la mía. El poste está aprisionado entre nosotras dos y no lo puedo agarrar. Mis manos están en sus brazos, para mantenerla alejada de mí.

De tanto retorcerse me ayuda, porque el poste se libera y rueda hacia un lado. Me la quito de encima con un empujón potente, tomo el poste y lo empuño como si estuviera combatiendo en las Cruzadas y justo cuando ella cae sobre mí nuevamente, le clavo la punta en la zona blanda bajo la quijada. El metal se abre paso con facilidad en la carne, se mueve hacia arriba por su cara y con una arremetida más, sale por la órbita del ojo, desalojando la bola blanca y nebulosa que queda colgando sobre su mejilla.

Sin duda alguna es el colmo de lo asqueroso, lo más más espantoso que he visto en la vida, la medalla olímpica a lo horripilante.

No fue el golpe de gracia, pero al menos la alteró un poco. Traga saliva, se sacude y su atención se desplaza a cómo sacarse el poste de la cabeza. Eso basta para que yo aproveche el tiempo: la hago a un lado y me trepo en la silla.

Los demás se abalanzan hacia mí, pero no tienen oportunidad. Utilizo la silla como trampolín y salto para meterme de cabeza por el ducto. Una mano me alcanza a rozar un tobillo, ya es demasiado tarde. Me arrastro y logro meter las piernas por el agujero, fuera de su alcance, a salvo.

Sólo entonces me pregunto si esto llevará a alguna parte. Puede ser que resulte un callejón sin salida. Ja, ja, ja.

Me doy cuenta de que tengo los ojos cerrados y los abro. Negrura. Diablos. Qué bien me hubiera caído una linterna en este momento. Sólo tengo el teléfono para iluminar, pero no quiero desperdiciar su preciosa energía en ello. Este es el punto de la película en donde normalmente el héroe saca su encendedor para encontrar el camino, pero fumar no es uno de mis malos hábitos, así que esa no es una alternativa. Supongo que tendré que ir tanteando para avanzar.

El sonido de sus gruñidos infantiles me sigue desde la boca del ducto. Me arrastro un poco hacia delante, después giro la parte superior del cuerpo y trato de mirar hacia atrás. ¿Quién sabe? Puede ser que una de esas cosas haya sufrido un ataque de inteligencia, entendido lo que hice con la cama y la silla y que ahora venga tras de mí. Pero no veo nada más que un cuadrado de luz. Me parece que no eran muy hábiles para trepar, afortunadamente para mí.

Me arrastro para avanzar, sobre codos y rodillas, pues no hay altura suficiente para poder andar a gatas. El ducto es resbaloso y la mayor parte del tiempo pareciera que me impulso hacia atrás. Mis palmas húmedas rechinan al tocar la superficie metálica. Espero que no sea de calefacción porque si llegaran a encenderla y pasa por aquí, me voy a asar como si fuera el pavo más grande de la granja. No, no, no.

¡Ay! La mano que estiro da con algo duro. ¿Callejón sin salida al fin y al cabo? Pero, un momento… siento una corriente de aire en la parte superior de mi cabeza. Miro hacia arriba. No logro distinguir nada. Levanto una mano. Ajá, entonces vamos hacia arriba. Recojo mis piernas hacia mí y lentamente me pongo de pie. Casi he alcanzado enderezarme cuando mi cabeza calva toca con algo arriba. Frente a mí se abre otro túnel. ¡Qué bien! Nada más subimos otro nivel. Me trepo y empiezo a reptar por el nuevo ducto.

Ahora estoy lejos del cuarto, los gruñidos ya no se oyen. Pero hay un zumbido grave, como el sonido de una vibración. Tiemblo de pensar en lo que me pueda estar esperando. ¿Será que una de esas cosas puede meterse al ducto que viene hacia mí? Ya sé que no pueden trepar, por nada en el mundo, pero ¿qué tal que se hayan metido por otro lado, desde el extremo de arriba? Es muy posible. Dejo de avanzar y me quedo allí, atenta al sonido.

¡Diablos! Eso perfectamente podrían ser los gemidos. Bien puede ser que por aquí vaya derechito a mi muerte.

Pero me doy cuenta de que el sonido tiene un ritmo. Debe ser algo mecánico. Me armo de valor y sigo. Sólo hay una salida, hacia delante. Hace calor aquí. Sudo a raudales bajo mi polar y la chamarra. Aunque también quisiera tener algo para cubrirme las piernas.

Me topo con otra pared. ¿Para arriba otra vez? No, el aire me llega por la mejilla derecha. El ducto da una curva, estoy en una esquina. Logro ponerme de lado y empujarme en un giro de noventa grados. La brisa sopla más, la vibración suena más fuerte.

¡Y al fin logro ver algo! Un cuadrado de luz, muy tenue, al frente y arriba. Sigo avanzando.

Hay un ventilador al final del ducto y la luz viene de una rejilla en el piso. También podría seguir hacia la derecha. Decisiones, decisiones. Cualquier opción puede ser mi salida o la persecución.

Miro hacia la habitación de abajo por la rejilla.

Una cama.

Cambio de posición para tratar de ver mejor.

¿Una cabeza? Sí, es una chica sentada en la cama. Me muevo otra vez para ver más. Tiene las piernas recogidas, a la defensiva. Siento una oleada de esperanza. ¡Aquí tenemos a una chica viva!

Empujo la rejilla con cuidado, porque no la quiero asustar, pero

¿cómo evitarlo? Mierda, no cede. ¿Debía llamarla? Mejor no, se puede desmayar de miedo. Además, quisiera estar segura de que no está infectada ni es una loca ni nada de eso. Empujo con más fuerza. De repente cede del todo y cae justo sobre la chica golpeándole en la cabeza.

Entonces grita y rueda fuera de la cama. ¡Mierda! ¿La habré matado?

Se oye llorar. ¡Uf! Tal vez quedó mutilada de por vida pero no muerta. Me impulso hacia afuera del ducto y pienso en cómo haré para bajar. No tengo espacio para darme la vuelta y sacar las piernas primero. Voy a tener que salir de cabeza. Me sostengo con las manos y voy asomando por el agujero como si naciera: cabeza, hombros y luego el trasero, pero patas arriba. Luego llego a las rodillas y las doblo para sostenerme del borde.

A lo mejor la chica esta me va a ayudar... La busco con la mirada.

Antes de que consiga enfocar la vista, oigo un grito y recibo un golpe en plena cara. Caigo en la cama, que no es tan blanda como hubiera esperado, y la chica me ataca. Me golpea en la cabeza con algo, vigorosamente. Me cubro la cara con los brazos.

—¡Para! —le grito—. No pasa nada. No soy como ellos.

La paliza se detiene. Miro por entre mis brazos. Ante mí, de pie y blandiendo una Biblia verde botella con expresión furiosa, está Alicia.

Capítulo 3

—¡Tú!—me espeta Alicia, temblando—. ¿Quieres matarme de un susto? —me arroja la Biblia.

—¡Oye, ya para! —le grito.

—¿Qué diablos estás haciendo aquí?

—A mí también me da mucho gusto verte Alicia.

—¿Te están persiguiendo? —me empuja para quitarme de la cama y asomarse al ducto.

—No —me pongo en pie con dificultad. Los brazos me duelen por la paliza—. ¿Estamos seguras aquí?

Sacude su rubia cabeza. Ese pelo se ve más sedoso que nunca, especialmente ahora que yo estoy calva.

—Probablemente no. Típico. Esa mujer me ha estado diciendo que aquí estaría a salvo. Debí saber que nunca era bueno confiar en una gorda.

Así que ya conoce a Martha. La cruel Alicia de siempre, pero tiene razón en el fondo, eso hay que reconocerlo. Voy hacia la puerta y extiendo una mano vacilante hacia la manija.

—¿También te encerraron bajo llave?

—¿Y tú qué creías? —abandona el ducto y va hacia la ventana para echar un vistazo a través de las persianas—. Sabía que nada más era cuestión de tiempo que todo se fuera a la mierda otra vez. ¿Cuántos hay allá afuera?

—No sé —me froto la mano—. Unos lograron meterse a mi cuarto. Niños. Mi única salida fue el ducto.

—¿Y crees que podrán meterse aquí? —me pregunta con el ceño fruncido.

—Tal vez —empiezo a separar la cama de la pared—. Ayúdame a mover esta cosa y ponerla contra la puerta. Eso ya es un buen comienzo.

Suspira y se queja, como yo esperaba, pero me hace caso. De nuevo está el problema de los malditos frenos, con lo cual el ejercicio se vuelve tremendamente divertido. El esfuerzo para mover la cama hasta su nueva ubicación nos saca todo tipo de gruñidos y gemidos. Me subo a la cama y las dos acabamos sentadas, una junto a otra, a los pies de la cama. Alicia me mira con los ojos entrecerrados.

—Caramba, si te ves peor que de costumbre. ¿Qué te hiciste?

Me paso la mano por la cabeza.

—No fue cosa mía.

—Pareces recluta —frunce el labio superior—. Además hueles a pipí. ¿Y eso? —apunta a mis piernas desnudas que asoman bajo la bata de hospital—. ¿Qué sucedió? ¿Te arrancaron los pantalones o es tu nuevo *look* de combate?

Le echo una mirada a sus pantalones de deporte color durazno.

—Claro, y tú estás muy elegante con ese peluche, ¿no? —ahí va mi respuesta, nena.

—Al menos yo no voy por ahí mostrando el trasero —dice sin la menor delicadeza—. ¿También hicieron experimentos contigo?

—No... ¿qué? —me levanto y voy hacia la ventana para mirar hacia afuera otra vez—. Bueno, hasta donde sé, pudieron haber hecho de todo conmigo. Estuve inconsciente durante semanas después del accidente. ¿Te acuerdas de quién nos trajo aquí?

Alicia niega y su pelo se mueve al vaivén de su cabeza, tan bonito. Ay, cómo la envidio.

—Me desperté en una tienda de campaña de plástico. Cuarentena por los zombis. Me dijeron que ni siquiera podía llamar a mis papás. Desde entonces he estado a punto de volverme loca.

Eso no es ninguna novedad, hubiera pensado que ella bien podía pasarse un buen par de semanas mirándose en el espejo.

—¿Y los demás? ¿Los has visto? ¿Pete? ¿Smitty?

Levanta las manos y se encoge de hombros.

—Me dijeron que cuatro habíamos sobrevivido.

—¿No preguntaste quiénes eran los otros? —la miro molesta.

—¡Claro que sí! —me grita—. No me soltaron nada, únicamente me alimentaron con comida de avión y me pincharon con una buena cantidad de agujas. Lo único que sé es que Escocia está toda invadida por los zombis —hace una pausa y me mira—. Caramba, espero que Smitty no se haya zombificado —dice—. Porque si se convirtió, te apuesto lo que quieras a que vendrá por mí.

Personalmente, creo que si Smitty se volvió zombi, sus gustos no llegarán al punto de querer echarle un mordisco a Alicia.

—No es posible que se haya convertido. Recibió todo el contenido del antídoto en la pierna, ¿lo recuerdas?

Alicia parpadea.

—¿Cómo se me va a olvidar? ¡Preferiste salvar a tu novio antes que a toda la raza humana!

Respondo con un complicado combo de resoplido, ojos en blanco y cara de incredulidad que obviamente quiere decir "¡No es cierto!" y "¡No es mi novio!", pero resulta interesante que a fin de cuentas no pronuncio esas palabras. En parte porque no necesito el dramatismo de una discusión con Alicia, y en parte porque una minúscula parte de mi ser piensa que puede estar en lo cierto en las dos cosas.

—A lo mejor tu mamá podría decirnos —hace un gesto con la cabeza, como indicando que mi mamá está esperando afuera junto a la puerta—, o podría ayudarnos a salir de aquí. Eso lo logró muy bien antes.

—Cierto —presiono mi mejilla contra el vidrio y miro por la ventana hacia el otro lado del patio—. Nada más que me dijeron que estaba muerta.

Alicia ahoga un grito:

—¿Estás hablando en serio?

Se cubre la boca con una mano y parpadea velozmente. Después aparta la mano.

—¡Qué terrible! —una lágrima brilla tímidamente en sus ojos—. ¿Cómo diablos vamos a salir de aquí ahora?

Qué bien, Alicia. Solamente te importa la manera en que eso te afecta, ¿no?

—Puede ser que se me ocurra algo —levanto un pie y me saco el teléfono de la bota.

—¡Dios mío! —grita Alicia—. ¿Has intentado llamar y pedir ayuda?

—Aún no —lo enciendo y rezo en silencio. Se tarda años en prender. Alicia se aburre de esperar y se me acerca para mirar la pantallita. Suelta un quejido y echa la cabeza hacia atrás.

—Ni me digas, no hay señal. Vaya novedad, nunca hay señal. Empiezo a aburrirme del asunto, qué tedio.

Me acerco a la ventana, pero no sirve de nada.

—Entonces vayamos a algún lugar donde pueda haber señal.

—¡Si es que ese lugar existe!

Un nudo en el estómago me advierte que Alicia podría estar en lo cierto. Reviso los mensajes de texto. Nada nuevo. Un par de mensajes ya leídos de mamá. Al verlos, el nudo se me sube a la garganta. Cuando estoy por presionar el botón para apagar, veo en la esquina de la pantalla un ícono que no reconozco.

¿Estaría ahí antes?

Es un librito. Creo que me indica que tengo números de teléfono guardados, o algo así. ¿Por qué eso me pone a dar vueltas la cabeza?

—¿Qué pasa? —pregunta Alicia.

—Nada.

—¿Cómo que nada? Se te nota que algo te pica la curiosidad. ¿Qué es?

Niego con la cabeza pues sé que lo que diré sonará muy tonto.

—Soy Bobby-sin-amigos, ¿cierto? Pero este teléfono me indica que tengo números en la memoria.

—Dame eso —Alicia me lo arrebata y con destreza navega en el menú—. Me complace decirte que ahora tienes amigos.

Recibo el teléfono de vuelta. Hay una lista en la pantalla:

Marigold

Mamá

Poffit

Smitty

Con las manos temblorosas voy bajando por la lista, dos veces para estar segura. Después hago clic en "Mamá" y aparece un número.

Una oleada de alivio me invade.

Ahora sé, sin el menor asomo de duda, que mamá está viva y que está tratando de decirme algo.

Luego del accidente alguien guardó esos nombres y números. Obviamente no fui yo. Camino hacia el extremo de la cama y me siento en el suelo.

—Mamá metió esos números ahí.

Alicia frunce el labio superior confundida.

—Creí que habías dicho que estaba muerta.

—Me parece que Martha mintió.

Reviso con más atención la lista. Mamá, bien, Smitty, claro. Pero ¿los otros dos nombres? A Marigold no se la conoce por sus dotes de conversación. Es la gata de mi abuela, de carácter gruñón, que me odia a tal punto que la última vez que me quedé en su casa me dejó una maloliente muestra de protesta en la cama.

Y Poffit… bueno, ese es el colmo. Y el nombre más humillante de esa lista. Poffit era como yo llamaba a la frazadita con la que solía andar para todas partes, como Linus el de Snoopy, hasta que mamá me obligó a dejarla cuando empecé a ir al colegio, sin mayores ceremonias. Confieso que recaí en el hábito a los nueve años, cuando nos trasladamos a Estados Unidos. Al principio, era la única manera en que lograba dormirme.

Así que, a menos que alguien haya logrado colarse en mis recuerdos (y eso ya es mucho, incluso con los avances actuales), nadie más que mamá hubiera podido poner estos nombres en mis contactos del teléfono.

—¿Y por qué iba a querer que te aparecieran amigos, así sean falsos? —Alicia se sienta junto a mí y mira el teléfono.

Lo miro yo también, deseando que me transmita sus secretos.

—Mi madre no hace nada sin tener un plan. Debe significar algo —abro la entrada de Marigold y, como era de esperar, hay un número: 287227764889.

—¿A veeeer? —dice Alicia—. Eso ni siquiera parece un número telefónico.

Oprimo la tecla para llamar. Ya sé que no hay señal, pero a lo mejor este es como uno de esos números de auxilio de los que cuentan los mitos urbanos, que funcionan a pesar de todo.

Nada. La llamada no se puede conectar.

Paso a la siguiente entrada de mis contactos, "Mamá".

Su número es: 55550060069599.

—Este es aún más largo. Absurdamente largo —murmuro.

Reviso los números correspondientes a mi frazadita de niña y a Smitty.

86337274343 225635783683.

55461760328189.

—¡Qué raro! —dice Alicia, inclinándose para ver mejor—. ¿Será un código o algo por el estilo?

Echo la cabeza para atrás y me golpeo con la cama. Mil demonios mamá.

—Sí, es precisamente su estilo.

Me regreso al primer número. Caramba, ¿será que es cuestión de sustituir números por letras, con el 1 empezando como A o algo así? Ya sé que eso sería demasiado obvio, pero cualquier cosa más sofisticada no voy a poder descifrarla, y menos con el cerebro lleno de algodón como lo tengo ahora. A duras penas soy capaz de recordar el alfabeto.

Bueno, veamos…

—Dame algo con qué escribir, un papel.

287227764889 vendría a ser…

—Escribe las letras que te voy a dictar —me concentro con atención—. B, H, G, B… no, esto no funciona. ¡Ninguna palabra empieza con esas letras!—además no hay 1 en este número, de manera que no fue más allá de la novena letra del alfabeto.

Me duele la cabeza.

—¡Anda, piensa, piensa! —paseo el pulgar por el teclado y ruego para que se me aparezca la respuesta. Y entonces, sucede—: Es un mensaje de texto.

Alicia frunce la nariz.

—¿Cómo puede ser?

—Mi teléfono es de los viejitos. No tiene teclado alfabético como los nuevos, sino los números nada más y éstos corresponden a diferentes letras, como en un teléfono fijo cualquiera —una oleada de sangre se me sube a la cabeza y busco torpemente en los menús del teléfono hasta dar con la opción de enviar un mensaje de texto—. Si no me equivoco... lo que hay que hacer es teclear el número como si fuera un mensaje y las letras irán apareciendo.

Las cejas de Alicia se mueven y producen grandes arrugas en su linda cara.

—¿Estás delirando?

—No, hablo en serio. Mira... —escribo el número en el teclado. Atpaappmgttw.

—Ah, clarísimo... completamente claro —responde ella.

Me tiemblan las manos.

—Aún no he terminado.

El teléfono deja oír un pitido y me hace saltar en el aire. En la pantalla aparece un aviso destellante: Batería baja.

—¡No! —grito—. ¡No te me mueras justo ahora!

—¡Sigue entonces! —dice Alicia.

—En eso estoy —tanteo el teclado, prácticamente dejando caer el teléfono hasta encontrar lo que busco. En el menú escojo "Auto-completar texto" y tecleo el número.

Buscarsmittw

El corazón me da un salto. Smittw. Esas cosas no suceden por casualidad. Miro el teclado de nuevo.

—¿Buscar qué? —pregunta Alicia.

Mi pulgar recorre las teclas... pero claro. La w está en la misma tecla que la y. Smitty... Ya entiendo.

—BuscarSmitty —grito y me pongo de pie, alargando el teléfono para que Alicia lo confirme—. ¡Que busquemos a Smitty!

Ella no comparte mi alegría.

—¿Y por qué tu mamá no te dejó un mensaje normal como cualquier persona normal? Ah, ya sé, porque es pariente tuya. Ustedes son anormales.

—¡Esto es un mensaje, nena! Mi mamá aún está con vida y quiere que encontremos a Smitty.

—¿Estás segura? —resopla ella—. ¿Por qué le iba a importar él?

¿No será que se dio un golpe en la cabeza y desvaría?

—Mira, tiene mucha lógica —la callo, impaciente—. Él es la única muestra del antídoto Osiris en el que estaban trabajando. A lo mejor Smitty es la única esperanza para frenar el apocalipsis zombi. Y si está desaparecido supongo que todos los bandos lo andan buscando en este momento.

—¿Y nosotras también? —gime Alicia—. La verdad no sé por qué todo tiene que girar alrededor de ese estúpido —mueve la cabeza sin poderlo creer—. Como si valiera tanto la pena —me mira—. A lo mejor tú opinas que sí la vale.

Trato de que mi cara permanezca imperturbable mientras pienso en una respuesta bien hiriente, pero fracaso en el intento.

Alicia se pone de pie y camina hasta donde estoy.

—¿Y dónde está él?

Miro el teléfono de nuevo.

—Los otros números telefónicos… si los desciframos, nos dirán dónde se encuentra.

El anuncio de "Batería baja" se enciende otra vez con un pitido más insistente. Diablos.

—Los otros números van a tener que esperar. No podemos hacer mucho por buscar a Smitty mientras no encontremos una manera de salir de esta habitación —apago el teléfono y me lo vuelvo a meter en la bota.

—Lo del ducto —Alicia mira hacia arriba—. ¿Hay salida por ahí?

Pienso en una vuelta a la derecha que no hice.

—Podría ser.

Suspira.

—Bueno, entonces será por el ducto.

Me dedico a construir una especie de torre con el mueble y la silla para que podamos alcanzar la boca del ducto, mientras Alicia hace un gran alboroto empacando una bolsa con quién sabe qué cosas.

—¡Oye! —la llamo—. Pásame esa sábana, ¿quieres?

—¿Mis sábanas? —frunce la nariz mientras las recoge—. ¿Para qué las quieres?

—¿Qué te pasa? ¿Es que acaso planeas volver a dormir aquí?

—replico—. Necesito la sábana para hacer una especie de cuerda.

—Genial, a lo Rapunzel —Alicia carraspea en forma teatral—. ¿Y esperas que yo me trepe por ella?

—Lo de Rapunzel era con su pelo no con una cuerda. Y ella no trepaba sino que bajaba por ella. Así que...

—¡Como si a alguien le importara la diferencia Bobby! —hace un gesto con la cabeza y se sube al mueble junto a mí—. ¡Presta eso! —me arrebata la sábana—. Como si fueras capaz de...

—¡Suéltala! —se la arrebato y forcejeamos patéticamente haciendo tambalear el mueble.

Clank.

Las dos volvemos la cabeza en dirección de la puerta. Es la cerradura. Ya no tiene cerrojo.

—Gracias a Dios —Alicia deja caer la sábana y hace ademán de bajarse del mueble de un salto.

—Espera —le digo, tomándola del brazo.

Se resiste.

—¿Qué? La puerta está abierta. Salgamos por ahí mientras podemos.

Probablemente tenga razón, pero hay algo que me detiene.

—Es que... —no puedo despegar la vista de la puerta—. Hace ya tiempo que cerraron las puertas. No hemos oído a nadie por ahí, eso lo sabes. No sabemos quién podría andar allá afuera.

Alicia pone los ojos en blanco.

—Pasaste demasiado tiempo dormida. ¡Vamos! Antes no desperdiciábamos tanto tiempo pensando y logramos sobrevivir.

En eso tiene razón.

—Bueno —le digo—. Hecha una mirada.

—¿Quién, yo? —suspira—. Esa nunca fue mi labor. Te toca a ti, la que siempre ha hecho de heroína en esta batalla contra lo salvaje.

Tomo aire y estoy a punto de explayarme para decirle cuán equivocada está en tantos niveles pero de repente...

Toc, toc, toc.

Miramos hacia la puerta.

Toc, toc, toc.

La manija se mueve. La cama le cierra el paso, pero la puerta cede un poco con cada golpe.

Alicia se aferra a mí.

—Ay, Dios, están aquí —lloriquea.

—La cama debe detenerlos —respondo, y estoy convencida de que así será, hasta el momento en que resulta lo contrario.

Toc.

El último es el más fuerte, y la puerta se abre, golpeando la cama que se desliza hacia adelante en sus ruedas. ¡Malditos frenos! ¡A buena hora se vienen a desbloquear! La cama choca con nuestro mueble y salimos despedidas por el aire cual si fuéramos Angry Birds. Por el rabillo del ojo veo que Alicia aterriza en cuatro patas sobre el mueble, con la destreza de un mono bebé, pero yo no estoy en tan buena forma. Caigo pesadamente en el piso, con un crujido de costillas y un brazo que me saca todo el aire del pecho.

Mi campo de visión queda obstruido por el mueble y la cama, pero oigo que esas cosas entran en la habitación, oigo sus pisadas inseguras. ¿Cuántos son? ¿Podemos esquivarlos o superarlos? Tengo que ponerme de pie, tengo que levantarme... pero estoy enredada con mi cuerpo. El brazo no responde. Las piernas hacen su parte pero eso no me sirve de mucho. No es el momento de deslumbrar a nadie con movimientos de bailarín de *breakdance*. Y luego veo a Alicia ante mí, tendiéndome la mano (aunque parezca increíble), estiro la mía para tomarla y me jala. Me esfuerzo y ya estoy casi de pie cuando su cabeza se vuelve hacia la puerta, su cara palidece y me suelta...

Voy a dar al suelo de nuevo, pero esta vez mi cuerpo recuerda cómo moverse y me apoyo en el mueble para levantarme. Alicia sigue paralizada por la emoción, a mi lado. ¿Por qué no se mueve?

Sigo su mirada hasta la puerta. Allí veo dos figuras. La primera, un muchacho alto y fornido, que sostiene un extinguidor de incendios como si fuera un ariete para embestir.

A su lado hay otro muchacho de pelo rubio casi blanco y la piel más clara que pueda uno llegar a ver. Da un paso adelante y nos sonríe.

—Vengan conmigo si quieren vivir —nos dice Pete.

Capítulo 4

Pete probablemente ha querido pronunciar esa frase desde... desde siempre.

Está ahí de pie, como si esperara un aplauso de nosotros, y examino su nuevo *look*. El pelo ultrarrubio lo lleva cortado con una cresta *mohawk*, va vestido de frac y con una especie de
goggles a modo de lentes. La idea de que Pete se haya convertido al
punk glamuroso sin que nos enteráramos es... el colmo.

Y el hecho de que el tipo que lo acompaña no esté muerto de risa
de verlo puede ser aún más desconcertante que nuestra situación. El
hombre es alto y parece un tanque, con el pelo claro cortado al rape,
la piel bronceada y un hoyuelo endemoniadamente atractivo. Nos
sonríe a Alicia y a mí como si nos estuviera calibrando para decidir
si somos candidatas a manoseos en una fiesta de graduación. Me
pregunto cómo lo convenció Pete de que se uniera a su causa.

—¿Qué esperan? —nos grita Pete—. ¡Muévanse!

Alicia me lanza una mirada como queriendo decir "¿Y es que
ahora obedecemos sus órdenes o qué?" y entiendo su confusión,
pero no es el momento de hacer preguntas. Me bajo del mueble y
voy a tenderle la mano cuando el tipo alto se me adelanta. Le sonríe
y le presenta su mano. Ella podrá tener dudas respecto a Pete, pero
las cosas son bien diferentes con el tipo.

—¡Hola! —le dice—. Me llamo Russ —se vuelve a mí—. Encantado de conocerlas.

—¡Hola! —le contesto con voz ronca y le hago un saludo poco
entusiasta con los dedos. Encantada. ¿Es este tu primer apocalipsis
zombi? ¿Tendrás un arma de largo alcance que me puedas prestar?

—No hay tiempo para presentaciones. Tomen lo que necesiten
—ladra Pete—. No vamos a volver por aquí —y luego hace girar
su levita y sale por la puerta, seguido de su nuevo acólito y de Alicia

cargada con su bolsa. Reviso que el teléfono siga a salvo en mi bota y voy tras ellos al luminoso y largo pasillo. Las sirenas podrán haberse callado, pero hay luces de color rojo y ámbar que relampaguean desde el techo, como una discoteca mortal. El pasillo está desierto. Nadie se presenta a bailar con nosotros, al menos no por el momento.

Pete y compañía van por el pasillo hacia un gran mostrador y no se entretienen por el camino. Pete va a la cabeza, Russ, su copiloto, carga con ese extinguidor como si fuera una pluma; Alicia corretea ansiosa detrás, revisando cada puerta a la que nos acercamos.

—¿Adónde nos dirigimos? —le pregunto a Pete tratando de no gritar.

—¡Afuera! —susurra teatralmente.

—¿Vamos a salir? —grita Alicia, y se detiene en seco—. ¿Con esas cosas esperándonos?

—Así es —Pete sigue, decidido.

—Es lo más seguro —le dice Russ a Alicia—. Adentro es un hervidero de ellas. Es apenas cuestión de tiempo para que logren arrinconarnos —Alicia vacila por un segundo y yo la sigo de cerca. Pete ya se ha escabullido por el extremo del pasillo y está en cuclillas junto al gran mostrador haciéndonos señas de que lo imitemos. Vamos tras él y nos agachamos en fila a lo largo de la base del mueble, como pinos de boliche a la espera de recibir el impacto de la bola. El pasillo se extiende ante nosotros, partiendo del patio para internarse en el hospital, hacia territorio desconocido.

—¿Hacia qué lado está la salida? —susurro.

—Sssshhh —nos calla Pete alzando un dedo y nos rocía con saliva—. ¡Oído atento!

Nos esforzamos por oír y las luces parpadean sobre nosotros. Me encantaría que estuviera equivocado o que fueran exageraciones o delirios muy propios de Pete, pero percibo el sonido y siento como si me dejaran caer una abundante porción de terror en el estómago. Un sonido agudo como de lamentos. A duras penas se oye, pero va aumentando.

—¡Niños! —susurro—. Son menores que nosotros. Ya los vi, vinieron a mi cuarto.

—¿Te mordieron? —pregunta Pete secamente.

—Adivina —lo miro poniendo los ojos en blanco. Los demás me observan con miradas de sospecha—. No, nadie me mordió —¿por qué será que cuando uno dice cosas así siempre suena como si mintieras?—. Pueden examinarme si quieren.

Y justo en ese momento, los zombinos hacen su aparición a trompicones en el extremo del pasillo.

—¿A la habitación de Martha? —Russ mira a Pete.

—La podemos cerrar con llave —asiente Pete y antes de que yo pueda cuestionar lo que hacemos, los veo correr por el pasillo hacia los minizombis.

Los niños aprueban esa movida, estiran sus bracitos descarnados y gimen más alto. Alicia y yo intercambiamos una mirada. ¿Por qué corren hacia ellos? Pero luego lo comprendo. A medio pasillo, los muchachos se meten en un cuarto a la derecha. Muy bien, hora de seguirlos. Para cuando llegamos, los zombis se aproximan veloces. Entramos y Russ cierra la puerta de golpe tras de mí, corre el cerrojo y oprime algún tipo de seguro.

—Sólida —le da un golpecito y me regala una sonrisa—. Segura como una muralla.

Sí, claro, pienso para mis adentros. No tienes idea de a qué te enfrentas. Si lo supieras, esa sonrisita se te borraría en un instante, así sea una tan bonita.

—¡Bien hecho, gente! —grita Pete—. Lo logramos.

—¿De verdad? —miro alrededor—. ¿Dónde está la salida?

Estamos en una habitación pequeña donde una parte parece ser una oficina y la otra una sala de estar de los suburbios. Al fondo hay dos sillones tapizados en colores pálidos con motivos florales que no combinan entre sí. Hay una mesita de ruedas con una tetera y una azucarera y un librero, y todo está iluminado por una lámpara común y corriente con pantalla de borlas. Más cerca de nosotros hay archiveros y un escritorio moderno grande junto con su silla giratoria acolchada. La principal fuente de luz es un monitor de computadora ante el cual se inclina Pete como si estuviera en el puente de mando de una nave espacial. Mueve el ratón y hace clic.

—Hay una aplicación de las cámaras de seguridad aquí, la vi la última vez que tuve una de mis sesioncitas de apoyo con Martha —se sienta en la silla giratoria y hace unos cuantos clics. El monitor muestra seis imágenes grises de las habitaciones vacías del hospital—. ¡La encontré! Ahora podemos ver lo que pasa en este piso por lo menos —hace girar la silla y me mira con una expresión de satisfacción pintada en la cara.

—Déjame ver —voy hacia el escritorio. La pantalla cambia y aparecen otras seis imágenes, pero estas se mueven. Los zombis deambulan por los pasillos—. Entonces, ¿podemos usar esto para saber por dónde salir?

—Esa es la idea —Russ echa un vistazo por encima de mi hombro—. Vemos en qué lugares se encuentran y así planeamos una ruta de escape.

—Y confiamos en que no esperen junto a nuestra puerta y que nos dejen salir —digo—. Fantástico.

—¿Tienes mejores propuestas? —replica Pete cortante—. Esto funcionará. Tan pronto como me dieron la posibilidad de moverme un poco por esta área del hospital, busqué posibles salidas —sonríe satisfecho—. Y si todo lo demás fallara, podemos esperar aquí hasta que las autoridades recuperen el control. Yo sabía que si las cosas se ponían feas este era el lugar al cual venir, y estaba en lo cierto —se recuesta en la silla y hace sonar sus nudillos, para luego alisarse los lados de su cresta.

—Eso esperas tú —dice Alicia, desde un sillón—. Yo espero que no vayas a quedar descrestado.

Pete la fulmina con la mirada.

—¿Te importaría compartir tus ideas sobre la huida mi amigo? —me inclino hacia la silla de Pete y miro fijamente a sus ojos verde pálido—. Porque si acabas mordido por un zombi, quisiera saber para dónde voy.

Trata de ocultar que tiene un nudo en la garganta.

—Hay varias opciones —se ve incómodo—. Por ejemplo, en la dirección de la cual venían los zombis hay una puerta hacia el patio. Tiene que haber una salida por ahí.

—¿Y entonces por qué no fuimos hacia allá desde un principio?
—le grita Alicia.

—Mmmm, porque, como ya lo dije, era la dirección de la cual
venían los zombis —contesta Pete.

—¿Otras alternativas? —pregunto.

—Mmmm, sí, un par. Pero involucran la escalera, que está al
otro extremo de esta ala del hospital.

—La dirección de la cual venían los zombis —repito mecánica-
mente.

Pete asiente frunciendo los labios.

—¿Estamos atrapados? —grita Alicia, levantándose del cómodo
sillón y avanzando a zancadas hacia nosotros. Camina hacia la
puerta y la señala como si fuera la culpable de todo—. ¡Estoy cansada de andar atrapada! ¡Ya pasamos por esto antes! ¡Hace seis semanas fue lo que nos tocó vivir! —con ambas manos da una palmada
en la pared, como si así pudiera encontrar un escape. De repente, la
pared oscura desaparece y vemos a los niños monstruos al otro lado,
a centímetros de nosotros, babeando y tirando manotazos al aire.

Gritamos al unísono y retrocedemos de un salto hacia el fondo
de la habitación. Pete se cae de la silla giratoria y se protege bajo el
tablero de control.

Pero los zombinos no avanzan hacia nosotros. Me toma unos
instantes constatar que no pueden hacerlo.

—Un vidrio —susurro.

La "pared" ahora es trasparente. Russ se adelanta despacio hacia
los monstruitos y extiende con cuidado una mano hacia el frente. Las
puntas de sus dedos chocan con algo sólido y de inmediato la pared se
vuelve opaca de nuevo. Otra vez saltamos y gritamos, pero él mantiene su aplomo. Estira la mano y toca la pared. Los chicos han vuelto.

—Vidrio inteligente —Pete sale de algún lugar bajo el escritorio.

—¿Tendrá un espejo del otro lado? —Russ da un paso hacia los
monstruos—. Miren, ellos se ven a sí mismos y no a nosotros.

Levanta su mano hasta donde una niñita tiene la cara presiona-
da contra el vidrio, en un chorro espantoso de cachete magullado y
baba sanguinolenta.

Observo a un niño zombi que trata de alcanzar la imagen en el espejo de la niña y luego se vuelve hacia ella y repite el gesto tratando de tocarle la cara. Después se pasa la mano, que más parece una garra, por el despeinado pelo, mirándose en el espejo. Agarra un mechón, se lo arranca y después mira ese amasijo de pelo y cuero cabelludo que tiene en la mano.

—Observen —murmuro—. Sabe que es un reflejo.

—¿Y eso qué? —pregunta Alicia—. ¿Crees que está enojado porque se le olvidó ponerse gel?

—Hay pensamiento inteligente en esa cabeza. Los zombis de antes jamás hubieran llegado a este punto —meneo la cabeza.

—¿Cómo? —dice Alicia—. ¿Entonces estamos hablando de zombis superiores?

—Estoy segura de que sí —contesto—. Son diferentes a los de antes, se mueven mejor y pueden pensar.

—¡Caramba! —Pete se pone en pie, con la cabeza ladeada mientras estudia al grupo que tenemos ante nosotros—. Creo que Bobby ha dado en el clavo. Y no tiene buena pinta para nada. Ya era complicado tener que vérnoslas con monstruos tambaleantes y estúpidos, y eso de mejorarles las capacidades motrices y otorgarles lógica básica nos conduce a un nivel completamente nuevo de infierno.

—Apaga eso —dice Alicia, y por una única vez estoy de acuerdo con ella.

Russ da un golpecito en la pared, a la altura de la frente de la niña, y desaparecen.

—Bonito lugar —comento—. Con lindas vistas.

—¡Y nosotros resistimos! —exclama Pete, dejándose caer de nuevo en su silla—. ¡Y no nos doblegamos!

Dios mío… ¿pueden llegar a ser peores las cosas con él?

—¿Y el ejército dónde está? —me pregunta Alicia, como si yo tuviera que saber—. Decían que era un hospital militar. ¿Dónde están los soldados?

—Pues no hemos visto mucho en cuanto a presencia militar por aquí —Pete se aclara la garganta—. El ejército está bastante ocupado con lo que sucede afuera. Supongo que aquí tenemos apenas un pequeño grupo.

—¿Y esperan que ese grupito sea capaz de acabar en dos patadas con los zombis? —me río para mis adentros—. ¡Genial! —miro a mi alrededor—. Así que esta es la habitación de Martha. Tiene que haber algo aquí que nos sirva. Deberíamos buscarlo.

—¿Para qué? —Alicia suena malhumorada.

Me encojo de hombros.

—Claves para escapar de aquí. Armas. Lo normal —abro un par de cajones del escritorio—. ¿Pete? Examina los archivos en la computadora a ver si hay algo interesante.

Levanta una ceja muy rubia.

—¿Y qué crees que estoy haciendo?

Hay un tablero en la pared, no lejos de mí, y lo observo buscando un mapa o algo sobre simulacros de emergencia, cualquier dato... pero la mayor parte de lo que está clavado no tiene importancia. Memorandos sobre turnos, un menú de la cafetería, directorios con las extensiones telefónicas. En la esquina inferior derecha hay una postal con un faro. La distingo porque es la única nota de color en medio de un panorama gris. Hay algo en ella que me obliga a desprenderla del tablero y mirarla por detrás. El otro lado está en blanco, fuera del letrero "Faro de Elvenmouth" impreso en letras pequeñas en el borde inferior. Frunzo el entrecejo. ¿Por qué me incomoda? Le doy la vuelta nuevamente a la postal. El faro es blanco y angosto, con una franja amarilla en la parte superior y un tejadito negro. Le clavo la tachuela y la vuelvo a poner en el tablero. Será algo de las vacaciones de Martha. No hay razón para que sea nada más.

—A ver, muchachos —les digo a Russ y Alicia—. Ayúdenme, busquemos agua y comida... o incluso información. Datos sobre quién dirige el hospital, nuestras historias médicas, a quién más tienen aquí. Mientras más sepamos, mejor.

Russ se recuesta contra la puerta, en actitud protectora.

—No tiene sentido desperdiciar energía en algo de tan poco provecho.

—Ajá —concuerda Alicia—. Alguien vendrá a rescatarnos.

—Tienes toda la razón, Alicia —continúo—. Porque así fue la última vez que nos vimos rodeados de muertos vivientes —nadie dice ni una palabra—. Entonces, ¿nos sentamos a esperar? —levanto los brazos para dar a entender que es su turno de hablar y cuando nadie lo hace, los dejo caer a mis costados. Las palmas dan un golpe seco en mis muslos, que de inmediato lamento—. Supongo que eso quiere decir que sí. A menos que tratemos de abrirnos paso armados con un extinguidor y los afilados comentarios de Alicia.

Nadie festeja mi respuesta. Nadie la comprende. Caramba, cómo echo de menos a Smitty.

—Por supuesto, miren. Y cuando no haya moros en la costa, saldremos de aquí. Pero mientras tanto, pongámonos cómodos —Russ abre el refrigerador—. Yogur de arándanos azules, ¿alguien gusta un poco? —pregunta—. No hay jugo de vegetales, lástima.

—Ya sabes de eso —dice Alicia.

—Me lo han dicho unas cuantas veces —Russ sonríe mirando dentro del refrigerador—. No quiero perder las esperanzas de ver al hombre disfrazado de zanahoria.

—Seguro que no —cierro de golpe uno de los cajones del archivero. Estoy demasiado furiosa como para poder concentrarme en lo que contienen.

—Estos archivos están codificados —dice Pete desde la silla giratoria—, lo mismo sucede con el correo electrónico. Averiguar lo que dicen va a requerir un pequeño milagro.

—Rézale a Santa Gertrudis, patrona de este hospital —abro la única puerta que hay y revela un baño pequeño. Gracias al cielo por estas pequeñas bendiciones. ¡Al menos tenemos dónde hacer pipí! Tomo aire, cierro la puerta de nuevo y me vuelvo hacia el grupo. Todos andan dispersos registrando la habitación, sin muchas ganas. Parece ser que llegó la hora de ponernos al día de noticias.

—Entonces, ¿qué novedades hay? —pregunto, con exceso de alegría—. ¿En qué han estado ustedes mientras yo me dedicaba al coma?

Pete me mira, sus *goggles* destellan con la luz que se refleja en ellos.

—¿Estuviste en coma desde el accidente?

—Todo indica que sí —le respondo pestañeando intencionalmente—. Y lo único que puedo añadir es que de verdad permitieron que todo se saliera de control desde que perdí la conciencia. Cuando me desmayé, había apenas un puñado de zombis abriéndose paso por la nieve y cuando recupero el sentido, una región entera está en cuarentena. ¡Qué torpeza!

Pete empuja la silla para alejarse del escritorio y se desplaza al centro de la habitación, en una maniobra que debe parecerle impresionante.

—Me tuvieron en aislamiento una semana. Y lo mismo a Russ.

Saco una pila de carpetas del primer cajón del archivero, las pongo en el piso y empiezo a hojearlas. La mayoría contienen cosas muy aburridas. Miro a Russ.

—¿Y tú también ibas en el autobús?

Asiente.

—Íbamos regresando de Aviemore. En una excursión escolar. De hecho, recuerdo haber visto a los de su escuela allí. Los reconocí a todos cuando los recogimos en la carretera.

—Y Pete ya te puso al tanto de toda nuestra pequeña historia.

Asiente una vez más.

—La cafetería en la carretera. El apocalipsis sucedido durante la hora de comer. Una maléfica compañía llamada Xanthro creó un virus que convierte en zombis a las personas. Qué intenso. Parece que ustedes hicieron hazañas increíbles y doblegaron a los estudiantes que encontraron en el castillo para luego escapar.

—Sí, increíbles —me pregunto cómo le contaría Pete las cosas. Probablemente subrayando su faceta como líder. Sonrío al pensar que podría corregir esa idea si me pusiera en ánimo desagradable. Pete me lee la mente y me lanza una mirada llena de ansiedad.

—También teníamos habitaciones en esta ala del hospital —Pete continúa con la historia antes de que yo pueda reventar su burbuja—. Nos permitían socializar en un salón comunal durante el día. Intercambiábamos información, pero eran cosas insignificantes. Creo que puede ser que estuvieran espiando lo que conversábamos.

—¿Y Martha te daba "asesoría" sicológica? —guardo las carpetas y paso al segundo cajón.

—Terapia básica para estrés postraumático —dice Pete—. Seguramente estaba diseñada para averiguar cuánto sabíamos.

—¿Y cuál es tu historia? —miro a Russ.

—No hay mucho qué contar —Russ menea la cabeza—. Poco antes de que nuestro autobús los recogiera, habíamos parado en una gasolinera donde estaba un tipo regalando muestras gratis de jugo. El maestro tomó un montón y empezó a repartirlas poco antes de llegar hasta donde ustedes. Y ya saben el resto. Chocamos.

Estoy hojeando papeles cuando de repente llama mi atención una hoja en una carpeta donde se lee "Estrictamente confidencial". Allí están mi nombre y el de Alicia.

Contemplo las palabras, pero nada tiene sentido. Necesito leer esto, pero en privado. Doblo la hoja, me la embuto subrepticiamente en el bolsillo y vuelvo a la conversación antes de que alguno se dé cuenta de lo sucedido.

—Lo siento —le digo a Russ—. Tus compañeros. ¿Sabes que fue de ellos? ¿Sus cuerpos... los trajeron aquí?

Se encoge de hombros.

—Martha no me dio detalles. Supongo que murieron. Pero ¿quién sabe? — se estremece—. Sólo espero no encontrarme a ninguno allá afuera.

—Sí, eso es terrible —agrega Alicia—. Especialmente cuando tratan de morderte y tienes que cortarles la cabeza. O atropellarlos. O incinerarlos.

—Muchas gracias por recordarnos todo eso, señorita Considerada —murmura Pete. Se rasca la cabeza con sus dedos chatos—. Martha no fue muy generosa con la información sobre cualquiera de nosotros. Me dijo que no había más que cuatro sobrevivientes y que a todos debía dárseles tiempo para recuperarse —me mira—. Adiviné que tú serías uno de los cuatro. Observé atentamente la cara de Martha cuando pronuncié tu nombre. Hay mucho en las micro-expresiones, ¿saben?

—¿En serio? —añado.

—Y Alicia —dice Pete—, vi su historia clínica en el escritorio un día. Sabía que se había salvado y supuse que la tenían aislada debido a lo grave de sus heridas.

Si tuviera pelos en la nuca, en este momento se me habrían erizado.

—¿Heridas? —pregunta Alicia—. ¡No tengo ninguna herida!

—¿Que decía el expediente? —interrogo a Pete.

—¿Y a ti qué te importa? —Alicia me fulmina con la mirada.

—No pude ver nada —responde Pete desilusionado.

—¡Ja! —Alicia exclama, señalándome.

—¿Podría ser que la tuvieran encerrada para no correr el menor riesgo de disturbios sociales? —murmuro y agito las manos con pánico fingido—: ¡No suelten a la Alicia!

—Al menos yo sí estoy vestida de pies a cabeza —me fulmina.

—¡Sobre todo por lo bien vestida que estás! —le dirijo una sonrisa irónica.

—Bueno, sí… al menos no estoy mal. Tú estuviste en coma. Es obvio que hay algo mal contigo.

Siento que la hoja doblada me está quemando el bolsillo…

—Lo único que está mal conmigo es que estoy contigo, Malicia.

Me apunta con un dedo amenazante.

—¡No empieces a decirme así otra vez!

—¡Oigan, eso me recuerda algo! ¡Smitty! —agrega Pete, y me desarma.

—¿Qué hay con él? —le espeto.

—¿Está aquí? ¿Lo has visto? —pregunta—. Y —se le ilumina la cara—, y tu mamá. Ella debe poder ayudarnos. Hizo una muy buena labor la vez pasada. ¡Ay, Dios! —de repente se da cuenta y una sombra le cruza la palidez—. Cuatro sobrevivientes del accidente. Nosotros somos los cuatro —estira una mano que posa en mi hombro—. Cuánto lo siento, Bobby.

Retrocedo de un salto.

—Olvídalo, Pete. Si quieres hacerme sentir mejor, dedícate a esa computadora y encuentra una manera de sacarnos de aquí, ¡de prisa!

Camino hacia el baño y cierro con un portazo tras de mí.

Capítulo 5

Está bien. Admito que no estuvo bien de mi parte y que probablemente Pete no se lo merezca, pero me estaba dando un ataque de claustrofobia. Lo cierto es que estoy exhausta. Jamás había sentido un cansancio igual. Incluso el simple hecho de estar erguida requiere un esfuerzo tremendo. Es como si esas seis semanas en las que jugué a la bella durmiente no me hubieran bastado.

Y encima de todo, necesito leer lo que dice el papel.

Lo saco rápidamente de mi bolsillo y observo las palabras que se mecen ante mis ojos ansiosos.

"Individuos de interés re: obtención vac/O... Primera prioridad... individuos deben mantenerse en estricto aislamiento hasta nueva orden".

Y luego Alicia. Y después yo.

Una lista de cosas... ¿Drogas? ¿Exámenes que nos han practicado? No tengo idea de qué podrán ser estas palabras.

Para ser hija de dos médicos debería saber más que esto.

Me guardo el papel en el bolsillo y recuesto la frente en el espejo. Se siente celestialmente fresco. Debo tener fiebre. Estoy segura. A lo mejor estoy enferma. Sería tan sencillo si nada más me derrumbara aquí, en este baño, hasta convertirme en un saco de huesos con virus que me salen por todos y cada uno de mis adoloridos poros.

—Supéralo, Roberta —me susurra Smitty al oído.

—¡Y tú también te puedes callar la boca! —le grito—. A menos que digas algo que me ayude, cierra el pico.

Aguardo su respuesta, pero no dice nada.

Miro mi imagen en el espejo. La verdad es que no estoy afrontando bien esta experiencia en Santa Gertrudis. ¿Me estaré volviendo loca? ¿Será un síndrome de abstinencia de algo o estoy al borde de chiflarme? Examino las oscuras púas de pelo que empiezan a asomar en mi cráneo. A lo mejor va a salirme rizado si sigo aquí el tiempo suficiente. Me pregunto cómo me veré entonces.

En el reflejo, algo detrás de mí capta mi atención. Me doy la vuelta para ver mejor.

Sobre el sanitario, arriba en la pared, hay una rejilla de plástico que me resulta familiar.

Gracias Gertruditas. ¿Una salida? Retiro todo lo que dije antes.

Muy bien, se acabó el descanso. Con cuidado bajo la tapa del sanitario y me subo en ella, estirando los brazos para quitar la rejilla. Si apoyo un pie en el tanque de la cisterna, alcanzo a asomarme al ducto. Me inclino hacia delante para introducir la cabeza y los hombros en la abertura. Las piernas me quedan colgando. Siento un soplo de aire en la cara. No veo mucho, pero sí lo suficiente. Al frente hay un ventilador instalado en el ducto. No hay paso para seguir. Qué terrible desilusión.

—¿Encontraste algo?

Me golpeo la cabeza en la parte superior del ducto. Si giro un poco sobre mí misma puedo ver a Russ en la puerta del baño.

—No —me froto la cabeza y caigo en la cuenta de que desde donde se encuentra tiene un lugar de primera fila para ver mi trasero en toda su desnuda gloria. Rápidamente trato de volver a poner el pie en la cisterna, pero cuando piso la tapa resbalo y mi mano se aferra al toallero para frenar la caída. Pero lo que sucede es que el toallero se rompe; me quedo con una brillante varilla metálica en la mano y voy a parar al apestoso piso de linóleo al pie del sanitario.

—¿Estás bien? —me tiende la mano para ayudarme a levantar, pero lo rechazo.

—Estoy bien, gracias —me pongo de pie, sacudiéndome los trocitos de yeso que se desprendieron de la pared junto con el toallero.

—¿No hay salida por ahí? —sin hacer ruido cierra la puerta del baño.

—Así es —jalo mi polar hacia abajo. ¿Por qué diablos mis *leggings* no sobrevivieron al accidente?

—Al menos encontraste un arma —señala con un gesto de cabeza la varilla que tengo en la mano. Quizás tenga razón—. Y sé que sabes comportarte a la altura.

—¡Ah, qué pícaro, qué pícaro! —la voz de Smitty se oye en mi cabeza, y me sonrojo—. Sí que sabes comportarte, Roberta, ¿o no?

—No creas todo lo que Pete te diga —mascullo y me siento junto a un radiador apagado.

Russ me mira fijamente y mi sonrojo se acentúa del rojo al púrpura.

—En realidad no es por eso. Recuerdo haberte visto en acción.

Mis cejas sorprendidas se disparan hacia arriba.

—¿En serio? ¿Cómo va a ser posible?

Se deja caer de rodillas para sentarse a mi lado, con la espalda apoyada en la pared.

—Me atropellaste —se mira los pies arrepentido y vuelve los ojos hacia mí, a través de unas largas pestañas—. En la montaña en Aviemore. Ahí iba yo, haciendo una faena decente al dejar a mis amigos atrás en el último tramo de la pista —se inclina hacia mí, como para decirme un secreto—, y de repente una especie de *ninja* enloquecido pasa veloz a mi lado y me derriba. Como te imaginarás, mis amigos opinaron que toda la cosa había sido muy cómica —frunce los labios para fingir que hace pucheros—. Y luego resulta que el *ninja* es una chica y eso empeora las cosas, claro.

Me parece que recuerdo lo que cuenta. Había un tipo completamente descontrolado, dando giros locos y erráticos delante de mí… pero a fin de cuentas, el choque fue mi culpa, por no haber podido prevenir hacia dónde iba él. Uno solo puede controlar lo que hace, no lo que hacen otras personas, solía decir mi papá. Así que protégete y no te dejes poner en una situación en la que tu destino esté en manos ajenas.

—Lo siento.

—No te preocupes —sonríe. Su cuerpo está más cerca ahora. Estamos sentados uno junto al otro, pero de alguna forma él maniobra para que quedemos casi tocándonos—. Lo único que magullaste fue mi orgullo. Ah, y mi prestigio frente a mis amigos —una sombra le cruza la cara—, pero parece que ninguno de ellos se preocupa por eso ahora.

—También siento eso otro —digo sin mucha convicción. Me rasco la calva cabeza y me doy cuenta de cómo debo verme. Dejo de hacerlo.

—No te preocupes —dice—. Tú también tenías un amigo en el autobús... ¿Smitty? ¡Caramba! Y tu madre también iba allí.

—Ajá —me muevo incómoda.

—No es que quiera entrometerme...

—No —me vuelvo hacia él—. No creo que las cosas... —me esfuerzo por encontrar las palabras adecuadas—. No creo que sean lo que parecen. Tengo una historia que quisiera compartir.

—¿Sí? —los ojos cafés se fijan en los saswmíos otra vez—. Soy todo oídos.

—Con Pete también —le digo.

Russ frunce el ceño.

—¿Estás segura de que quieres que los demás se enteren?

Lo miro atentamente.

—Alicia ya sabe. Y Pete... pues confío en él.

Russ levanta las cejas.

—¿En serio? Eso sí me sorprende.

Ahora es mi turno de fruncir el ceño.

—¿Por qué? Podrá ser muy apasionado con todos los asuntos tecnológicos, pero le confiaría mi vida. Es como si él... bueno... después de lo que hemos vivido juntos, Pete y Alicia, a pesar de sus defectos, son como de mi familia.

—¡Caramba! —suelta una risita y mueve la cabeza—. No tenía idea. O sea, es un buen tipo y todo lo que quieras, pero está bien interesado en ese virus, de verdad quiere saber de esta gente de Xanthro, lo que sucede a su alrededor, quién está al mando.

—¿Sí? —pregunto sorprendida—. ¿Ha hablado de eso contigo?

—Todo el tiempo. Ya me iba poniendo nervioso —me sonríe y da unas palmaditas en mi brazo con su gran mano y se pone en pie de un salto—. Pero eso está muy bien. Tener amigos en una situación como esta.

—Seguro —digo, levantándome para ir hacia el espejo y tener algo qué hacer—. Dame un momento y salgo a echarles el rollo.

Antes de que Russ pueda hacerme una nueva pregunta, Alicia entra de repente.

—¡Fuera! ¡Fuera!

Russ entra en acción, arrebatándome la varilla del toallero para ponerse en posición de defensa.

—¿Lograron meterse?

—¡No! —Alicia pone los ojos en blanco y pasa a su lado—. ¡Tengo que vomitar! —a duras penas llega al excusado a tiempo para inclinarse a vomitar con unas cuantas arcadas, como si estuviera regurgitando una bola de pelo especialmente difícil.

—¡Caramba, pobre Alicia! —extiendo una mano para frotarle la espalda, pero me lo pienso mejor—. ¿Estás bien?

—Yogur de arándanos azules —dice y trata de escupir más—. Lárguense.

Miro a Russ que me entrega mi varilla y seguimos la orden de Alicia.

De regreso en la habitación de Martha, Pete sigue sentado frente a la computadora. Russ tiene razón, siempre lo ha fascinado todo lo de Xanthro, pero eso no es motivo para dudar de él, ¿o sí? Por supuesto que no. Así es como funciona él. Planto mi casi desnudo trasero en el escritorio, junto a él, y se oye un atractivo ruido de succión. Trato de encubrirlo con una tosesita.

Pete me mira con sus grandes ojos verdes.

—Lo siento, Bobby.

Al principio me parece que se refiere al extraño casi-pedo que acabo de producir, pero luego me doy cuenta de que él está pensando en mi salida intempestiva hacia el baño.

—Está bien —lo aplaco y busco en mi bota—. Resulta que tengo noticias para contarles… Sé que mi mamá no está muerta, y estoy casi segura de que Smitty está vivito y coleando —digo—. Al menos lo estaban cuando mamá me dejó un mensaje —levanto el celular en alto.

—¿Qué? —exclama Pete—. ¿Recibiste un mensaje?

Niego con la cabeza.

—Alguien, que tiene que ser mi mamá, introdujo una serie de contactos en mi directorio. Tienen unos números de teléfono verdaderamente extraños. Y resulta que son una especie de código. O eso es lo que a mí me parece.

Pete prácticamente se moja en los pantalones.

—¿Ya lo descifraste? —y se nota que ruega por que no lo haya hecho.

—Sí —disfruto de la fugaz expresión de decepción que le pasa por la cara—. Bueno, en parte. En el primero, los números corresponden a letras en el teclado del teléfono. Cuando los tecleo con la función de autocompletar, aparecen palabras —trato de no usar tecnicismos—. Vaya cosa.

Alicia asoma por la puerta del baño, limpiándose los labios con un mazacote de pañuelos desechables.

—Sigo viva. Gracias a todos por preocuparse.

—¡Muéstranos ese mensaje Bobby! —Pete no le hace el menor caso.

Alicia ve el celular y mira al cielo.

—Oh, te va a encantar eso.

—¿Qué dice? —Russ me apremia.

—Sólo he podido descifrar el primero —enciendo el teléfono y busco el directorio de contactos.

—¿Y? —pregunta Pete.

—Dice que busquemos a Smitty —me muerdo el labio.

Ambos me miran fijamente.

—Préstame, a ver —la cresta de Pete se mece un poco cuando estira el brazo.

—Tranquilo, tranquilo, tigre —automáticamente cierro la mano para aferrarme al teléfono.

—Muéstrame.

Está bien, y me emociono bastante al mostrarle. Hacerlo con Alicia resultó tan gratificante como explicarle a un panda la división de dos cifras. Le muestro la lista de contactos.

—Marigold y... ¿Poffit? —dice Russ—. Conoces gente con nombres muy interesantes.

—Pues sí —vacilo un momento, pero no hay manera de no caer en esta—. Así fue como supe que había sido mi mamá quien introdujo estos nombres. Nadie podía saber de Marigold o de... mmmm... Poffit, excepto ella.

—¿Y quiénes son? —es Alicia, por supuesto, desde su esquina. Porque sabe que esto será motivo de vergüenza para mí.

—Marigold es la gata de mi abuela —parpadeo—. Y Poffit... Poffit era mi... mmm —me sonrojo y trato de sacarle algo de chiste—. Ya saben, esa cosa que uno arrastra para todos lados cuando niño.

—¿Tu frazadita? —resopla Alicia. Esto va mucho mejor de lo que ella esperaba.

—Adivinaste a la primera. Eres un genio —le espeto en respuesta.

—Bien, obviamente nadie más que tu mamá iba a saber eso —interviene Russ, para impedir que la cosa se transforme en pelea seria entre Malicia y yo. Pero de alguna manera eso hace que todo sea más mortificante.

—Miren —trato de seguir adelante al llevarlos a la entrada de Marigold—. Aquí está el mensaje "Buscar Smitty". 287227764889. Tecleas esos números como si estuvieras escribiendo un mensaje de texto y te sale "BuscarSmitty".

Pete me arrebata el teléfono para probarlo, y lo dejo. Suelta una especie de silbido cuando obtiene el mismo resultado.

—Funciona —su cabeza casi blanca asiente levemente al volver a intentarlo—. Está diciendo la verdad.

—Pues claro que sí —contesto—. Ahora apaguémoslo antes de que se nos acabe la batería —como si me hubiera entendido, el teléfono suelta un pitido. Tiendo la mano para que Pete me lo entregue.

—¡Qué buena idea! —dice Russ—. Tu mamá es inteligente.

—Lo suficientemente inteligente como para hacerlo sencillo de manera que yo pudiera entenderlo —le hago a Pete señales de que me entregue el teléfono pero no me hace caso.

— Copiemos los números —se pone a buscar papel y lápiz—.

Sin problema podemos averiguar las letras que corresponden. En el peor de los casos será cosa de hacer un anagrama —el teléfono pita de nuevo.

—¡Va a apagarse! —grito.

—No hay prisa —responde Pete—. Duran siglos haciendo ese ruido antes de apagarse de verdad —encuentra un lápiz al fin y empieza a oprimir teclas—. ¡Oh!

—¡Pete! —le grito—. Se apagó, ¿cierto? ¡Fabuloso! —colapso de nuevo en el escritorio con otro sonido de succión de mi trasero desnudo, pero esta vez no me importa que se oiga.

—No importa —voltea el teléfono para mirarlo por debajo—. Podemos conseguir un cargador. Le sirven los de tipo genérico. Y sé exactamente dónde hay uno.

—¿Dónde? —me niego a ilusionarme.

—En la central de enfermeras.

—¿Dónde?

—El escritorio grande en el pasillo bajo el cual nos escondimos. Entrecierro los ojos.

—El escritorio grande en el pasillo. El pasillo que en este momento está invadido por zombinos.

—*Merveilleux!* —dice Alicia, con uno de sus mejores despliegues de aspavientos. Me mira—. Ve a buscarlo, pues.

—¿Qué? —levanto las manos—. ¿Allá afuera, con ellos? Para tu conocimiento, nena, ni en sueños.

—Pero si es muy fácil —grita ella.

—Entonces, ¿por qué no vas tú? —le respondo a gritos.

—Como si fuera a molestarme en hacerlo —me dice.

—¡Ya te vería en esas! —contesto gritando.

—Yo iré —dice Russ con calma.

Todos nos volvemos a mirarlo, luego a la computadora y de nuevo a él. Sonríe.

—Yo voy, yo voy. No hay problema —dice, y va hacia unas perchas en una esquina—. Vean lo que Martha tenía para estas ocasiones especiales —sostiene una chamarra oscura y le da golpecitos con una mano—. Reforzada, antibalas.

—Antimordiscos —murmuro.

Me ofrece una amplia sonrisa.

—Es nuestra esperanza —desliza un brazo dentro de la chamarra y saca un casco y unos guantes que la acompañan—. Qué bien.

—¿Y qué? ¿Vas a meterte entre ellos a la carrera y ya? —dice Alicia—. Es la muerte segura.

—Un disparate —desaprueba Pete con movimientos de cabeza—. Además estos mensajes, por más valiosos que sean, no son nuestro pase de salida. Aún nos falta encontrar por dónde escapar.

—Cierto Pete —dice Alicia—. Sobre eso…

Russ da un golpecito en el vidrio de la pared y nos permite ver apenas un par de zombis.

—Ya no hay muchos cerca de la puerta. Puedo salir sin problemas —se pone el casco y los guantes—. Además, me servirá de entrenamiento para nuestra gran escapada. A lo mejor logro asustarlos lo suficiente como para que nos dejen paso libre desde esa puerta hasta el patio. El teléfono necesita tiempo para recargarse antes de que podamos empezar a descifrar el código. Así que, si voy ahora, eso nos permitirá atrincherarnos aquí un rato, para luego emprender nuestra huida definitiva.

—¡Pero los zombis! —grita Alicia.

—Son chiquitos y yo soy grande —le ofrece una sonrisa de triunfo, los ojos color caramelo chispean y veo que ella se derrite un poco. Se vuelve hacia Pete y le da una palmada en el hombro—. ¿Dónde exactamente está ese cargador?

Pete traga saliva y luego se acuerda de que él es el Gran Líder. Se acomoda los *goggles*.

—Estaba enchufado. Hay un tomacorriente en la pared, al lado derecho del mostrador —cierra los ojos unos instantes, como si pudiera verlo—. Pero ya no está ahí. Busca en los cajones.

Entonces no es cosa de ir a recogerlo y salir corriendo. Es más bien una operación de rescate. Russ va a necesitar más tiempo para lograrlo.

—Facilísimo —dice Russ, sin el menor rastro de ironía en la voz y se cala una visera reflectante para cubrirse la cara. Parece una mezcla de Buzz Lightyear, el robot de *Toy Story*, con Iron Man. Quita el cerrojo de la puerta, toma la manija—. Deséenme suerte.

—¡Espera! —le grito.

—No te preocupes, no voy a permitir que ninguno entre —dice.

—No, no es eso —corro hacia las perchas—. Voy contigo —tomo una segunda chamarra. Martha estaba bien preparada. Huy, caramba, cómo pesa. Me la pongo sobre mi suéter de polar para que quede más acolchada—. No puedes ir solo, sería fácil que te cayeran todos al ataque —la chamarra me queda gigante. Lo bueno es que me cubre el trasero mejor que antes. Pero sigo con las piernas al desnudo y no hay un segundo casco ni otro par de guantes.

—No puedes hacerlo —empieza Russ.

—Por supuesto que sí —le discuto—. Uno de los dos los distrae mientras el otro busca el cargador. Soy rápida —bueno, solía serlo... me saco la idea de la cabeza—. Los mantendré ocupados mientras tú vas hasta el mostrador —¿en qué diablos me estoy metiendo?

—Si van a ir, que sea ahora —Pete sigue dedicado a la computadora—. Podría ser que los grandes vengan hacia acá.

—Por lo menos ponte esto —Russ empieza a quitarse los guantes y el casco.

Niego con la cabeza.

—No voy a ver nada con esa cosa en la cabeza —miro a Alicia—. Pero podría venirme bien algo para ponerme en las piernas.

—¿Qué? —está perpleja—. ¿Ahora quieres mis trapos? Olvídalo. Y en todo caso no te cabrían.

—Anda, Alicia, préstamelos —le digo. No tengo más opciones.

Mi insignificante trasero con mucha dificultad entraría en los diminutos pantalones de poliéster de Pete.

—Ay, Dios mío. Esto es demasiado terrible como para poderlo expresar. ¡No vayas a dejar que te zombifiquen mientras los tienes puestos —empieza a quitárselos—. Ni me los dejes sudados. ¡Oye, tú! —le grita a Pete—. ¡Voltéate! Me niego a desvestirme mientras estés mirando con morbo y regodeándote a más no poder.

Pete escupe disculpas sonrojado y se da la vuelta. Curiosamente no le importa que Russ la vea a medio vestir. Me lanza los afelpados pantalones color durazno y me los pongo. Mmm. No los hubiera escogido tal cual, pero supongo que Alicia no tiene pantalones de cuero de motociclista para prestarme.

—Vámonos —me siento como el Capitán América. Lo que me falta en protección lo compenso con entusiasmo. Tomo mi varilla, Russ agarra su extinguidor y la puerta se abre y se vuelve a cerrar antes de que yo alcance a pensar en lo estúpido que es todo el plan.

Capítulo 6

Las luces intermitentes de color rojo y naranja se han apagado. Tal vez a los muertos vivientes no les gustan las discotecas. Los pequeños zombinos se han dado por vencidos en su asedio a nuestra puerta, pero están a nuestra izquierda, agrupados alrededor de la central de enfermeras, porque probablemente allí se concentra el olor tibio a humano más que en estos desinfectados corredores.

—¡Atraigámoslos a este extremo! —digo y apunto hacia la derecha, más allá de la entrada al patio, donde el corredor da un giro marcado—. Allí los mantendré ocupados mientras tú corres para dar tu golpe.

—Más que golpe, un *touchdown*, ¿no crees?

—Sí, tienes razón. Con esta armadura parecemos jugadores de fútbol americano —empuño mi varilla, me apresto y empezamos a avanzar rápidamente hacia el extremo del corredor. Ya divisé hacia dónde voy: justo antes de la esquina donde el corredor gira, hay una puerta doble abierta y una camilla al lado. Me estoy volviendo experta en estas cosas. Veo que con un par de saltos puedo treparme al filo superior de una de esas puertas y mantenerme en equilibrio mientras Russ cumple su misión. Hay un par de tubos que cuelgan del techo que me servirán de apoyo.

Mi mente no solía funcionar así. Jamás buscaba las salidas de emergencia, las rutas de escape, las posibles armas o las barricadas. Sé que ya no cambiaré. Ni siquiera cuando esté convertida en una vieja cascarrabias y todo esto no sean más que cuentos con los que asustaré a mis nietos a la hora de dormir.

Claro, si es que llego a la edad adulta.

—¿Y ahora qué? —me grita Russ desde atrás de su visera de Robocop. Estamos junto a las puertas. El corredor sigue un poco más adelante y luego da un giro de 90 grados a la izquierda. Corro para asomarme en la esquina y me alivia ver que está libre, por ahora. Mientras tanto, el grupo de zombinos en la central de enfermeras se dieron la vuelta para ver qué es todo ese alboroto y vienen hacia nosotros.

—Ya vienen, espera un poco —me trepo a la camilla—. Cuando empiecen a avanzar se dispersarán y entonces podrás lanzarte en carrera.

—Ya has hecho esto antes, ¿no?

—Pete ya te ha contado todo el rollo —aprieto las mandíbulas—. Una que otra vez —me guardo la varilla dentro de la chamarra y aprovecho un dispensador de gel antibacterial que hay en la pared para apoyar un pie y elevarme hasta quedar sentada en el filo de la puerta. No tengo mucha posibilidad de maniobra con esta combinación de polar y chamarra, pero me agarro de las tuberías para equilibrarme.

Los minimonstruos ya se nos acercan, relamiéndose, tan entusiasmados como pueden llegar a estarlo los muertos vivientes, con ese aliento a pescado podrido que les sale de la boca a cada gemido.

—¡Ahora! —apunto hacia la central de enfermeras, casi vacía, tal como el médico nos la recetó—. ¡Hazlo ya!

Russ deja escapar un rugido y empuja la camilla a modo de escudo y de ariete para abrirse paso, y la sigue empujando para llevarse por delante a los zombis. Lo animo, distrayendo a los zombinos desde mi posición.

La camilla de Russ impacta la central de enfermeras con un sonido hueco y él sale disparado de cabeza, con casco y todo, por encima del mostrador. Afortunadamente no me había dado el casco a mí. Todo el asunto es cómico y se gana por ello más de mi cariño que por sus muchos actos de valor. Es difícil superar una payasada digna de la mejor comedia. Mi carcajada hace que la puerta tiemble por lo que me agarro con más fuerza de las tuberías para evitar caerme.

—¡Estoy bien! —se pone de pie y me grita, con el casco torcido. Esto resulta aún más chistoso, pero no creo que a su moral le haga mucho bien que yo me deje llevar por un ataque de risa y como no puedo soltarme para indicarle con mis dos pulgares en alto que me alegro, no hago nada. En todo caso, él no está mirando hacia mí porque de inmediato se pone a buscar el cargador, agachado tras el mostrador, aprovechando cada instante como si fuera cuestión de vida o muerte. Y es que en realidad lo es.

Debajo de mí, el grupo empuja la puerta y levantan sus bracitos para tratar de alcanzar uno de mis pies. Mantengo las piernas firmes ante mí, como si fuera una rutina de ejercicios abdominales, y el filo de la puerta se clava en mi trasero. Pero no me alcanzan y no piensan dejarme escapar. Son seis o siete ahora, peleándose por estar más cerca, empujándose unos a otros contra la pared, contra la cosa esa del antibacterial, contra un botón bien grande que dice "Abrir/Cerrar"... ¡mierda!

La puerta empieza a moverse debajo de mí. Los condenados muchachitos tuvieron suerte y por accidente alguno oprimió el botón. La puerta se va cerrando. No puedo seguir allí, sino que tengo que saltar o quedarme colgada de las tuberías. Saltar para caer entre muertos vivientes no parece una opción sensata, así que me sostengo, con las piernas colgando, los brazos que me queman, las manos que me sudan y que empiezan a resbalarse de las tuberías polvorientas. Me siento acalorada, una oleada de adrenalina y de sudor, provocado por el miedo, me recorre. Los músculos de mi abdomen gritan cuando intento levantar los pies para colgarlos también de los tubos, pero la estúpida varilla del toallero que llevo en la chamarra me impide flexionar el cuerpo. ¡Maldita sea! Sigo colgando y pateando como loca, y los niños tratan de golpearme como si yo fuera la más grande de todas las piñatas en una fiesta de cumpleaños zombi.

—¡Russ! —es difícil gritar cuando uno cuelga de los brazos, pero me las arreglo para hacerlo—. ¿Lo encontraste? —aún está fuera de mi vista, en algún lugar detrás del mostrador.

—Todavía no —me llega la respuesta ahogada.

—¿Te importaría apurarte un poco? —siento que se me van a dislocar los hombros. Trato de adelantar una mano vacilante, manteniendo las rodillas dobladas y los pies apenas fuera del alcance. ¿Podré avanzar cual mono por estas tuberías? ¿Al menos para librarme de los zombis que tengo a mis pies? El sudor me chorrea los ojos. No tengo otra salida, no puedo seguir colgando tanto tiempo. Tengo que intentarlo. Mano derecha, mano izquierda, mano derecha. Mis piernas se columpian, dándome un ritmo. ¡Vamos bien! Mano izquierda, mano derecha, mano izquierda... la varilla se va escurriendo con cada trecho que avanzo. Una niña cuyos labios han desaparecido dejándole una sonrisa permanente me mira e intenta agarrarme un pie. Logro liberarme, pero vuelve a la carga.

—¡Russ! —elevo el nivel del tono de apremio en mi voz, bastante—. ¡No puedo más!

—Ya lo tengo —grita y asoma su cabeza con casco por encima del mostrador—, pero está enredado en un lío de cables...

—¡Pues desenrédalo ya! —no me sirven las explicaciones, hazlo y ya. Pero ya sé que no importa cuán rápido lo consiga, porque he llegado al fin de mis fuerzas. No tengo un lugar al cual saltar ni correr a salvo. Hago un último intento desesperado por meter los pies entre los tubos de manera que sostengan algo de mi peso, pero sé desde el principio que es inútil. La varilla del toallero finalmente cae al piso y yo estoy a punto de seguirla. Mis manos no resisten más y me estrello contra el suelo con un gemido.

Caigo sobre uno de ellos, lo siento crujir y ceder bajo mi peso. Trato de rodar lejos para liberarme pero choco con un par de piernas. De inmediato me encojo sobre mí misma, cubriéndome todo lo posible con la chamarra, como si fuera una tortuga en su concha. Manos como pequeñas garras me rasguñan la espalda, pero el material antibalas de la chamarra me protege. Sin embargo, necesito moverme antes de que encuentren alguna parte carnosa o que se las arreglen para darme la vuelta, como sucede con los puercoespines. Con un chillido, empiezo a dar vueltas y a rodar lo más rápida y enérgicamente que puedo, por entre los intersticios que dejan las piernas que me rodean, hasta que voy a dar contra la puerta de vidrio que lleva al patio y allí encuentro mi respuesta. Hay una barra hacia el centro de la puerta que dice "Presione para abrir" levanto ambas manos para empujarla y obedece de buen grado. La puerta hace ruido y cede. Ruedo hacia el patio, giro sobre mí misma y cierro de un golpe, empujando la puerta con mis dos pies.

Me quedo tendida, jadeando, con las botas apoyadas contra el vidrio y la espalda en el piso de concreto. Levanto la cabeza para ver a mis perseguidores. Allí están, al otro lado del cristal, empujándolo bastante desconcertados por no poder llegar hasta mí. Me río con ganas.

—¡Les gané!

La puerta se mueve cuando un zombi levanta las manos y golpea la barra. Otros lo imitan. ¡Diablos! Están copiando lo que me vieron hacer. Van a abrirla tal como lo hice yo. Apoyo con fuerza las piernas contra la parte inferior del vidrio, incapaz de moverme.

¿Adónde escapar? Giro para no estar bocarriba y mi cabeza me hace torcer el cuello en un esfuerzo para ver lo que hay detrás de mí. ¡Huy, hace calor aquí! ¡A ver…! Alcanzo a divisar una escalera atornillada a una pared en el extremo más alejado del patio. Sigo su recorrido pared arriba. Debe haber algún tipo de compuerta en el techo del invernadero, hacia el exterior. Es difícil saberlo desde aquí, pero es obvio que no tendrían una escalera que no lleva a ninguna parte.

Bum.

La puerta se mece de nuevo y tengo las rodillas frenándome contra el suelo. ¿Dónde se metió Russ? No me irá a dejar aquí, ¿o sí? La idea me resulta verdaderamente preocupante. Parece un tipo de fiar y creo que en cierta forma le gusto, pero nunca se sabe.

Las caras contra el vidrio voltean a mirar hacia atrás y luego un chorro de una sustancia blanca baña el cristal, y los zombis se dispersan. Al principio creo que esa cosa blanca son sesos y que Russ se topó con una pistola como las de pintar y que perdió la cabeza. Pero los sesos de zombi, así estén marinados en pus, deben ser más bien de color rosa-rojizo. Esto es algo distinto. Russ llega a la puerta, con la visera levantada dejando ver una expresión ebria de combate en el que su arma es el extinguidor y la cosa blanca es la espuma que despide.

Relajo las rodillas. Ruedo para alejarme y poder abrir la puerta con un solo impulso.

—¡Vamos!

Me pongo en pie de un salto mientras Russ utiliza su extinguidor para dejar fuera de combate a un zombi que se tambalea sin poder ver. Todos tienen la cara cubierta de espuma, no pueden ver y eso les impide actuar.

—¿Tienes el cargador?

—¡Ajá! —da una palmadita en su bolsillo—. ¡Apúrate! —me dice y estoy a punto de seguirlo, pero el atractivo de esa escalera y el panorama de los zombis impedidos son demasiado para no hacerles caso.

—¡Esa escalera! —señalo—. ¡Podría ser nuestra salida! Vayamos por los demás y aprovechemos que ahora podemos llegar hasta allá.

Empieza a negar con la cabeza pero veo que su cara cambia de expresión al mirar hacia el corredor.

—Los adultos. Ya nos encontraron. Probemos lo que dices.

Regresamos a toda prisa por el corredor pasando junto a los frágiles niños enceguecidos. Russ utiliza la camilla para abrirnos paso y milagrosamente me topo con la maldita varilla del toallero, la recojo por si la necesitamos después. Al acercarnos al cuarto de control, la puerta ya está abierta y Pete se asoma en el umbral. Deben haber visto todo lo que hicimos en las pantallas, pero a pesar de eso me impresiona que lograra vencer las inevitables objeciones de Alicia para abrir la puerta y dejarnos entrar.

—Podemos salir al patio —grita Russ—. Hay una escalera que lleva a la azotea.

—¡Quiero mis pantalones! —Alicia está trepada en el escritorio, su camiseta se asoma por debajo de la sudadera de capucha, y se ve que la ha estirado todo lo posible para cubrirse las vergüenzas.

—¡Caramba, Alicia, no tenemos tiempo para eso! —le grito.

—¡No nos movemos hasta que me los devuelvas! —grita, y golpea el escritorio con ambos puños.

—¡Hazlo! —me ordena Pete.

—¿Se les zafó un tornillo a ustedes dos? —pero mientras lo pregunto, voy tratando de quitármelos, porque ya conozco la respuesta a mi pregunta. Los pantalones se enredan en mis botas, y empiezo a saltar por todas partes, tratando de sacármelos a tirones. Pero no está mal, pues a este paso, los zombis se van a morir, pero de la risa al verme.

—Gracias por el préstamo, señorita —al fin triunfo en la batalla y se los arrojo a Alicia, que se los pone otra vez en tiempo récord.

—¡De paseo, todos! —Russ da golpecitos en la camilla y nos sentamos en ella. Yo al frente. Detrás, Pete y Alicia, gritando. Russ va de último, empujándonos y corriendo hasta alcanzar velocidad suficiente. Después, salta para sentarse junto a nosotros y vamos veloces, haciendo ruido mientras el aire golpea mi cabeza calva. Una parte de mí disfruta de este viaje por el corredor en camilla. Cuando nos acercamos a la puerta que da al patio, Russ se baja de un brinco y nos sirve de freno humano. La parte delantera de la camilla oscila hacia los lados mientras nos detenemos del todo.

—¡Aaaay! —Alicia sale volando y se estampa contra el piso, junto a un niño muerto viviente que avanza hacia ella. Con todo y la tentación de dejarla allí, levanto una pierna y pateo al zombi en la cabeza. Cuando le tiendo la mano para ayudarla a levantarse, hace un gesto de desagrado.

—Hazme un favor, ¿sí? Hasta que hayas conseguido pantalones, olvídate de las patadas a lo alto.

La levanto con brusquedad innecesaria.

—¿Y prefieres que deje que te coman?

Se oye un rugido furioso, pero no lo produce Alicia. Los zombis adultos han llegado. Ya jugamos suficiente a las persecuciones con los niños. Los mayores están aquí y es hora de irnos.

Corremos a la puerta en el momento en que Russ la abre y nos lanzamos al patio. La puerta se cierra y Russ la bloquea usando su extinguidor como tranca. Me imagino que no es el arma más portátil del mundo, sobre todo cuando uno tiene que escalar edificios. El calor me golpea mientras miro alrededor para asegurarme de que ningún monstruito se haya colado con nosotros mientras estábamos ocupados en otras cosas. Pero estamos solos, por el momento.

—¡Ay, ay, ay! —grita Alicia—. ¡Quítenme esa cosa de encima! Me vuelvo esperando ver un zombi aferrado a su pierna. Hay una mariposa grande, de manchas coloridas, posada en su mano extendida, y mueve las alas... ¡qué bonito! Alicia la manotea, pero no se atreve a tocarla.

—¡Muérete! —Russ la aplasta de un manotazo. Ay. Alicia da un grito y la pobre mariposa intenta aletear y cae al suelo, rota. Los ojos de Russ brillan. Supongo que odia a los insectos con todo su ser.

—¡La escalera! —grita Pete, señalando hacia la esquina.

—Está muy alta —jadea Alicia.

—Pues es que llega a la azotea. ¿Qué esperabas? —susurro.

Russ toma su mano y le da un apretoncito.

—Es fácil Alicia, podemos hacerlo.

Ella no se ve tan segura, pero me imagino que el inminente combo de zombis y la ayuda de Russ será suficiente para que se decida.

Llego al pie de la escalera antes que nadie, levanto las manos para agarrarme de los tubos verticales y empezar a trepar incluso antes de tocar el primer escalón. El metal se siente muy afilado, casi como si me pudiera cortar. Ojalá hubiera tomado esos guantes... Y nuevamente, al ir subiendo, me doy cuenta de que el mundo entero tiene un panorama total de mi trasero. Ojalá hubiera insistido más en quedarme con los pantalones de Alicia.

Subo los primeros escalones tan rápido como puedo. Están resbalosos y la varilla del toallero me incomoda. La escalera está tan pegada a la pared que es difícil apoyar suficientemente los pies y uno siente que está a punto de caerse para atrás. Miro hacia abajo. Peter viene detrás de mí, con vista frontal de mi trasero y Russ sigue en el suelo, dedicado a convencer a Alicia. Siento mareo al mirar hacia abajo así que volteo de nuevo para ver hacia donde me dirijo. Hay que continuar.

La azotea se avecina y por primera vez me pregunto qué nos estará esperando. No es que tenga expectativas de encontrarme a un enemigo babeante.

Se oye un ruido abajo, como de vidrios rotos.

Mierda. Rompieron la puerta. Me arriesgo a mirar de nuevo. Un río de muertos vivientes, grandes y chicos, inunda el patio. No tardan mucho en descubrirnos.

—¡Apúrense, apúrense! —grita Alicia, ya trepada en la escalera.

Me impulso sobre la barda que rodea la azotea y piso una superficie crujiente mientras mi mirada se dispara a todos lados buscando si hay enemigos para enfrentar.

Es difícil saberlo con seguridad, pero me parece que estamos solos aquí arriba. El patio es un cuadrado vacío allá abajo, en el centro del hospital. Hay unos ductos de aire acondicionado que asoman en la azotea y unos cuartitos de ladrillo con puertas que probablemente son para instalaciones eléctricas o algo así. Pero fuera de una que otra mariposa aventurera, no se ve nada que se mueva.

Y además está el techo de vidrio sobre nosotros. Supongo que yo esperaba llegar al final de la escalera y encontrar una trampilla, abrirla, salir de este oasis tropical y vernos de nuevo en la helada y triste Escocia. Pero eso no va a suceder. El techo de vidrio cubre toda la azotea. Extraño. Seguimos en el interior. El techo no está muy lejos por encima de mí. En otras palabras, si mi pandilla de escape formara una pirámide humana con una Alicia reticente en la punta, ella no tendría que esforzarse mucho para tocar el cristal que se eleva desde el borde externo del edificio, como si el hospital entero fuera un modelo en miniatura dentro de uno de esos terrarios que se usan para cultivar plantas. Miro de nuevo a mi alrededor. ¿Dónde está la salida?

Hay algo extraño, un poco más que extraño. Si recapitulo, me doy cuenta de que lo supe desde el primer momento. La luz es rara y mientras estuve tendida en el suelo bloqueando la puerta para que no salieran los zombis, sabía que no se veía real.

Miro a todos lados en busca de un horizonte en la distancia y mi cerebro no logra asimilar lo que veo.

Corro al punto más alejado, al muro exterior y miro a través del vidrio.

No hay nada del otro lado.

Capítulo 7

E l cielo es el límite, definitivamente.

Detrás de la pared de vidrio no hay más que negrura. No como el espacio exterior ni nada parecido, sino una cavidad y luego, materia sólida. Piedra. Veo la textura, las grietas, las irregularidades.

¿Por qué diablos y demonios iba a tener alguien un hospital incrustado en la roca?

Froto el cristal. Es esmerilado no muy opaco, y por encima de nosotros hay luces tras el vidrio, lo que da la impresión de luz de día. Si entrecierro los ojos, puedo distinguir mejor los focos individuales.

Pete se reúne conmigo, respira entrecortadamente y le falta el aliento.

—¿Actualización de estatus? —pregunta jadeando y se quita los *goggles*.

—Pues... es como si... como si estuviéramos dentro de una pecera inmensa —trato de explicarle.

Me mira impaciente.

—¿De qué diablos me estás hablando?

Le señalo el cristal.

—Lo de afuera desapareció.

Observo su expresión a medida que sigue el techo de vidrio hasta la pared exterior... y ve lo que yo veo.

—Creo que estamos rodeados de piedra. Como si estuviéramos en una cueva o algo así.

—¡Esto es increíble! ¿Por qué iban a...? —y corre a una de las paredes. Y se requiere mucho para que Pete salga corriendo. Allá tantea el vidrio cual si fuera Marcel Marceau. Me grita—: Estamos como en una vitrina.

Como si fuera su señal para entrar en escena, Alicia aparece con

73

mucha fanfarria y exceso de dramatismo hasta que casi se resbala en el último paso antes de que Russ le ayude y la empuje desde atrás para llegar a la azotea. Tiene las mejillas sonrojadas y no creo que sea por la emoción de la persecución. Nunca dejará de sorprenderme la capacidad de esta chica para irritar a la gente. Me fulmina con la mirada.

—¿No podías mover tu gordo trasero un poco más rápido? —dice—. Esas cosas estaban mordiéndome los talones.

Siento la tentación de responderle, pero decido no hacerle caso y mirar hacia el patio otra vez, que se va llenando rápidamente con zombis; los cuerpos se arremolinan al pie de la escalera. Miran hacia arriba. Es preocupante: se dieron cuenta de adónde nos fuimos y uno de ellos trata de alcanzar los travesaños de la escalera para treparse.

Russ bloquea mi campo visual por un momento, me sonríe mientras alcanza el último escalón y llega a la azotea.

—¿Entonces, para dónde ahora? —su mirada busca a Pete, que sigue acariciando el vidrio al otro lado de la azotea—. Caramba... ¿qué sucede? —voltea al techo y lo veo llegar a las mismas conclusiones que yo—. ¿Dónde está la salida?

—Parece que no hay ninguna.

Russ niega en silencio y corre hacia Pete. Lo seguimos.

—¿De qué hablas? —Alicia, con su punto de vista, no ha entendido la situación todavía—. ¡Dios mío! —da una palmada contra el cristal.

—Tiene que haber una puerta o algo —Russ sale corriendo. Sabe correr rápido, es imposible no admirarlo por eso. Los veteranos de la cafetería "Alegres bocados" se quedan inmóviles mirándolo recorrer todo el borde del edificio a nuestro alrededor, como un perro entrenado, para reunirse con nosotros luego, sin aliento.

—No hay salida —dice.

—Estamos bajo tierra —murmura Pete. Lo miro fijamente. Alicia le lanza un vistazo raro, como si él oliera mal.

—¿Perdón? —dice ella.

—Estás perdonada —contesta él. Se sienta en la grava de la

azotea y apoya la cabeza entre las rodillas—. Pero seguimos bajo tierra.

—Explícate —le pido.

Aún cabizbajo, Pete levanta un brazo y gesticula con él.

—Debí imaginarlo. ¿Cuál es el lugar más seguro para instalar un hospital militar? Bajo tierra. Donde queda oculto, protegido y en secreto.

—¿En serio? —anota Russ—. A mí me parece bastante poco creíble.

—¿Por qué? —Pete levanta la cabeza y lo mira con sus ojos verde pálido—. Hay vestigios de hospitales militares subterráneos de la segunda Guerra Mundial en las islas del Canal de la Mancha que ahora son atracciones turísticas. Y en Escocia hay un viejo búnker atómico que resguardó a varios cientos de personas durante la Guerra Fría, a treinta metros bajo tierra. El verano pasado lo conocí.

—Seguro que sí —dice Alicia.

—Y esos son apenas dos ejemplos de los que sé —continúa Pete—. Imagina todos los que existen sin que sepamos.

—Pero si este sitio es tan secreto, tan oculto y está tan protegido, ¿cómo es que lo han invadido los muertos vivientes? —pregunto—. ¿Acaso bajaron por una chimenea cuando nadie estaba vigilando? ¿O se escondieron entre la ropa que volvía de la lavandería para poder entrar?

—Quizás estaban aquí desde un principio —dice Pete—. Al fin y al cabo es un hospital. A lo mejor intentaban curarlos o tal vez eran cadáveres que se reanimaron.

—Lo que sea —dice Alicia—. El hecho es que la olfatearon a ella —me señala—. Adondequiera que vaya, la siguen. Lo importante es cómo salir de aquí.

—De acuerdo —anota Russ y me dirige una mirada de disculpa—. Me refería a la última parte, nada más.

—Exactamente —dice Pete—. A menudo este tipo de lugares tienen mecanismos de seguridad a toda prueba. Por ejemplo, cuando están bajo amenaza se inundan automáticamente para que nadie pueda escapar.

—¿Estás bromeando? —le grito.

—Pues al menos los que recibían nazis heridos se podían inundar —responde.

—¿Y es que ahora tenemos nazis zombis? —gime Alicia.

—No te emociones demasiado que no hay nazis aquí —le respondo cortante—. ¿No te basta con que estemos varios niveles por debajo de Raccoon City? —pero ella no entiende la alusión, como me lo imaginé—. Lo importante es que debe haber una salida y probablemente tengamos que volver a entrar para poder salir —señalo los ductos de aire—. Me parece que ese es nuestro camino.

—Ay, Dios, ay, Dios —se queja Alicia—. ¿Por qué siempre tienes que insistir en andar arrastrándote por túneles?

Voy al trote hasta uno de los ductos y tiro de la rejilla que lo cubre.

—Oye, Bobby —Pete me dice con tonito meloso—, es más fácil entrar por la puerta —señala a otra parte de la azotea. En medio de un tramo plano hay lo que parece un cubo de ladrillo. Creo que yo debí verlo como otra chimenea o ducto o algo así, pero ahora me resulta obvio que debe ser un cuartito del cual baja una escalera hacia el interior del edificio—. Vamos a ver.

Antes de que alcancemos a responder, se oye un ruido de explosión tras él y todos volteamos a mirar. Es algo abajo en el patio. El ruido se repite por segunda y por tercera vez.

—¡Huy! —grita Alicia—. ¡Les están disparando!

Corremos al borde.

—¿Dónde? —recorro el patio con la vista. Se oye otro tiro e instintivamente, al mismo tiempo, todos nos agachamos tras la pared. Asomo la cabeza por encima. Hasta donde alcanzo a ver, los disparos provienen de algún lugar al otro lado del patio.

—Allí —jadea Pete—. Piso superior, tercera ventana de la derecha.

Miramos hacia ese punto. Hay un disparo y un pequeño relámpago que confirma que dio en el blanco. Pero luego se oye otro tiro desde otra dirección. Hay zombis caídos. Quienquiera que esté disparando, ha hecho una buena labor para darlos de baja.

—¿Cuántos tiradores? —Pete se acerca a mí y me empuja, tratando de ver mejor pero al mismo tiempo usándome como escudo humano, por si acaso. Cuando me zafo de su cercanía se molesta.

—Yo qué sé —le digo enfurecida—. Es la primera vez que estoy en una situación con fracontiradores.

—¿Y a quién le importa? —pregunta Alicia—. Están de nuestro lado —y antes de que podamos anticiparnos a la locura que va a cometer, se pone de pie y agita los brazos—. ¡Aquí! ¡Aquí estamos! ¿Pueden rescatarnos, por favor?

Se oye un impacto y vuela polvo de ladrillo, y Russ derriba a Alicia al suelo. Ella se queda tendida, con los ojos bien abiertos.

—¿Nos disparan a nosotros?

—Debe haber sido un error —dice Russ—. Un tirador nervioso.

—¿Tirador nervioso? Olvídalo —dice Pete, y sabemos lo que quiere decir pero suena muy mal—. Son hombres bien entrenados. No cometen errores.

Y tiene razón. Estoy segura. Conocen el libreto. Saben que los zombis no se trepan a las azoteas ni agitan los brazos ni gritan.

—¡Esperen! —algo en el patio capta mi atención—. ¡Sobrevivientes! —tres figuras que salen por entre los restos de la puerta de vidrio por la que salimos nosotros. Hay un hombre de gris vestido con bata de cirujano color verde y una mujer de traje que le ayuda a un hombre más joven que está herido. Se quedan en el borde del patio, lejos de la multitud de muertos vivientes que se aglomeran al pie de la escalera. Estos tres también han visto a los francotiradores, les hacen señas agitando los brazos y pidiendo ayuda.

Un estallido.

Otro.

Dos disparos. Dos impactos. El hombre de bata cae primero, después la mujer. Por un momento, el más joven mira hacia arriba y a duras penas distingo el terror y la confusión en su cara.

Uno más.

Ya no se ve confundido. Ahora está inerte.

Me dejo caer tras la pared. Una bola de terror se está formando en mi estómago.

—¡Ay, Dios mío, Dios mío, Dios mío! —susurra Alicia—. Les dispararon a quemarropa —las lágrimas empiezan a rodarle por la cara—. Tan sólo querían ayuda y los mataron —me mira, desesperada—. ¿Qué nos van a hacer a nosotros?

Nos tumbamos pegados al lugar donde se alza un tramo de pared que nos protege y tratamos de hacernos invisibles.

—Saben que estamos aquí. Tenemos que movernos —dice Russ.

Me vuelvo hacia Pete.

—¿Este es el sistema infalible de seguridad? ¿Eliminar a todos para estar seguros?

Pete niega.

—No, ese sistema es el último recurso. Si hubiéramos llegado a ese punto, los francotiradores estarían muertos también.

—Eso ya es algo —Russ me mira y con eso me hace sentir esperanzada—. Vamos —avanza a gatas hacia el final de la pared que nos protege—. Tenemos que llegar a la puerta.

No estoy muy segura de eso. ¿No vendrán exactamente por ahí los tiradores, ya que saben que es aquí donde estamos? Pero también es cierto que apenas somos unos niños. Ellos tienen objetivos más apremiantes, como las hordas de zombis. Hay una pequeña probabilidad de que se ocupen de nosotros hasta el final, siempre y cuando no nos pongamos en su camino.

—¡Ay, ay, ay, ay! —Alicia levanta delicadamente sus "patas" delanteras mientras sigue a gatas a Russ—. Esto es tan incómodo para mis manitas.

—Lo lamento. La próxima vez nos aseguraremos de escoger una azotea de terciopelo —le digo, adelantándola.

Otro disparo.

Y otros dos.

El sonido es casi tranquilizador, porque quiere decir que los francotiradores siguen donde estaban. Una vez que dejen de disparar, sabremos que han dado de baja al último de los monstruos del patio y continuarán su misión. Me mantengo lo más pegada al suelo, con el temor de que unos escasos centímetros de mi cuerpo que asomen por encima de la pared les proporcionen un blanco fácil. Rodeamos una esquina y seguimos avanzando. Mientras haya pared tras la cual guarecerse, estamos bien. Lo difícil vendrá cuando tengamos que correr hasta la puerta. Esperemos que esté abierta cuando lleguemos allí.

Y luego, los tiros se apagan. Russ debe haberse detenido porque choco contra Pete y Alicia embiste mi desnudo trasero. Es toda una carambola.

Tan sólo un tramo de azotea nos separa de la puerta.

Russ corre hacia ella, manteniéndose agachado. Supongo que es imposible frenarlo, porque además es el tipo de persona al que le gusta abrir el camino y querrá asegurarse de que la puerta esté abierta para ponernos a salvo a los demás. Es muy amable de su parte, pero al mismo tiempo también resulta irritante. A decir verdad, a lo mejor lo que sucede es que me molesta que no sea Smitty, que también hubiera corrido a la puerta, pero primero hubiera hecho un chiste malo y me hubiera lanzado un guiño a la vez que se las arreglaba para insultar a Alicia, todo en una sola jugada. Y habría sido fastidioso como nada en el mundo, pero maravilloso también.

—¡Roberta! ¡No te me pongas sentimental en estos momentos! —me dice Smitty al oído. Y tiene razón. Es el tipo de cosas que ablanda a una chica y que también hace que esa chica resulte muerta.

Russ está agazapado junto a la puerta y mueve la manija lentamente. Qué bien. Sería el colmo que estuviera cerrada. Deja al descubierto una rendija y se asoma. Probablemente este es el momento en que algo debería jalarlo hacia adentro, pero afortunadamente para nosotros no es así. Con los pulgares hacia arriba, nos indica que todo está bien y nos hace gestos para que lo sigamos. Al llegar a la puerta echo un vistazo hacia atrás. El patio está en silencio y nadie nos dispara. Sigo a Alicia para entrar y Russ me sonríe, quedándose hasta el último. Cierra la puerta detrás de nosotros.

Estamos en la parte más alta de unas escaleras iluminadas por un foco diminuto enjaulado en una rejilla metálica por encima de nuestras cabezas.

—Entonces, ¿bajamos para poder subir? —tomo la barandilla metálica.

—¡Espera! —Russ extiende una mano—. No olvides que esos tipos están entrenados, que tienen armas y también un plan. No trates de pasarte de lista, no creas que puedes vencerlos. Si acabamos enfrentados con ellos, cuerpo a cuerpo, dejen que yo me haga cargo.

—¿Eres capaz de vencerlos? —pregunta Alicia, como si fuera a desmayarse.

—Conozco uno que otro truco —dice Russ y le guiñe un ojo—. Pero si te los cuento...

—¿Tendrías que matarme? —pregunta ella coqueta. Por alguna razón toda la historia me produce escalofríos.

Bajamos las escaleras corriendo. Cuento siete niveles gracias a los descansos y las escaleras bajan más allá. Viaje al centro de la tierra. Los oídos me van a estallar. Esto es absurdo. Y aterrador. Me detengo para voltearme hacia Pete.

—¿Y dónde queda exactamente la planta baja? Si seguimos más, acabaremos por llegar el núcleo del planeta.

Pete me hace una mueca, pero veo que agradece poder parar un momento.

—Hasta el fondo, me imagino. Debe haber un elevador que lleve a la superficie en el nivel inferior —jadea.

Llegamos al siguiente descanso. Me detengo.

—¡Miren!

Hay un cuerpo en el suelo. Una persona en bata blanca, inmóvil. A primera vista me parece que es una mujer porque tiene una cola de caballo de color café, pero al acercarme me doy cuenta de que es un hombre.

—Curioso —dice Pete—. El pelo.

—Ya lo sé —agrega Alicia—. Espantoso estilo. Debe llevar viviendo bajo tierra desde 1977.

Russ se ríe.

—Lo que Pete quiere decir es que se supone que es un militar. ¿Quién ha visto un militar con pelo largo? A todos los rapan.

—Ajá —responde Alicia—. Como a ella.

—A lo mejor éste es el que está a cargo de la página web —digo bromeando, pero algo no encaja en todo esto.

Y luego las cosas empeoran. El de la cola de caballo empieza a despertarse. Se levanta lentamente, los brazos le sostienen el cuerpo, la cabeza caída hasta el último momento, cuando la endereza y revela que le hace falta la mitad. El ojo restante nos ve y podría jurar que sonríe. Con los brazos extendidos hacia delante, avanza.

Empuño mi varilla del toallero. Siento a Russ que se pone rígido a mi lado.

—No es más que uno. Podemos derrotarlo.

Arriba una puerta se cierra con fuerza.

—Los soldados —grita Pete.

—Calma, muchachos —dice Russ—. Bobby, dame la varilla.

Se la tiendo para entregársela, pero en ese momento la puerta tras el zombi cola de caballo se abre e irrumpe una oleada de muertos vivientes. Por la sorpresa, golpeo la varilla contra la barandilla metálica de las escaleras. La vibración viaja por mis manos hacia mis brazos y mis hombros y el sobresalto me hace soltar la varilla, que cae por el hueco de la escalera y aterriza en algún lugar más abajo con un repiqueteo casi melodioso. Por quién doblan las campanas. Me asomo por encima de la barandilla, como si de alguna manera pudiera absorber el ruido y es ahí cuando siento el hormigueo. Me doy la vuelta veloz para mirar hacia arriba por el hueco de la escalera, porque siento ojos fijos en mi nuca.

Una cabeza, con pasamontañas negro, se asoma por encima de la baranda varios pisos más arriba.

Una segunda cabeza aparece, un poco más abajo.

Luego una tercera, a escasos dos o tres pisos por encima.

—¡Corran! —grito, sin pretender ser silenciosa porque es evidente que ya eché a perder esa estrategia. Bajar no es una opción, así que subimos un piso y entramos por una puerta para salir a un corredor corto que da una vuelta y seguimos corriendo. Pero al llegar al final del corredor, un grupo aparece frente a nosotros: médicos y enfermeras recién transformados y hambrientos porque aún no han comido.

—¡Atrás! —grita Russ. Volvemos a toda prisa al punto en que el corredor da la vuelta y allí diviso una puerta con un pequeño letrero en la pared. A duras penas alcanzo a distinguir lo que dice.

—¡Allí! La puerta no tiene manija —hay un sistema de clave con teclado para abrirla, pero ya está entreabierta. Podemos entrar y cerrarla tras nosotros. Señalo el pasillo y corremos hacia allá, Russ abre la puerta del todo y nos agolpamos dentro.

La habitación es muy pequeña, con casilleros y estantes que almacenan botas y prendas de vestir. Y hay una puerta que lleva a un cuarto más allá.

—¡Estamos atrapados de nuevo! —grita Alicia—. ¡Y saben dónde estamos!

Russ niega con la cabeza.

—Nos movimos muy rápido. Los zombis no vieron adónde fuimos. Desde su punto de vista, bien pudimos haber desaparecido en una pared.

—No, de quienes tenemos que cuidarnos es de los soldados —dice Pete con gravedad.

—Por supuesto, pero no van a buscarnos aquí —opino—. Al menos no por el momento.

—¿Qué te hace estar tan segura? —pregunta Alicia.

—No van a creer que nos escondimos aquí.

—¿Por qué? —Alicia frunce el ceño y luego su preciosa naricita se arruga en una mueca de desagrado, y por una vez no soy yo la que provoca esa reacción—. Ay, ¿qué es ese olor?

Lo sentí tan pronto como entramos, pero ya sabía qué esperar. Es fuerte, tan omnipresente que hace que se me llenen de lágrimas los ojos.

Pete lo sabe. Cuando corrimos para entrar, lo vi leer la palabra escrita en una pequeña placa en la puerta. Camina hasta la otra puerta y se asoma, cauteloso. Frente a sus pies hay una bandeja con un líquido, semejante a lo que hay a la entrada de una piscina pública. En mi antigua escuela nos referíamos a eso como el "baño de verrugas".

—Desinfectante —dice levantando cada pie para observar cómo el líquido gotea en la bandeja—. Al menos ese es el olor más intenso,

con una base de carne podrida. Pero el principal componente es…
formaldehído.

—¿Formal qué? —Alicia no capta la idea. Pero la cara de Pete
está más pálida que nunca y Russ lo sabe también. Decido sacar a
Alicia de su ignorancia.

—Estamos en la morgue.

Capítulo 8

— En la qué...?

Alicia echa a perder el efecto de mi anuncio. La observo y por su expresión me doy cuenta de que genuinamente no sabe de qué hablo.

—La morgue —repito—. No me digas que es una palabra desconocida para ti. Es donde se conservan los cadáveres. Eso lo deberías de saber.

—¿Por qué? ¿Es que acaso debo ser una especie de experta en muertes? —exclama—. Claro que había oído la palabra antes, pero pensaba que era una enfermedad tropical con mucha fiebre.

Me muerdo los labios.

—Eso se llama dengue.

—Ah —responde—. Pues da igual, porque no es que me importe. ¡Qué asquerosidad! —me mira molesta—. Esperen un momento —me señala—. Entonces, ¿ésta nos trajo a una habitación donde guardan a los muertos? —cierra las manos en puños y puedo ver cómo le hierve la sangre bajo esa piel blanca tan tersa—. ¿No te bastó con tener la cabeza rapada y encima de todo la perdiste?

No le hago caso y paso junto a Pete hasta la siguiente habitación. El olor empeora así como lo hace el olor secundario que el primero trata de encubrir. El olor a pescado descompuesto que se me ha vuelto tan familiar.

La luz deslumbrante contrasta con la penumbra del cuartito del cual venimos. Este es un espacio mucho más amplio. Hay algo más de una docena de camillas vacías dispersas por el lugar, algunas volteadas de costado. Una pila de bolsas de plástico negro para cadáveres, con unas cuantas sábanas que las envuelven. Una hilera de casilleros enormes cubre todo un lado de la habitación. Puertas cuadradas instaladas en la pared, tres hileras horizontales y diez verticales. ¿Treinta refrigeradores para cadáveres? Es un montón. De verdad que planearon lo peor de lo peor al diseñar este sitio. Más vale que lo hayan hecho así.

A la derecha de los refrigeradores hay una puerta abierta. Hago camino por entre las camillas y me asomo a un cuarto grande y vacío con piso, paredes y techo de azulejos cerámicos y nada más. Hay manchones de sangre aquí y allá. Me quedo en la entrada, sin querer avanzar más allá.

—Aquí es donde los tenían.

Es lo que me imaginaba. Porque si estamos bajo tierra en un hospital militar, el lugar debe ser bastante seguro. Nadie puede llegar hasta aquí sin hacer un esfuerzo grande y con ayuda de armas de fuego aún más grandes. Y los zombis, incluso los que acaban de transformarse, no han demostrado tener armas, en mi experiencia. Así que, cuando supe que el hospital estaba invadido, era lógico que la amenaza había venido de dentro.

Estuvieron aquí, pero ya se fueron.

—Brillante —Russ aparece tras de mí y me sobresalta—. Supusiste que si los muertos andaban por los corredores ya no habría ninguno aquí. Buena deducción.

—Más o menos —no puedo evitar ruborizarme de orgullo. Será una estupidez, pero me importa gustarle a Russ. Con Smitty lejos, necesito todos los admiradores que logre atraer.

Me vuelvo hacia el cuarto principal y ojeo los refrigeradores en la pared. Espero que esos también estén vacíos.

—¿Y ahora qué? —dice Alicia—. Esto no es una salida —obviamente ella no quiere que la vean apreciándome desde ningún punto de vista. Y está bien. Puedo vivir con eso.

—Esperamos y no tocamos nada —me vuelvo hacia mi pequeño grupo—. Quiero decir, nada que parezca fluido corporal. Creo que estamos a salvo por un rato, mientras mantengamos la sensatez. Podemos cargar el celular y hacer un plan.

Pete no está nada satisfecho. Mueve la cabeza de lado a lado y los *goggles* amenazan con zafársele.

—Pero es que les estamos dando tiempo de atrincherarse en la salida. Saben que estamos aquí. Podrán buscar de arriba a abajo, pero al final lo único que tienen que hacer es dejarnos encerrados.

—¿Cuál es la opción? —siento el pánico que me atenaza porque sé que en el fondo tiene razón. Podrían encerrarnos aquí y dejar que los zombis se encarguen del resto. O podrían matarnos de hambre. O poner en funcionamiento el sistema de seguridad infalible ya sea que implique inundar el hospital, liberar gas o lo que sea.

—Hagamos un plan rápidamente —propone Russ. Lanza un vistazo a su alrededor—. Miren qué hay aquí... hay cosas que pueden servirnos como armas, prendas de protección —abre una alacena, después uno o dos cajones—. Reúnan todo lo que les parezca útil y salgamos de aquí.

—El cargador —miro a Russ. Se lleva la mano al bolsillo y me lo lanza. Rápidamente localizo un tomacorriente y meto el enchufe. Luego pesco el teléfono en el interior de mi bota. Por favor, que sea el adecuado, por favor.

De vez en cuando, las cosas salen bien. Y esta es una de esas veces. Funciona: el teléfono y el cargador se entienden de maravilla. La clavija encaja perfectamente en el agujerito del extremo de mi teléfono y una diminuta pirámide de barras se empieza a formar en un rincón de la pantalla.

—¡Listo! —digo, pateando el piso animosa y al instante me siento ridícula—. Se está cargando.

—Fantástico —gruñe Russ—. Cinco minutos, máximo... y luego salimos de aquí rapidito.

—Espera un momento, Russ —interviene Pete. Cuando pretende tomar el papel de jefe se convierte en una mezcla única entre un ser irritante y otro gracioso a más no poder. Se vuelve hacia mí—: Déjame ver nuevamente esos números.

—¿Puede seguir cargándose mientras lo haces? —pregunto.

—Pues claro que sí —me mira como si yo no tuviera idea de nada.

—Entonces haz lo que quieras.

Pete se concentra del todo en descifrar el jeroglífico. Russ rebusca en una alacena. Alicia abre cajones.

Todos están ocupados menos yo. Ya sé cuál era la otra razón para querer meterme en este cuarto y ahora que estamos aquí, tengo que encontrar lo que buscaba, incluso si muero en el intento. Hay una computadora en un escritorio, pero decido pasarla por alto pues sin duda estará llena de contraseñas de seguridad y archivos protegidos, así que me dirijo a los anticuados y confiables archiveros. Por haber crecido con mis papás médicos, sé que los doctores pueden ser terriblemente tecnofóbicos, y espero que la información que busco esté en papel.

Abro uno de los cajones y miro dentro. Carpetas en orden alfabético. Saco una al azar.

—Oigan —exclama Pete—. Este segundo número no funciona de ninguna manera. Es puro disparate de ceros y puntos... es imposible si hay ceros porque son nada más un espacio.

—¡Qué listo, Dios mío! —se burla Alicia.

—Denme un poco más de tiempo —Pete se dedica de nuevo al teclado del celular y yo vuelvo a la carpeta que tengo en la mano.

Copias de historias clínicas. Ojeo la que tomé. Sexo femenino, edad diez años, nombre: Alderson, Isabel.

Saco un par de hojas. Hay fotos y son asquerosas. Un cerebro. Un trozo de carne hinchada y púrpura, que probablemente será un hígado. Todo va más o menos bien hasta que me topo con una foto más, la de su cara.

Es la pelirroja, la niña con la cual luché en mi habitación. Isabel Alderson. El rizado pelo rojo es inconfundible.

Glup. Ahora ya sé por qué solamente tenía media cabeza. Alguien le había abierto el cráneo con una sierra y le había sacado el cerebro como si fuera la sorpresa dentro de un huevo de Pascua.

—¡Lo descifré!

La voz de Pete me sobresalta por completo. Me volteo a mirarlo y está brincando como si se le hubiera metido un hurón entre los calzoncillos.

—¿El tercer mensaje? ¿Poffit?

—¿En serio? —pregunto.

—Bajo el puente —sonríe alegremente—. Eso es lo que dice.

—¿Y ahí es dónde está Smitty? —me pregunta Russ—. ¿Será donde debemos encontrar qué?

—¡Qué clara es tu mamá! —dice Alicia burlona.

No puedo evitar emocionarme. Esto empieza a tener lógica. O sea, no tiene sentido, pero al menos están apareciendo respuestas. Aunque no sepamos qué quieren decir.

—¡Sigue en eso Pete!

—Aún estamos a medias —anota algo rápidamente en un papel.

Empiezo a hojear las notas, pero casi todo me resulta palabrería incomprensible, excepto una cosa que me salta a la vista.

Rayos. Ahí está, por escrito.

—Osiris.

Casi no me doy cuenta de que lo dije en voz alta.

—¿Qué? —pregunta Russ.

—Esta es una historia clínica de una de las niñas que me atacó en mi habitación —los miro a todos—. Aquí dice, sin más ni más: "Infectada, resultado positivo para Osiris".

—¿Y eso qué? —responde Alicia—. Últimas noticias: era una zombi.

—¿Pero no ven lo que significa? —me volteo hacia Pete—. Osiris —con el dedo señalo en el documento.

—El hospital tiene que ser de Xanthro —dice Pete y deja el celular a un lado.

—Dios mío —Russ se acerca a mí para leer el documento por encima de mi hombro.

—¿Cómo va a ser posible?

—Porque los únicos que saben que el virus tiene un nombre son los de Xanthro —contesto—. Mi mamá y su equipo bautizaron la única cura posible con el nombre de Osiris 17 y el estimulante era Osiris rojo.

—Puede ser —anota Russ—. Pero también puede ser que así se haya difundido por todas partes en las últimas semanas. Eso no podemos saberlo.

—Tengan en cuenta los indicios —insisto—. Los hombres de negro que llegaron al lugar del accidente tenían una pequeña X amarilla en el pecho. Es el logo de Xanthro.

—¿Estás segura de que viste eso? —pregunta Russ.

—Creo que sí —digo—. Estaba bastante atontada, pero no iba a soñar algo así, ¿cierto?

—Sí, puedes haberlo soñado —responde secamente.

—¿Y qué hay del tipo de la escalera? —pregunto—. Lo de la cola de caballo no va con una instalación militar, eso lo sabemos, pero si es de Xanthro, puede llevar el pelo como se le dé la gana. Y el indicio principal —señalo la puerta a mis espaldas con el pulgar—, nos disparan. Más claro no puede ser. Me rehúso a creer que el ejército les dispare a muchachos que no están infectados.

Pete asiente.

—Sí, tiene lógica.

—A lo mejor este es un hospital militar, pero debe haber también presencia de Xanthro —señalo el celular que Pete dejó sobre el mostrador—. Mi mamá estuvo manipulando mi celular. Debió tomarlo luego del accidente, allí mismo y después logró hacerlo llegar hasta mí de alguna manera. O se lo dio a alguien para que lo hiciera. Sea como sea, debió tener conexiones con este hospital.

—Sea como sea, ¿podemos irnos de aquí? —pregunta Alicia, con bastante sensatez.

—Un par de minutos. Necesito ver algo más.

—Apúrate —dice Pete.

Hago señal de asentimiento y me concentro en lo mío. Dejo el archivo de la pelirroja en su lugar y busco en varios cajones hasta dar con el sitio donde deben estar los apellidos que comienzan con "S". Busco una cosa específica.

Smitty, Robert.

Recorro las pestañas de las carpetas con el dedo. Hay muchas con S. Muchos Smith… un Snaith… Reviso de nuevo para asegurarme. Ningún Rob Smitty.

—Hora de salir de aquí —dice Russ—. Hemos permanecido demasiado en este lugar.

—Ya casi —mi mano se estira, buscando Lindsay Dr., Anna. Es mi mamá, que siempre usó su apellido de soltera en su trabajo. Nada.

Reviso las carpetas en B... B de Brooks, mi apellido y el de papá, en caso de que la hayan clasificado así. Pero no hay nada.

A pesar de todas las evidencias de que está viva, tenía que asegurarme. Siento una oleada de alivio y una pequeña porción de contento, pero más que nada estoy molesta. Furiosa. Los muy miserables me mintieron.

Cierro el cajón de un golpe.

—¡Vámonos! ¡Ya!

—¡Maldita sea! —dice Pete, meneando la cabeza—. No puedo descifrar los otros dos números.

—¿Los anotaste? —pregunto. Asiente—. Perfecto. Entonces, larguémonos.

Busco a mi alrededor algo que me sirva como arma y veo que mis compañeros ya se apropiaron de las mejores opciones. Me asustan. Alicia ha decidido transformarse en la asesina del taladro con una versión inalámbrica que lleva bajo el brazo.

Russ se agenció una potente sierra Stryker de baterías, una cosa de esas que usan para abrir el cráneo de las víctimas en los programas de autopsias y crímenes. ¡Qué bonito! Y Pete tiene el cuchillo de carnicero más grande que he visto en mi vida.

Me encantaría una herramienta eléctrica, sobre todo porque no debe haber ninguna situación en la que Alicia tenga un arma mejor que la mía. Esta vez me voy a tener que consolar con las migajas que me dejaron. Abro un cajón bajo el mostrador y me decido por un cincel de gran tamaño. Quizás no es sexy, pero me vendrá muy bien en un momento difícil y definitivamente es mejor que mi porquería de varilla de toallero. Además, no puedo arrancarme un brazo con él, cosa que sí es un riesgo en el caso de Alicia.

Cierro con un golpe.

—¿Todos listos? —pregunta Russ.

—Seguro —me pongo de pie y avanzo hacia la puerta.

—¿Pete? ¿Alicia? —los llama.

Un ruido confuso se oye, a modo de respuesta.

Alicia grita:

—¡Aquí están!

—No —contesto—. Se oyó aquí en este cuarto.

—¿Un intercomunicador? —Pete mira hacia arriba, esperanzado. Pero me parece que esta vez no atina.

Se oye el ruido de nuevo, voces indistintas y amortiguadas. No tengo la menor duda sobre de dónde viene.

—Sale de uno de los refrigeradores —Pete señala la pared distante. Al mismo tiempo, todos retrocedemos un paso.

—¿Nos... nos está hablando? —murmura Alicia.

—Tranquilos... —empiezo a decir, porque ya sé cómo es esto. Uno corre y los demás lo siguen. No podemos darnos ese lujo ahora.

—Están cerradas —agrega Russ—. Estamos a salvo —posa una mano sobre el brazo de Alicia—. Lo que sea que esté allí dentro no puede salir.

El ruido se oye de nuevo y todos retrocedemos de un salto.

—¿De cuál refrigerador? —Russ hace ademán de acercarse.

—¡No! —grita Alicia. El ruido le responde con chillidos.

Avanzo lentamente hacia los refrigeradores.

—Ésa —susurro mientras apunto a la de la fila del medio, tercera columna—. Me parece que está ahí o en la de más abajo.

—¡No te acerques mucho! —me ruega Alicia.

Pero hay algo que no cuadra. Normalmente no hacen ese tipo de ruido. Gruñen, gimen, jadean o incluso rugen, eso sí. A veces se puede oír una especie de arcada, o en casos extremos, una gárgara cascabeleante. Pero no este otro ruido definitivamente nuevo en el repertorio vocal de los zombis.

Las voces se oyen de nuevo.

—Es un radioteléfono.

—¿Un qué? —Alicia pregunta incrédula.

Los miro a todos.

—Acérquense y se darán cuenta. Es un radioteléfono —el ruido se silencia de nuevo, no por mucho tiempo—. Ahí —doy golpecitos con el dedo en el cajón refrigerado—. En ése. ¿No lo oyen?

Russ se acerca. A los otros hay que hacerles una labor de convencimiento más profunda.

—Hay más de una voz —les digo—. ¡Creo que está sintonizado para intervenir las transmisiones de los soldados!

Russ apoya la cara contra el cajón que estoy señalando. Las voces se oyen de nuevo y casi lo hacen retirarse, pero sigue en su sitio. Tiene agallas, eso se lo reconozco.

—Tiene razón —anuncia, con una amplia sonrisa—. Parece que hemos tenido suerte —alarga una mano para tomar la manija del refrigerador.

—¡Espera! —grita Alicia—. ¿Qué tal que sea un zombi con un radio?

—Podría ser —Russ me mira.

—¡Qué diablos! Hazlo en todo caso —respondo.

Asiente. Nos preparamos empuñando nuestros implementos médicos. Russ toma aire y tira de la manija.

Se oye un ruido hueco.

La puerta se abre y se ve una plataforma vacía.

El radioteléfono se oye de nuevo.

—*Confirme nueva posición equipo Alfa. Cambio.*

Las palabras resuenan en el refrigerador vacío y el volumen nos hace encoger. Pero no hay ningún cuerpo ni zombi dentro. Russ da la vuelta y saca toda la plataforma. Se desliza fácilmente, como si tuviera ruedas. El radioteléfono está en la parte del medio, al lado de una mancha roja, es como si una mano ensangrentada lo hubiera dejado allí.

—¡Esperen! —Pete saca algo blando de una pequeña caja de cartón y me lo lanza—. ¡Guantes de látex!

—Bien —me pongo un par de guantes y le paso la caja a Russ. Tomo el radio con suavidad. La voz habla de nuevo y casi me hace tirarlo al suelo.

—*Zorro Negro, estamos en el cuatro, ala este, vamos en dirección norte. Cambio.*

Efectivamente son los soldados.

—Están en el nivel cuatro —la cara de Pete palidece—. Nos siguen. Estamos en el cuatro.

Estamos todos agrupados alrededor del radioteléfono.

—Dijiste que sería el último lugar en el que buscarían —Alicia se ve devastada.

—*Equipo Alfa, aquí líder Delta. Tenemos hostiles en el ocho. Civiles y enfermos. Requerimos refuerzos de inmediato. Cambio.*

—¡Dios mío! —exclama Alicia levantando las cejas—. Hablan como en el ejército, parecemos en guerra.

—Más vale que te convenzas —Pete saborea las malas noticias.

—*Afirmativo, Delta. Aquí Alfa, confirmando refuerzos inminentes. Terminando nuestra ronda. Iremos a salvarles el pellejo. Cambio.*

—*¿Quieren perderse la diversión, Alfa? Cambio.*

—*Guárdanos algo. Nos falta inspeccionar el corredor norte y la morgue en busca de los menores para que el cuatro quede despejado. Vamos en un minuto. Cambio.*

—¡La morgue! —exclama Alicia.

—Menores. Sin duda se refieren a nosotros —le lanzo el radio a Pete y corro hacia la primera habitación con las prendas de protección. Me vuelvo sin esperanzas. Ahí está Russ—. ¿Hay algo que podamos usar para bloquear el paso?

—¡Tenemos que irnos ahora! —Alicia nos alcanza y Pete viene detrás.

—No hay tiempo —tomo una silla metálica y trato de atrancar la puerta con ella. Patético—. Están ahí afuera en el corredor —veo un bastón que cuelga de un gancho e intento usarlo para reforzar la silla. Es inútil—. ¡Caramba Pete! ¡Cómo quisiera que llevaras contigo un equipo de soldadura!

—Definitivamente podría soldar esa puerta —atrae toda mi atención—. Claro, si tuviera el equipo.

—¡Un momento! —Russ agarra la silla y empieza a retirarla—. Si tratan de entrar y no lo consiguen, sabrán que nos escondemos aquí.

—Tienes razón —le digo—. Entonces dejemos la puerta abierta tal como la encontramos, ¿te parece? Así van a pensar que en realidad no estamos aquí.

—¡Qué sarcástica! —me ofrece una sonrisa que no merezco—.

No, lo que quiero decir es que debemos ocultarnos.

—¿Dónde? —Alicia está de acuerdo con esa idea.

—Vengan —Russ dispersa la barricada y antes de que alcance a oponerme corre hacia la habitación principal y lo seguimos.

—Ay, ay, ay —Pete parece saber hacia dónde va toda la cosa, a mí me toma aún unos instantes darme cuenta.

—¿Dónde? —Alicia está todavía más frenética y no ha entendido—. Díganme ya.

Russ avanza hasta el primer refrigerador, se agacha y abre la puerta. Le sonríe invitador a Alicia.

—Las damas primero.

Capítulo 9

—Estás bromeando.

Alicia abre tanto los ojos que prácticamente se le podrían caer y salir rodando por el piso de azulejos.

—No existe la más mínima posibilidad de que yo me meta ahí —sostiene.

—*Equipo Alfa, ¿ya terminaron su ronda?* —el radio en manos de Pete vuelve a la vida—. *Encontramos severa resistencia en el ocho, hostiles vivos y muertos. Por segunda vez pedimos refuerzos.*

—*Negativo, Delta* —ladra en respuesta la otra voz—. *Aún nos queda la morgue y estaremos con ustedes.*

—¡Qué diablos! —Pete abre la siguiente puerta del refrigerador y da un brinco hacia atrás, como si creyera que algo le puede saltar encima—. ¿Creen que está suficientemente limpio?

—Intenta no lamer nada y estarás a salvo —dice Russ.

Pete se tiende en la plataforma tomándose su tiempo.

—¡Está muy frío esto! —su voz resuena—. Y no hay manija ni nada por dentro. ¿Cómo vamos a salir?

—Yo te sacaré —contesta Russ. Pete suelta un quejido de protesta. No lo culpo—. Ahora, ten cuidado con tus pies que voy a cerrar la puerta —Russ lo encierra.

—No me voy a meter ahí —dice Alicia.

—¡Apúrate! —le grito—. ¡Escoge el que quieras!

—Ni en broma.

—Hazlo.

Me mira haciendo pucheros.

—No van a dispararme, ¿cierto? Soy demasiado bonita para morir, y la gente suele hacer lo que yo quiero.

—¡Alicia! —la sacudo tomándola por los hombros—.

—Si no te metes ahí, te mueres, ¿me entiendes? Así de simple.

Ciao Alicia, con un agujero de bala en la frente, *¿capisci?*

Asiente, y una lágrima le rueda por la mejilla.

—Vas a estar bien —la atraigo hacia mí y le planto un beso en la frente. Me mira con una expresión sorprendida, aprovecho el instante de confusión y la empujo hacia un refrigerador que Russ tiene abierto.

—¿Me prometes que me sacarás? —me clava una mirada de ternero degollado.

—Te lo juro —y hago que mi respuesta suene lo suficientemente ambigua como para que ella conserve sus temores. No lo puedo evitar. Tengo que vengarme de alguna manera—. Nos vemos al otro lado —le lanzo otro beso y cierro la puerta.

—Ahora tú —Russ me hace señas para que me meta en otro refrigerador que tiene abierto.

—¡Espera! —exclamo—. ¿Y qué hay de ti? ¿Cómo vas a cerrar la puerta de tu refrigerador?

—No la voy a cerrar —hace una mueca—. Voy a tener que dejarla ligeramente entreabierta y confiar en que no lo vayan a notar.

A toda prisa hago una señal de asentimiento y me meto en mi cajón refrigerado, de manera que mis piernas desnudas queden al fondo y la cara hacia la puerta. ¡Ay! La piel me arde en cuanto toca la lámina helada?

—Aguanta, porque si te quedas encerrado, la función se habrá terminado para todos nosotros.

Asiente y cuando está a punto de encerrarme, se oye el ruido de una puerta que se abre. Ya están aquí.

—¡Métete en este! —hago ademán de agarrarlo y se mete, con la cabeza donde tengo los pies, los dos cuerpos apretujados, él medio encima de mí de manera que apenas puedo respirar. Cuando introduce los pies, la puerta se viene hacia mí y logro detenerla justo antes de que se cierre. La chapa roza el pestillo y casi entra en su agujero, ayudado por nuestro peso. La mantengo ahí con mis dedos rígidos, permitiendo que llegue lo más cerca al punto de cierre. Por favor, por favor, que no vayan a notar que este refrigerador no está cerrado del todo.

Escucho atenta para oír los pasos que se aproximan. Nada todavía. ¿Habrán cambiado de idea?

Está oscuro aquí dentro, y mis piernas desnudas amenazan con quedar adheridas a la helada lámina de metal en la que estoy recostada, pero es curioso que la adrenalina no permite que a uno le importen insignificancias como esa. Con la cabeza entre mis pies, Russ se mueve un poco para tratar de aplastarme menos. Es un poco incómodo eso de tener que estar así, con su cuerpo tibio pegado al mío. Tengo que reconocer que hace menos desagradable el estar aquí metida. Sólo espero que no se me vaya a escapar un pedo. Eso sería aún peor que el hecho de que los soldados nos encuentren.

Y entonces oigo ruido. Los soldados están aquí, a lo mejor moviendo las camillas, mirando bajo las bolsas para los cuerpos y en las alacenas. De repente me doy cuenta de lo estúpidos que fuimos al pensar que podíamos escondernos aquí. Al fin y al cabo son soldados y no niñitos asustados. Van a revisar los refrigeradores, porque son implacables y minuciosos y además tienen armas para defenderse. Los dedos me tiemblan por el esfuerzo de mantener la puerta entreabierta al mínimo.

—Este sitio me pone los pelos de punta —una voz aguda y nasal resuena. Es uno de los soldados, y supongo que con eso muestra que es simplemente humano. Aunque no con la humanidad suficiente como para que le importe disparar a sangre fría contra muchachos.

—Gallina. Inspecciona el cuarto —una segunda voz, más grave. La que se oía en la radio, creo.

Más ruidos de golpes y movimiento de cosas. Supongo que cuando se cuenta con armas de fuego, el elemento sorpresa lo tiene a uno sin cuidado.

—No van a estar aquí, ¿o sí? Aquí es donde estaban los muertos vivientes. No es que tengan muchos lugares adonde huir.

—Tenemos que inspeccionar y despejar este cuarto o nos meteremos en problemas con el jefe...

—No es mi jefe. Ese tipo no sabe la diferencia entre su culo y su codo. La compañía anda tan mal ahora que nos ponen de jefes a simples matones. En todo caso, este cuarto no tiene más que porque-

rías. Nada que valga la pena llevarse —se oye que uno de los soldados hojea algo—. ¿Dónde te escondes? ¿Alguna pastilla interesante?

—Esta es la morgue y no la farmacia, idiota. Además, ¿esos tran-
quilizantes que encontramos en el cuatro no son suficientemente
buenos para ti?

—Es que tengo que ahorrar para cuando me pensione. Esto se
está yendo a la mierda, vas a ver.

Presto atención. ¿La compañía? Tiene que referirse a Xanthro.
Los dedos me duelen horriblemente de tanta rigidez. Tengo las
puntas insensibles. Y el sabor que siento en la boca es de vómito. Lo
del pedo es lo menos importante. Si en este momento alguien abrie-
ra la puerta, no podría evitar perder el control de mis esfínteres y dejar salir todo lo que tengo dentro. Espero que Russ esté preparado.

—Oigan, ¿qué están haciendo aquí?

Una voz nueva. Dura, áspera. Me esfuerzo por oír, ya que no
puedo ver.

—Despejando este nivel, señor. Como se nos ordenó.

—Eso fue lo que se les ordenó. Y se les dijo que lo hicieran con
rapidez. Y recuerden que si los capturan, las órdenes son que no los
maten. Los necesitamos vivos.

¿Oí bien? La esperanza hace brincar mi corazón. La voz áspera
continúa.

—Si pasan por alto esa parte, me aseguraré de que acaben en el
corral de los muertos vivientes a la hora de alimentarlos, ¿entienden?
Vigilaré el pasillo. Muévanse.

Se oye el sonido de las botas sobre los azulejos.

—Pendejo —dice el de la voz quejumbrosa—. Si llegara a parecer que uno de esos muchachos se está transformando, le meto
un tiro en la cabeza, sin hacer más preguntas. Este tipo podrá ir a
reclamar donde quiera, no me importa —suelta una exclamación
frustrada y un rosario de palabrotas—. Denle un arma a un civil y
se va a creer que es Dios.

Ese rayo de esperanza que se había colado en mi corazón... se
desvanece.

—Mejor aún —dice la otra voz—. Si los encontramos, los vendemos al mejor postor. Al bando que ofrezca más por ellos. Ahí está tu pensión, viejo.

—*Equipo Alfa, aquí Delta. Estamos rodeados y casi sin municiones. Requerimos refuerzos de inmediato.*

Es el radio de uno de los soldados. Mierda. Espero que Pete se acordara de bajarle el volumen al que encontramos. De otra forma, van a oír esto en estéreo, y será el fin... Pero creo que sí lo hizo. Y voy a tener que darle un beso también, si es que sobrevivimos.

—¡Maldita sea! ¡Estos de Delta! —dice el primer tipo—. ¿No pueden hacer un simple despeje de zona? No es que los muertos vivientes anden armados con cabezas nucleares. Vamos.

Sí, vayan, lárguense. Oigo resonar las botas en los azulejos y luego se detienen.

—¡Oye! ¡No inspeccionamos esos!

—¿Qué?

—Esos cajones.

Ay, Dios, Dios, Dios... siento una mano que me aprieta el tobillo, y casi grito de terror. Es Russ. También puede oír claramente a los soldados.

—Ahora que lo pienso... ¿tú crees que un hatajo de muchachos se va a meter ahí? Tienes un tornillo flojo, pequeño.

Sin embargo, las botas regresan. Se oye un ruido hueco y el golpe de la puerta al cerrarse desde alguna parte a mi derecha. Luego otro ruido hueco y otro portazo. Y después otro. El tipo va revisando todos los cajones, uno por uno. Me consume el deseo de cubrirme la cara con las manos, como una niña que creyera que, al no poder ver, queda oculta. Pero no puedo hacerlo, porque mis manos son lo que impide que esta puerta se cierre. No es que en unos cuantos segundos vaya a importar. Ruido hueco, portazo. Ruido hueco, portazo. Treinta cajones. Y para nuestra suerte o desgracia, el soldado empezó en el extremo más alejado de nosotros.

—¡Apúrate, idiota!

—No me digas así. Mejor, ayuda.

No, no ayudes. Pero tal vez es mejor acabar con esta sensación de inevitabilidad más temprano que tarde. Como quien arranca la curita de un rápido jalón. ¿Dolerá recibir un tiro? Son profesionales, no se van a poner con tonterías. Irán derecho a la cabeza, la manera rápida. Probablemente jamás me entere de qué fue lo que me mató. Ruido hueco, portazo.

Eso se oyó mucho más cerca. Está empezando por abajo, además. Nos encontrará en contados segundos. ¿Algún último pensamiento? Siento una especie de aturdimiento, un mareo, y caigo en cuenta de que he estado aguantando la respiración.

Espero que me maten primero. Sería el colmo ver a los otros morir antes que yo. La expectativa es mucho peor que el tiro. Saber que uno va a morir. Pero también tal vez espero que encuentren a Alicia, antes que a nadie. Es muy bonita. A lo mejor puede convencerlos. Si ella nos salva ahora, jamás volveré a decirle nada malo. Lo juro.

Ruido hueco, portazo.

Ruido hueco, seguido de portazo.

Eso fue justo al lado. Seguimos nosotros. Me preparo.

Ruido hueco, portazo. No, va de arriba hacia abajo. ¡Ay! ¿Por qué estoy celebrando? Es cuestión de unos cuantos segundos, para un lado o para otro. El estómago se me encoge. No creo que pueda llorar. Esto está mucho más allá del umbral del llanto.

Ruido hueco, portazo. El cajón encima del nuestro. Somos los siguientes, sin duda. Cuando el tipo agarra la manija, retiro los dedos y me encojo hacia el interior del cajón tanto como puedo, y Russ, sabiendo por instinto lo que pretendo, flexiona las piernas todo lo posible. Lo que sea con tal de ganarnos unos segundos fuera de su alcance, unos últimos segundos de vida.

La puerta se abre.

—¡Alfa! ¡Zorro negro! ¡Código Índigo! ¡Código Índigo!

Alcanzo a ver unas piernas enfundadas en pantalones negros, botas negras. Un recuerdo se me viene a la memoria: el choque del autobús. A lo mejor esto es lo último que veo en mi vida. Pero el soldado no se ha inclinado para ver dentro, aún. No nos ha visto.

—¡Alfa! ¡Tenemos una baja! ¡Es Johnson, mordido! ¡Dios, tenemos una brecha!

—¡Mierda! ¿Johnson?

—¡Vamos!

Las botas corren, se alejan de nuestro cajón refrigerado, para irse de aquí.

Y no puedo evitarlo pero mientras se alejan, me asomo para ver salir del cuarto al hombre que me hubiera matado. Tenía que verlo, tenía que saber. Si de repente se detuviera y volteara, me vería. Pero no lo hace. Veo su espalda que desaparece por la puerta. Todo de negro. La única nota de color es una diminuta insignia amarilla en la parte de atrás del cuello de su uniforme.

Xanthro. Todo esto ha sido Xanthro. Como si hiciera falta confirmarlo.

—¿Ya se fueron…? —susurra Russ.

No respondo de inmediato. No me atrevo. Todo esto podría ser nada más que un plan muy elaborado para hacernos salir, ¿o no? O se les puede haber olvidado algo y volverán en un instante. La idea me paraliza. No, mejor salgo del maldito cajón.

—Creo que sí —murmuro en respuesta. Pero sigo sin moverme, y Russ tampoco abre el cajón.

Al final es el frío lo que me convence. Me doy cuenta de que me castañean los dientes. Podría ser por el tremendo susto que acabamos de pasar, pero creo que voy a echarle la culpa a la refrigeración.

—Salgo —a duras penas logro pronunciar las palabras, de tanto que me tiemblan las mandíbulas. Saco los brazos para apoyarme en el suelo y tenderme torpemente sobre los azulejos, como un bebé que estuviera aprendiendo a gatear. Solamente en ese momento, cuando los azulejos se sienten más calientes que mis piernas desnudas, me doy cuenta de que el cajón era frío de verdad. Y mi cuerpo entero tiembla, no son sólo mis dientes.

Russ aparece en el suelo a mi lado; no está mucho mejor que yo.

—Rápido —dice entrecortadamente—. Tenemos… sacar… los demás.

¿En serio? Con cierta dificultad me pongo en pie y tomo la manija del cajón donde está Pete. Lo abro con gran esfuerzo.

Está vacío.

Al principio creo que la vista me engaña, pero parpadeo y no pasa nada, el cajón sigue vacío. Me pongo en cuclillas para asomarme al interior. ¿Había una trampa de escape al otro lado del cajón que no vimos en el comienzo? ¿Será que todo este rato lo han pasado Pete y Alicia en un cuarto secreto, calientitos y cómodos, tomando té y riéndose?

—Ése —me dice Russ, apuntando al cajón al lado del que abrí—. Ése es —tira de la manija, y ahí está Pete, mirándome fijamente. En mi confusión, me hice un lío.

Me tambaleo hasta el que sigue y abro el de Alicia. Al hacerlo, ella empieza a gritar, y me hace pensar que cree que debe ser que la encontraron los soldados, pero cuando me inclino para tranquilizarla, se sienta y me abraza, sollozando.

—¡Qué ho-ho-horrible! —su cuerpo se agita—. Nunca ja-ja-jamás me o-obliguen a hacer eso de nuevo.

La convenzo de ponerse de pie, pero sigue aferrada a mí.

—¿Lo logramos? —pregunta—. ¿Los engañamos?

Me contento con asentir con la cabeza, sin compartir lo cerca que estuvimos de que nos descubrieran. Supongo que ninguno de ellos podía oír lo que nosotros oímos, por tener la puerta de sus cajones cerrada, y tal vez eso fue lo mejor.

—¿Qué le pasa a Pete? —Russ tiene cara de preocupación. Me doy la vuelta, con dificultad porque Alicia sigue pegada a mí y no da señales de quererme soltar.

Pete sigue allí tendido, en la lámina, y no se mueve. Sigue mirando al frente, pero sólo hasta este momento me doy cuenta de que no tiene la vista fija en nada.

—¿Qué? —Alicia se desprende de mí un minuto para evaluar la situación. Ve a Pete y grita—. ¡No! —y se lanza hacia él, lo arrastra fuera de la lámina hasta que le golpea la cabeza contra el piso, y le frota la pálida cara con sus manos. Al ver que eso no surte efecto, lo sacude por los hombros, y cuando eso tampoco funciona, empieza a golpearle el pecho con los puños, como si fuera un tambor.

—¡Detente! —Russ trata de contenerla. Pero Alicia sabe lo que está haciendo. Pete abre la boca y aspira, y luego se sienta de

un solo impulso, como si alguien le hubiera inyectado adrenalina
directo en el corazón. Después empieza a jadear, como saliendo de
un desmayo, con la mirada perdida y cara de confusión.

—¡El inhalador! —grita Alicia, y mete las manos en los bolsillos
de Pete, tanteando. Pete se ve muy afligido, tanto porque Alicia le
esté haciendo una revisión total como por no poder respirar. Pero
ella se las arregla para encontrar el objeto de plástico y embutirlo
en la boca de Pete, cuyos ojos se salen de las órbitas. Alicia le frota
la espalda hasta que succiona el inhalador y las sustancias químicas
empiezan a surtir efecto. Los hombros se le relajan y su respiración
se hace regular. Los ojos siguen desorbitados, pero tal vez eso tenga
más relación con ver a Alicia convertida en paramédica de repente.

—¿Estás bien? —Russ se inclina hacia él y lo toma del hombro,
amablemente. Pete asiente—. Entonces más vale que nos vayamos
—se endereza, toma una bolsa que hay debajo de una camilla y corre sin decir nada hasta la puerta—. Subieron unos cuantos pisos
—dice—. Lo malo es que definitivamente nos están buscando. Lo
bueno es que tienen órdenes de no disparar a matar.

Lo miro. Entonces, sí oyó esa parte, ¿no?

Pete frunce el ceño desde el suelo.

—¿Por qué? ¿Qué nos vuelve tan especiales? Están matando a
todo el mundo.

—Yo no cantaría victoria tan pronto —tomo mi cincel—. Parecía que no todos habían recibido esa orden. Y de los que sí la recibie-
ron, algunos podrían dispararnos a pesar de todo.

Russ asiente.

—Tenemos que aprovechar ahora, bajar y tratar de encontrar la
salida de nuevo, mientras no hay moros en la costa. Hay que salir de
una vez de esta madriguera de conejo —su mirada vuelve a posarse
en Pete—. ¿Puedes sostenerte en pie?

Pete asiente una vez más y con trabajo se levanta, quitándose a
Alicia. Me vuelvo para seguir a Russ, pero alguien me agarra el brazo desde atrás.

—¡Un momento! —es Pete, con una mano que me toma con
fuerza—. ¡El teléfono! —grita—. ¿Qué pasó? —corre hacia el mos-

trador, sus manos pálidas se mueven frenéticas sobre la superficie. Se vuelve hacia mí, desesperado—: ¿Se lo llevaron?

Meneo la cabeza. —No sé... no podía ver nada. Los oí buscar y rebuscar cosas como pastillas, me pareció —deben tenerlo, porque si no son ellos, ¿entonces quién?

—Copié los números en un papel —dice Pete de repente—. ¿Dónde está? —tantea sus bolsillos rápidamente con una expresión de pánico en la cara.

—Pete... —empiezo a decir.

—Permíteme un momento —se pone de un color rojo subido y empieza a voltear sus bolsillos de adentro hacia afuera.

—¿Perdiste los números? —el ceño de Russ se frunce de molestia.

—¿Acaso dije eso? —le responde Pete, pero ya no tiene más bolsillos donde buscar.

—¡El cajón! —Russ abre el refrigerador donde estuvo Pete.

—Aquí está —grita Pete desde un rincón. Tiene el papel en la mano—. Estaba tirado en el piso. Una punta está un poquito mojada; creo que cayó en un charco... un charco de sesos.

—¡Dámelo! —se lo arrebato y una gota pegajosa se desprende del papel. Me lo guardo en mi abrigo.

—Ahora —dice Pete corriendo hacia la puerta, apersonado de nuevo en su papel de líder—, es el momento de darnos de alta de este maldito hospital.

Capítulo 10

Al dirigirnos de nuevo a la escalera, oímos los tiros amortiguados en algún piso más arriba. Suenan como si alguien preparara palomitas de maíz. Espero que estén liquidando zombis y no vivos de verdad. Me pregunto cuántos de esos vivos normales están huyendo asustados, como nosotros. Por un momento pienso si podremos ayudarles. Pero luego recuerdo que probablemente pertenezcan a Xanthro, en cuyo caso son nuestros enemigos. Que se defiendan como puedan.

Regresamos sobre nuestros pasos hasta el corredor con el aviso de "Salida". El corazón me late como si se me fuera a salir del pecho, y se debe sólo en parte a haber corrido. Lo que lo alborota tanto es la esperanza. La sensación de que ahora estamos tan cerca, y sin embargo nos puede faltar lo peor. Por favor, por favor, ruego, que podamos salir. Sería tan injusto que no pudiéramos hacerlo después de pasar por todo esto.

—Por aquí —Russ va de primero, por ser el más veloz.

Seguimos el corredor, damos un giro a la izquierda para recorrer un pequeño trecho, y de repente sentimos que hay algo bajo nuestros pies. El impulso nos mantiene en movimiento unos cuantos segundos más y es como atravesar una carrera de obstáculos, donde hay que correr por entre llantas esparcidas, sólo que aquí tenemos que levantar mucho los pies y es resbaloso y hay que saltar sobre cosas espeluznantes. Al unísono nos detenemos y miramos lo que nos frena.

Cadáveres. Y trozos de cadáveres. Adultos. Niños. Veo caras, algunas retorcidas de dolor. Ojos vidriosos, piel desprovista de color. Esta gente fue despedazada. Alguien se dedicó intencionalmente a separar brazos de manos, y cabezas de cuellos. Hay sangre por todas partes, en charcos en el piso, salpicada en las paredes, goteando del techo. El intenso olor me golpea y lo siento en el fondo de la garganta, y el dominio del rojo es enceguecedor. No hay palabras para describirlo.

Alicia empieza a hiperventilar. Pete la rodea con los brazos y trata de calmarla. Levanto un pie y quedo aturdida mirando esa especie de melaza de color rojo oscuro que gotea de mi bota. Es una escena verdaderamente sangrienta. Esa melaza cubre el piso, sin dejar ni un centímetro de blanco. Jamás había visto tanta sangre. No sabía que nos cupiera tal cantidad dentro.

—Tenemos. Que. Seguir. Adelante —jadea Russ, por entre los dientes firmemente apretados, como hace uno cuando quiere evitar vomitar—. No miren —aconseja. Pero si tratamos de no hacerlo, ¿qué vamos a ver? Están por todas partes.

—No pasa nada —dice Pete—. Eran monstruos.

—¿Todos ellos? —pregunto, señalando algo que brilla entre la sangre. Es un anillo con un ópalo redondo, que navega entre la melaza.

—¡Martha! —gime Alicia y cae de rodillas.

No queda nada de ella, excepto sangre y ese anillo. No me gustó que me mintiera con respecto a la muerte de mi madre, pero tampoco le hubiera deseado este final. No se lo desearía a nadie. Me abro paso hasta donde está Alicia, la rodeo por los hombros y la levanto. Tenemos que seguir antes de derrumbarnos, antes de ahogarnos en este mar rojo, esta pesadilla que amenaza con aplastarnos.

Oigo a los demás detrás de mí, pero no volteo a mirarlos. Con Alicia llegamos al extremo del corredor, damos otro giro y los cadáveres empiezan a disminuir. Podemos volver a correr, los pies libres contra el piso blanco, y sin duda vamos dejando un rastro de huellas de mermelada de frambuesa detrás. Nos lanzamos a la carrera y terminamos deteniéndonos en una habitación grande, completamente vacía a excepción de un mostrador circular al fondo.

—¿Y ahora para dónde? —lloriquea Alicia.

—¡Allá!

En la pared a nuestra derecha hay un par de puertas de acero. Corremos hacia ellas y antes de que pueda sopesar si es sensato o no, oprimo el botón para subir.

—¿Qué opinas, Pete? ¿Será por aquí? —¡qué absurda soy! Como si estuviéramos dando una caminata y le preguntara hacia dónde queda el parque. El olor de la sangre se quedará conmigo para siempre a partir de este momento. El toque de hierro, el gusto dulce y amargo en la boca.

Antes de que pueda responderme, las puertas se abren con un ruido de campanita. Un elevador plateado y con mucha luz. Sin detenernos, corremos dentro. Yo llevo a Alicia medio a rastras, y aprieto el botón que dice "Superficie". Pero no sucede nada.

—¿Por qué no se mueve? —oprimo el botón para subir una y otra vez, como si eso fuera a producir algún efecto.

—¡Maldita sea! —Pete señala un agujero circular debajo del botón—. Necesitamos una llave. El elevador no funciona sin ella.

—¿Qué? —grito, pero ya voy a toda prisa por la habitación, camino del mostrador. ¿Dónde más iban a poner una llave del elevador? Si no está aquí, nuestra única alternativa será buscar entre los pedazos de cadáveres en el corredor.

Y los otros lo saben también. Pete está buscando en los casilleros detrás del mostrador. Russ mira en el piso, bajo macetas de plantas y tapetes. Sólo Alicia se queda en el elevador, sentada, sollozando, mientras mantiene la puerta abierta. Y luego grita.

Una silueta solitaria, vestida de negro, viene hacia nosotros.

No es un muerto viviente, sino un ser vivo. Vivito y coleando.

Y no es un soldado.

La silueta entra en la habitación y la luz cae sobre mechones dorados que han escapado de la gorrita negra que lleva puesta. La cara es joven, plácida, bella... y se transforma en sonrisa en cuanto me ve.

—¡Bobby! —llama—. ¡Gracias a Dios que te encontré!

Quedo literalmente boquiabierta.

—Ya vienen —se mueve hacia mí, apurada—. Tenemos que salir ahora mismo.

Retrocedo un buen paso, con el mostrador entre ella y yo.

Alicia grita de nuevo.

—¡No, no, no, no! —Pete mueve la cabeza de lado a lado.

—¿Y ésta quién es? —Russ se endereza.

Parpadeo. No, no estoy alucinando.

—Esta es Grace.

Una vez que lo digo, entiendo que es verdad. Y salgo a la carrera hacia el elevador.

—¿Quién es Grace? —pregunta Russ, corriendo tras de mí.

—¡El enemigo! —dice Pete en un grito ahogado.

—Todo está bien —nos llama Grace—. Bobby, no podrás llegar a ninguna parte. ¡Necesitas una llave!

Me preparo para hundir de nuevo el botón para subir.

—¡Apúrate, apúrate! —grita Alicia a mi lado.

—Grace —dice Russ—. ¿No era una de ese grupo de estudiantes en el castillo? ¿De los que le ayudaron a la mamá de Bobby a desarrollar Osiris y luego le dieron la espalda para quedarse con los chicos malos? ¿Ésa es, cierto? —le pregunta directamente a Grace, y se mueve con lentitud hacia nosotros blandiendo su sierra ante sí—. Pensé que Pete me había dicho que estabas muerta.

—Desaparecida —lo corrige Pete—. A Shaq lo mordió un zombi. Michael se incineró. Pero nunca supimos qué le pasó exactamente a Grace —la mira—. ¿Qué estás haciendo aquí?

—Se vendió a Xanthro, eso sí lo sabemos —le grito a Pete—. ¡Ven acá, Russ!

—Necesitas una llave para el elevador, Bobby —Grace avanza un paso hacia nosotros—. Ya lo sabes.

—¡Aléjate de nosotros, bruja! —grita Alicia, blandiendo su taladro.

—Está bien, Alicia —le dice Grace con calma—. Estoy aquí para ayudar —se lleva la mano al bolsillo de su chamarra y me muestra algo que cuelga de su mano—. Y resulta que yo tengo la llave.

Me abalanzo sobre ella pero pone la llave fuera de mi alcance.

—¡No, no, no! —dice, negando con la cabeza—. Salimos de aquí todos juntos. Arriesgué todo para venir aquí y sacarte, Bobby. Ahora tienes que confiar en mí.

—¿Riesgos por venir aquí? —pregunta Pete—. Pero si este sitio es de Xanthro, ¿o no?

Ella le sonríe.

—Sigues teniendo cerebro, Pete.

—Pero parece que tú no —exclama él—. La última vez que te vimos, querías poner toda la distancia posible entre Xanthro y tú. Dijiste que sabías demasiado sobre cómo se había producido el brote del mal. Dijiste que te iban a matar.

—Y lo harán —se le dibuja una mueca en la boca—. No fue idea mía volver. Pero alguien me convenció de que sería mejor, por mi propio bien, formar parte de tu escuadrón de escape.

—¿Quiénes? —resopla Pete, pero tengo la desagradable sensación de que ya sé a quién se refiere.

—Tu mamá, Bobby.

—No puede ser —grita Pete.

—Es ilógico —dice Russ—. ¿Por qué iba ella a confiar en ti?

—Porque no tenía otra salida —Grace levanta la barbilla—. Porque probó otros medios y no le funcionaron, y había pasado demasiado tiempo. Yo era su última esperanza. Conocía los códigos de acceso a este lugar de la época en que estuvimos trabajando aquí. Tenía una llave. Sabía moverme en el edificio. Liberé a los infectados a modo de distracción, para que ustedes quedaran menos vigilados —me mira—. Y funcionó.

—¿Cómo distracción? —Alicia le grita—. ¡Casi logras que nos mataran!

—Lo siento. Este lote de infectados es diferente. Xanthro ha estado experimentando con ellos, alterando ciertos aspectos para convertirlos en máquinas de matar más eficientes. De esa manera son más valiosos, y Xanthro puede vender el estimulante, pero también el arma ya lista, en forma humana —Grace da un paso hacia nosotros. Todos formamos una fila armada en la puerta del elevador para bloquearle el paso. Retrocede de nuevo, con las manos en alto como rindiéndose.

—Miren —continúa—. Xanthro está desmoronándose. La bestia está herida y desesperada, y lo que ha sucedido la ha vuelto más peligrosa. Aún no tienen la cura. Y hay bandos dentro de la compañía que no se detendrán con nada para ponerte las manos encima, Bobby, porque tú eres la clave para garantizar la cooperación de tu mamá, que podría producir la cura, según todo parece indicar . Soy tu boleto de salida de este lugar. Debes confiar en mí. Además, sin mí no eres nada… míralo de esa forma —se inclina un poco hacia delante, me mira fijamente con sus ojos fríos, y me dice con voz grave—: Si me dejas subir a ese elevador, en cuestión de dos horas estarás fuera de la zona de peligro y con tu mamá nuevamente.

—¿Sabes dónde está ella? —le pregunto.

Asiente.

—Sí, lo sé.

—¿Y vamos a recoger a Smitty en el camino?

—Tal como tú dices.

—No sabes dónde está —retrocedo hacia el elevador—. Mi mamá no te daría ese dato.

—Sí lo hizo —sus ojos chispean—. ¿No descifraste las claves que te dejó tu mamá en el celular? Smitty está muy cerca de aquí, y a la espera de que le ayudes, Bobby. ¿Vas a permitir que sean estos tipos los que se lo topen primero? ¿O vamos a rescatarlo ahora mismo?

Es mi turno de titubear. Hasta el último hueso de mi cuerpo me dice que no confíe en ella, pero al mismo tiempo creo que me dice la verdad. En este preciso momento no me puedo dar el lujo de pensar mucho en el asunto, sino que tengo que actuar y enfrentar las consecuencias que vengan después.

—Muy bien —le hago un gesto para que venga hacia nosotros.

Se oye una pequeña explosión y un golpe seco, y Grace nos mira. Me pregunto por qué no se mueve. Una gota roja brillante corre de debajo de su gorra hacia la frente, chorrea por el ojo, baja por la mejilla, escurre por la barbilla y cae a su chamarra. Luego, Grace se derrumba y cae hacia delante, al elevador con nosotros.

—¡No, no, no! —grita Alicia.

Sin pensarlo, le arranco la llave a Grace de la mano aún tibia, y se la lanzo a Pete, que la atrapa con destreza. Empujo las piernas de Grace hacia dentro del elevador en el momento en que Pete introduce la llave en su sitio y presiona el botón para subir. Justo cuando se cierran las puertas, alcanzo a vislumbrar a los soldados que llegan corriendo. Un hombre con pasamontañas sostiene un rifle.

—¡Alto! —su voz se oye ruda y áspera—. ¡Deténganse!

Es la misma voz que oímos en la morgue, la del tercer tipo que los otros dos odiaban.

Como si fuéramos a obedecer sus deseos.

Nos sacudimos cuando el elevador empieza a funcionar y sube. Los oídos nos zumban y el estómago parece que se nos fuera a los pies.

—Grace recibió un tiro —murmura Alicia—. Le dispararon a Grace. ¿Está definitivamente muerta?

—Definitivamente —Russ le levanta la gorra. No quiero mirar pero no puedo despegar los ojos de ese agujerito tan claro en su sien.

—¡Ay, Dios, rápido, rápido, rápido! —Alicia golpea las paredes del elevador con las palmas de sus manos.

Un charco de sangre se va formando bajo la cabeza de Grace y crece. No quiero que toque mis pies. Russ me mira:

—Deberíamos revisar qué trae en los bolsillos. A lo mejor tiene algo útil —y le abre el cierre de la chamarra.

—Yo me encargo.

No sé por qué, pero si soy yo la que lo hace, no parece que sea algo tan semejante a una violación. Russ se queda a un lado y me inclino con cuidado hacia ella. En el bolsillo interior de la chamarra encuentro una llave solitaria con un control remoto para abrir un carro.

—Eureka —les muestro a los demás—. Tenemos transporte para salir lejos de aquí.

—¿Y tú crees que se estacionó justo a la entrada? —dice Pete burlón.

Reviso los demás bolsillos, con la cabeza baja, tragándome las lágrimas. La mataron de un tiro. Frente a nosotros. No me importa que ella fuera enemiga nuestra. Hace unos instantes estaba viva, respirando el mismo aire que respiramos nosotros, con la misma mezcla de miedo y esperanza en el corazón.

—¿Hay algo que indique adónde planeaba llevarnos? —pregunta Russ.

Niego con la cabeza.

—No encuentro nada —paso mis manos por la chamarra, como si eso las limpiara de la ausencia de vida de Grace—. Espero que cuando demos con el carro, nos encontremos también con un gran mapa e instrucciones.

Alicia solloza.

—¿Vas a… a ponerte… sus pantalones? —señala las piernas de Grace, con expresión desesperada.

—No —contesto—, soy incapaz de hacer algo así.

El elevador se mueve más lentamente hasta detenerse.

—Tengan cuidado —advierte Russ—. No sabemos qué nos espera ahí fuera.

Nos aprestamos. Se oye un tintineo y las puertas se abren hacia la penumbra y olor a vaca mojada. Estamos en algún tipo de granja.

—¿Qué hacemos con ella? —Pete señala a Grace.

Doy un paso por encima del cuerpo, y con cuidado la muevo para que la mitad quede por fuera, de manera que de la cintura para arriba sigue dentro del elevador. Si las puertas no se cierran, el elevador no puede moverse, y eso debe frenarlos un poco.

—Quería ayudarnos a escapar. Su deseo se hizo realidad.

Capítulo 11

Hay una rendija de luz y todos corremos hacia ella, tan rápido como nos lo permite la penumbra. Es un granero con todo y pacas de heno, tractor y los olores de una granja. Se oye un ruido de tamborileo constante, cuyo origen no logro encontrar, pero no veo ningún movimiento. Corremos hacia las puertas de madera, las abrimos de par en par y estamos en el exterior.

Aire fresco.

La lluvia nos golpea como si fuera un rugido. Llueve a cántaros y de inmediato quedo ensopada y jadeo para respirar. Hago un giro de 360 grados para ver lo que hay. La casa de la granja está casi enfrente de nosotros, y se ven otro par de edificaciones detrás. Hay una alambrada rodeando todas las edificaciones, con una entrada a la derecha, a través de la cual distingo una carretera que baja serpenteando por una colina. Una neblina blanca y densa flota sobre los árboles que no puedo ver bien en la distancia. Pero más allá no hay nada. No sé qué era lo que esperaba, pero creo que sí era algo más que esto.

—¿Y ahora hacia dónde? —grita Russ, por encima del ruido del aguacero.

—La entrada… la carretera… —respondo a gritos. Corremos, y los guijarros resbalan bajo mis botas y el agua me salpica las piernas desnudas. Ésta es la situación, me digo. Podría acabar atravesando Escocia en la huida, con mi par de piernas atacadas por la intemperie, enrojecidas cual dos jamones. ¿Por qué no me tomé el tiempo de buscar algo qué ponerme? La lluvia aplasta el pelo contra la cara (al menos yo no tengo ese problema), y pega la ropa a la piel.

—¡Alto! —Russ, que va a la cabeza, obviamente, se detiene de repente y estira los brazos a los lados, resoplando como un pura sangre tras correr al galope. Chocamos contra él, jadeando y bufando por la carrera.

Detrás de la segunda edificación hay una entrada sobre la carretera. Está cerrada, afortunadamente, porque tras ella hay un enorme corral... para monstruos.

Las hordas.

Jamás había visto tantos. Ni siquiera en el camino cerca de la cafetería. Ni en el hielo del lago, cuando todas esas bestias babeantes venían hacia nosotros desde el castillo. Eso era apenas una reunión íntima comparada con esto. Andan tambaleantes por el vasto gallinero, con pies de plomo y gimiendo, algunos con los brazos extendidos al frente, la cabeza ladeada, arrastrando una pierna. Están empapados, pululan... el olor no se parece a nada que yo haya experimentado antes. Es como si alguien hubiera girado la perilla de la fetidez a todo lo que da. ¡Y son tantísimos! ¿De dónde los sacarían? Casi que me esperaría que la música empezara en cualquier momento. Es como una aglomeración para el video de *Thriller*.

—¿No pueden salir de ahí, o sí?

No sé, pero miro con cuidado. Busco una abertura en la barda, un agujero, un hoyo en la alambrada. Porque ahí debe estar. No hay duda de que así será.

—No, pero nosotros tenemos que entrar —señala Russ—. La única forma de salir de aquí es por la carretera.

El camino divide en dos el corral para zombis, justo por la mitad. Veo que solía estar cercado con bardas dentro del gallinero, pero en la parte izquierda esas bardas fueron derribadas por un tanque militar que ahora reposa volcado, con las orugas para arriba, en medio de la parte izquierda del corral. La muchedumbre zombi vaga libremente por la carretera.

—¿Y qué pasa si trepamos la barda en otro punto y nos las arreglamos para llegar hasta un lugar que nos lleve a la carretera?

Russ niega.

—Hay un precipicio.

Corro hacia mi derecha y me lanzo contra la alambrada. El complejo de la granja está en la cima de un cerro, con una pendiente casi vertical. Una ciudadela moderna. Si escalamos la barda, no tendremos adónde ir fuera de una pared de cuatro pisos de alto y un aterrizaje en el suelo fangoso de allá abajo.

—No tenemos otra salida —Russ está detrás de mí—. Tenemos que seguir el camino hasta el pie del cerro.

Niego con la cabeza y corro hacia la entrada, donde Alicia y Pete están temblando de frío, mirando a los monstruos que alargan hacia ellos sus podridos brazos a través de la alambrada.

—Déjame adivinar —dice Pete entrecortadamente—. Tenemos que escalar la barda y caminar sobre el filo, cual si fuera cuerda floja, para salir de aquí.

Mira a Russ y recibe su respuesta. Russ ya está trepado en la barda y viene hacia nosotros. Para cuando llega a la altura del corral, está demasiado arriba como para que las hordas lo alcancen. Se mueve veloz, con el cuerpo inclinado sobre el tubo que hay en el extremo superior y los pies afianzándose a la alambrada, avanzando tan bien que parece que hubiera tenido que hacerlo así toda su vida. Mira alrededor, se detiene un momento, cuelga peligrosamente pero fuera del alcance de las garras de los zombis, y después desciende un poco a nuestro lado.

—Fácil —dice—. Hacemos lo que acabo de hacer, y luego bajamos la colina por la barda que da al camino. No nos podrán alcanzar.

Toma a Alicia de la mano y la jala hasta subirla a la barda, justo donde está el precipicio. Pete y yo los miramos y luego imitamos lo que hicieron. Para cuando llegamos arriba, Russ ya está sentado sobre el filo, una pierna a cada lado, y se inclina hacia abajo para azuzar a Su Rubia Majestad.

—Pete es el siguiente —grita Russ—. Bobby, tú al final. Eso me permite volver y ayudarte.

El muchacho definitivamente sabe cómo entusiasmarme. No voy a necesitar la menor ayuda de este GI Joe.

Alicia ya logró llegar al tubo superior de la alambrada, con Russ haciendo de zanahoria para atraerla y Pete de palo para animarla. La escalada no es tan grave como parece. Los agujeros de la alambrada tienen un tamaño conveniente para pies de adolescente, y la malla está tensa y estable. Simplemente hay que hacer caso omiso de la caída al otro lado, y al hecho de que el alambre metálico se incrusta en las manos y está resbaloso y helado por la lluvia. Nos desplazamos de lado, hasta llegar a la esquina, que es donde empieza el corral.

—Muy bien… pero nada de confiarnos y dejar los pies colgando —dice Russ, aunque no es necesario que lo haga.

Los zombis se aglomeran junto a nosotros, bufando, estirándose, apiñándose contra la barda, con lo cual nos hacen tambalearnos. No puedo mirarlos, porque corro el riesgo de perder la concentración y vomitar, pero a pesar de todo lo hago. Siento arcadas. Están podridos, descomponiéndose. No puedo despegarles la mirada, maravillada por la manera en que la ropa se les ha adherido a la piel en descomposición. Andrajos carnosos que cuelgan de extremidades, como tiras que se desprenden de una pieza de carne bien horneada.

—No te detengas —me grita Pete desde adelante.

Las manos tratan de alcanzarnos pero no agarran más que aire. Mientras no nos resbalemos, estamos bien.

—¡Hay una segunda entrada! —grita Russ, señalando a lo lejos—. Cuando lleguemos allá estaremos a salvo.

Se refiere a una entrada que hay junto a una caseta de vigilancia, un poco más abajo por el camino. La entrada se ve entera, y la carretera protegida por la barda no tiene zombis. Es más o menos la misma distancia que ya recorrimos. Definitivamente podemos llegar allá.

—¡Vamos! —señala Russ de nuevo—. A esa entrada, ¡ahora!

Aceleramos el paso, y luego sucede algo extraño. Uno a uno, los zombis agrupados a nuestros pies se van separando y se alejan por el camino, cosa buena. Hasta que vemos adónde se dirigen.

—Increíble —Pete se detiene, abrazado al tubo horizontal, y mira la fila de zombis—. Oyeron lo que Russ dijo, y van a encontrarnos a ese punto.

Los monstruos se agolpan al pie de la entrada, y la emprenden a empujones rítmicos con toda su fuerza, un, dos, tres, trabajando en equipo para derribarla.

—Recuerden lo que contó Grace —balbuceo—. Xanthro ha estado manipulando la genética zombi y sus cerebros para meterles algo.

—¡Lo que sea! —grita Russ desde más allá en la barda—. ¡No se detengan!

Es una carrera para llegar antes de que derriben la entrada. Russ parece un mono alado con esteroides. Alcanza la entrada fácil y rápidamente, y barre con su arma las manos que se levantan hacia él, cortándolas de un tajo. Es horripilante, pero eso no evita que sigan empujando la puerta.

Alicia, Pete y yo llegamos todos juntos.

—Una vez que estemos en el suelo, a correr —nos grita Russ—. ¡Por ningún motivo podemos volvernos a trepar!

El camino se ve despejado de zombis, pero en ambos lados del corral hay cientos de monstruos, en fila ante la alambrada. No habrá salvación si la puerta cae.

—¿Y qué tal que ahora puedan correr? —grita Alicia, aferrada a la barda y rehusándose a avanzar.

—No hay nada que lo demuestre —contesta Pete.

—¡Tenemos que seguir! —indica Russ, mientras la puerta se mece peligrosamente.

—¡No! —grita Alicia en respuesta—. ¿Qué tal que haya más allá abajo?

Podría tener razón. No podemos ver toda la carretera. Pero ya no hay vuelta atrás. Pete se queja, trepa tras ella y se deja caer con delicadeza en el lado protegido de la carretera. No resulta claro si al hacerlo golpeó a Alicia o si ella nada más perdió su apoyo, pero resbala y empieza a caer hacia el corral. De alguna manera se agarra con una mano y un pie que quedó torpemente embutido en uno de los agujeros de la malla, pero cuelga en situación arriesgada, con la espalda contra la alambrada, a escasos centímetros de las manos que tratan de alcanzarla.

—¡Auxilio! —grita—. ¡Ayuda, por favor! —patea con el pie libre, y manotea salvajemente con la mano que no tiene en la malla.

Como soy la más cercana, me inclino por encima del tubo superior para tratar de tomarle la mano que agita en el aire.

—Aquí está el tubo —le digo, llevando su mano hacia el punto, más arriba y hacia donde tiene la espalda. Se aferra, pero está en una posición tan extraña, prácticamente crucificada contra la alambrada, que no puede voltearse o impulsarse hacia arriba. Tiro de sus brazos, para levantarla, pero se resiste, sin poder soltarse ni confiarse de que voy a poder con su peso, lo cual quizás es sensato porque no sé si podría cargarla.

—¡Russ! —grito. Parece que él se moviera en cámara lenta, y Pete está en el suelo ya y no me sirve de nada, así que hago un último esfuerzo por levantar a Alicia, con un poderoso gruñido.

Pero no tengo la fuerza de la que me solía fiar, y mis recursos están agotados. Mis manos se zafan de los brazos de Alicia y el impulso me lanza hacia atrás, lejos de la alambrada, en pleno remolino de muertos vivientes.

Uno o dos cuerpos amortiguan mi caída, y aterrizo finalmente con la espalda en un charco de lodo.

Tan pronto como me doy cuenta de que estoy allí, un interruptor se enciende en mi cerebro. Sé que voy a morir. Me llegó la hora. De aquí no hay escape. Es más sencillo darme por vencida, aceptar que en cuestión de instantes me van a arrancar brazos y piernas, me sacarán los ojos, me extraerán las tripas para devorarlas. Que sea rápido, por favor.

"Resiste, pelea, pedazo de cobarde", dice la ronca voz de Smitty en mi oído. "Levántate, arriba".

Pero, como suele suceder, no tiene idea de lo que está diciendo. No sirve de nada oponer resistencia. En un instante me caen encima y lo único que puedo hacer es tratar de enterrarme en el barro, así me asfixie. Siento manos en mi chamarra, que empujan desde todos lados, y es sólo cuestión de tiempo para que empiecen a mostrar esa nueva habilidad que es el trabajo en equipo y me saquen de mi charco todos a una. O terminaré ahogada aquí, que quizá es preferible.

Pero nada de eso sucede, y en medio del barro y los gruñidos me doy cuenta de que oigo gritos.

—¡Levántate! ¡Arriba! —al principio me parece que es Smitty una vez más, pero luego una mano fuerte se desliza bajo mi hombro y me impulsa hacia arriba, y a través del fango que me chorrea por la cara veo a Russ a mi lado, motosierra en mano, haciendo un despliegue de giros, golpes y patadas como sólo he visto en las películas. Ya despejó de zombis la alambrada, y me lanzo hacia allá, trepando hasta el tubo y tirándome por encima en un solo movimiento, para aterrizar nuevamente en el fango, a los pies de Pete.

—¡Caramba! —dice Pete—. Ese tipo es una máquina —y observa perplejo a Russ que gira en un solo punto, dando una patada bien puesta aquí o decapitando allá, y luego sigue el camino que yo abrí para ponerse a salvo, hasta el tope del tubo.

—¡Auxilio! ¡Ayuda! —resuena un grito.

—¡Mierda! —exclamo—. Alicia.

Capítulo 12

licia sigue colgando, crucificada, pero ya logró encajar los dos pies en los huecos de la alambrada a sus espaldas, tiene las rodillas dobladas hacia abajo, y logró meter un brazo hasta el codo, pero todavía está en serio peligro, y no pudo ver el dramatismo y la belleza de mi rescate por cuenta de Russ.

Russ se percata de su situación, y se las arregla para levantarla y lanzarla por encima de la alambrada hacia donde Pete de alguna forma logra atraparlos y los tres van a quedar tendidos en la carretera, a mi lado, como si estuviéramos tomando el sol en la playa.

Pero no por mucho tiempo.

Corremos.

La carretera se encuentra en una pendiente y está resbaladiza por la lluvia, y no sabemos lo que nos espera más adelante, así que corremos tan de prisa como nos lo permiten nuestras magulladas y aporreadas extremidades, hasta que llegamos a la parte plana, una entrada que lleva al exterior del complejo, lejos del corral de monstruos. La trepamos y estamos solos, con nada más que un tramo del camino y luego una densa hilera de árboles ante nosotros. Nos detenemos de golpe para recuperar el aliento, y miramos alrededor.

—¿Dónde estacionarías, Grace? ¿Dónde? —murmuro.

—¡Las llaves! —Pete me indica que se las entregue. No obedezco, sino que las saco de mi bolsillo—. Presiona el botón para abrir —me dice.

Miro el control remoto. Tiene razón. Lo sostengo en alto y presiono el botón. Todos giramos, buscando atentos a nuestro alrededor. Presiono de nuevo el botón para abrir.

—Oí algo —Russ empieza a correr por el camino. Lo seguimos, con los pies salpicando en el agua que corre cerro abajo, que convierte el pasto en lodazal y la carretera en río.

—¡Otra vez! —grita, cuando llegamos a los árboles. Oprimo el botón de nuevo. Esta vez me parece que yo también oigo algo, pero Russ ya está segurísimo y corre por entre el terreno desigual para internarse en los árboles.

—¡Allá! —salta Alicia—. ¡Por ahí!

Se oye un pito y se ve una luz hacia la izquierda. Oprimo el botón otra vez, y ya está. Corremos, esquivando los árboles y saltando sobre el matorral de helechos, hasta que llegamos al jeep. Retiramos las ramas y quitamos la lona que lo cubre en parte, para meterla en la parte de atrás.

Russ abre la puerta del conductor.

—Las llaves —me dice Pete. Se las lanzo. Russ se queda inmóvil un instante antes de darle paso a Pete. Sin duda, ya tuvo que oír con lujo de detalles las historias de su experto manejo del autobús.

Así que Pete queda en el puesto del conductor, y Russ va de copiloto artillero (¡ojalá tuviéramos un arma de fuego!), mientras que Alicia y yo nos embutimos en el asiento de atrás, como un par de tontas en una disparatada cita grupal.

Pete enciende el motor y los limpiaparabrisas. Se mueven a toda velocidad, haciendo mucho ruido. Pone el jeep en movimiento, avanzando por entre los remolinos de agua que cubren el suelo. Busco un cinturón, sin fijarme en lo demás, y trato de ajustármelo sin que se note, porque a pesar de que mis precauciones son bastante sensatas, nadie quiere ser el primero en abrocharse el cinturón. Alicia nota lo que hago y en un par de segundos me imita, sin decir palabra. La seguridad ante todo.

—¿Cómo estamos de gasolina? —grito, para hacerme oír por encima del golpeteo de la lluvia en el techo.

—Muy bien —asiente Pete—. Suficiente para llevarnos lejos de aquí, donde sea que estemos.

—Sólo te pido que ni se te ocurra ir demasiado rápido, ¿está bien? —Alicia se aferra a su cinturón—. A menos que veas monstruos o tipos armados, claro. Ahí sí puedes meter todo el acelerador.

—Sí, señora —Pete contesta llevándose una mano a una visera imaginaria, en saludo militar.

—Entonces… —le digo a Russ, tratando de sonar lo más natural posible dentro de las actuales circunstancias—. ¡Qué movimientos los que hiciste allá atrás!

—Ajá —está ocupado revisando la guantera.

—No nos habías dicho que fueras un Karate Kid oculto.

—He hecho algo de *kick-boxing* —dice escuetamente.

—Pues gracias por salvarme —sigo—. Pensé que estaba perdida.

—Sí —dice Alicia—, yo también. Casi que no la cuento porque todos ustedes se olvidaron de mí.

—¡Eureka! —grita Pete, antes de que Alicia empiece a describirnos su drama—. Mil gracias, Grace, te amo —oprime un par de botones en el tablero.

Alicia pestañea como si estuviera a punto de morir.

—¿Y a éste qué le pasa?

—Navegación satelital —grita Pete, y al inclinarme hacia el frente, veo una pequeña pantalla iluminada que sale del tablero.

—¿Tenemos GPS? —pregunto. Gritamos y alborotamos, y hasta la propia Alicia aplaude—. ¿Dónde demonios estamos? —le grito a Russ, que se está haciendo cargo de manejar el aparato mientras Pete conduce por la inundada carretera, entre la niebla que cuelga en jirones, como fantasmas que vagaran por el aire cargado de humedad.

—No estoy seguro —dice Russ—. Parece que tenemos señal, pero esta carretera no figura en el mapa. ¡Qué novedad! —me lanza una mirada—. Claro, el ejército, o Xanthro o quien sea, no iba a poner señalización para llegar a un hospital subterráneo secreto.

—¿Grace dejó algo programado? Por ejemplo, ¿hacia dónde debemos ir?

—Dame un momento —vuelve la vista a la pantalla, presiona aquí y allá—. No, no hay nada. Ni siquiera su último destino. Debió borrar todo antes de dejar el carro oculto.

—Fantástico —no dejo de mirar de vez en cuando hacia atrás, pero parece que nadie nos sigue—. Entonces tenemos que arreglárnoslas por nuestra cuenta. Otra vez.

La carretera se hace más empinada, y en nuestra lenta y serpenteante bajada, el páramo con sus tonos verdes apagados y las motas de un morado grisáceo va cediendo el paso al verde brillante de un bosque de pinos. A través de los jirones de niebla el color nos deslumbra, y parece bastante alegre, pero no me gusta estar rodeada de repente por árboles, a ambos lados. Los árboles esconden mucho.

—Bien, parece que estamos cerca de Edimburgo —nos informa Russ, que sigue ocupado con el GPS—. Si logramos salir a una carretera que sí figure en el mapa, estaremos a unos 25 kilómetros. Pero entre nosotros y la carretera que veo en el mapa hay terreno desconocido.

—Al margen de si está en el mapa o no, el hecho es que estamos en una carretera, obviamente —dice Pete—. No podemos hacer mucho más que seguirla y confiar en que pronto encontremos algo reconocible. Y en ese momento podremos usar el GPS.

—A menos que Xanthro controle los satélites —Alicia tamborilea con sus uñas.

Pete, Russ y yo guardamos silencio durante un minuto, y luego Pete lo interrumpe.

—Es perfectamente posible que Xanthro controle los satélites. Bien podrían estar observándonos ahora.

Nadie dice nada. ¿Qué puede uno decir ante eso? ¿Acaso los satélites no alcanzan a leer la hora en un reloj de pulso? Si son capaces de eso, seguramente podrán ver mi expresión desesperanzada cuando presiono la cara contra el vidrio y miro al cielo gris por entre los árboles. Hola… ¿hay alguien allí?

La lluvia sigue cayendo, más fuerte ahora, así no tenga mucha lógica porque los árboles debían protegernos un poco. Pero luego me doy cuenta de que el sonido no es de la lluvia. Giro en mi puesto, tratando de ver si nos siguen, pero el camino detrás se ve despejado.

—¿Qué es ese ruido? —pregunta Russ—. Suena como un helicóptero.

Pete da un viraje brusco.

—¿En serio? ¿Dónde?

Nos concentramos en buscar en el cielo. Russ baja su ventanilla y el jeep de inmediato se llena de humedad. Se arrodilla en su asiento, como un doble de película que se preparara para saltar de un vehículo en movimiento.

—No oigo nada —grita Alicia.

—¡Ssshhhh! —le digo, pero yo tampoco oigo nada. Si era un helicóptero, ya se fue.

Russ vuelve a sentarse y cierra la ventana.

—No vi nada. No puede estar buscándonos, porque hubieran seguido el camino. Si era un helicóptero, tal vez simplemente pasaba por aquí.

Pete frena y se detiene repentinamente salpicando fango a todos lados, abre su puerta y se baja del jeep. Momentos más tarde está de regreso con una piedra negra, grande y lisa en la mano derecha.

—¡Que se frieguen! —golpea el GPS con la piedra, rompiendo la pantalla que se resquebraja como una capa de hielo sobre un estanque gris—. ¡No nos persigan! —golpea una y otra vez.

—¿Qué haces? —pregunta Alicia—. Lo dañaste.

—No podemos correr el riesgo de que sepan hacia dónde vamos —grita Pete, y tira la piedra por la puerta abierta.

—Ni siquiera sabemos si nos están siguiendo —dice Alicia.

—Sigamos, adelante —murmura Russ.

No hace falta que se lo repitan. Pete vuelve a poner el jeep en marcha con un rugido. La carretera se hace menos pendiente, da una curva hacia la derecha y vemos un tramo despejado ante nosotros.

Así que ésta es la situación. Esto es lo que nos rodea. La nieve ha cedido paso a la lluvia torrencial, el hielo a la niebla. ¿Dónde puede estar escondiéndose Smitty durante todo este tiempo? ¿En realidad está escondido? ¿O lo tienen retenido? Hasta donde sabemos, lo pueden haber metido en otra versión de nuestro hospital Santa Gertrudis, bien profundo bajo el inundado suelo.

Y luego lo veo, a unos cuantos segundos de camino. Un puente de piedra en forma de arco sobre un río que ha desbordado su cauce.

—Allí —grito—. Bajo el puente, debe ser ahí.

Nadie responde, excepto Pete que frena un poco el jeep. Eso

también podría ser porque el nivel del agua va subiendo a medida que nos acercamos al río.

—Lo que decía la clave —intento de nuevo—. "Bajo el puente". Ese es el puente, ¿o no?

Mi mamá no creyó que necesitara ser más específica, pero si Grace decía la verdad con respecto a que Smitty estaba cerca, éste debe ser el puente.

Claro, no es que vaya a ocultarme en el puerto de Sydney ni bajo el Golden Gate, Roberta, me susurra al oído.

—Tenemos que detenernos y revisar —me desabrocho el cinturón de seguridad.

—¿Y cómo vas a hacerlo? ¿Trajiste tu tanque de buceo?

—¿A qué te refieres?

—Bajo el puente, mira.

Detiene el jeep al lado izquierdo de la carretera, limpia el vapor condensado en el panorámico y da un golpecito en el vidrio.

—¿Ves el nivel del agua? Casi tapa la parte de piedra. Ya como están las cosas, vamos a tener que pasar por entre el agua para cruzar el puente en el jeep, y tú pretendes revisarlo por debajo. Vas a necesitar un traje de buzo.

Entrecierro los párpados para ver mejor. No es fácil distinguir con claridad, pero tengo la triste sensación de que está en lo cierto. El agua color café fluye en torrentes rápidos alrededor del puente. Me clavo las uñas en la palma con la esperanza de que Smitty nos esté esperando en una lancha a la vuelta de la esquina.

—¡Smitty!

Qué tonta.

Estoy metida hasta la rodilla en el agua que corre, mirando bajo el puente. Una cuerda atada al jeep me pasa por la cintura y el otro extremo está atado a un arbolito. Russ encontró unas botas de hule de pescador en el carro, pero el frío es intenso.

Los demás me miran desde el jeep.

¿Estaré loca por intentar esto? Podría ahogarme o morirme de frío. Miro hacia el camino por donde veníamos. No podemos entretenernos. Puede ser que en este mismo momento nos estén buscando y, si es así, no tendrán que ir muy lejos. Es ahora o nunca.

Está muy oscuro bajo el puente y el agua corre rugiendo, negra, profunda y veloz.

—¡Smitty! —grito nuevamente.

A fin de cuentas, puede ser que no esté aquí.

Y luego se oye un ruido.

Capítulo 13

n ruido definido. ¿Una especie de gorgoteo o algún tipo de grito? Me acerco más y escucho atentamente, pero no oigo más que el ruido de la lluvia y del agua. ¿Sería una voz?

—¿Estás ahí? —avanzo un paso, sin poder ver lo que hay bajo el agua, tanteando con el pie entre el barro.

No hay respuesta esta vez. Trato de recordar el ruido que creí que era un grito. ¿Pudo haber sido él? ¿Escondido en alguna parte bajo todo esto? ¿O en dificultades?

—¡Oye!

¿Smitty? La voz que suena detrás de mí me hace voltear torpemente y mis pies casi se resbalan. Una mano me toma por el codo.

—¡Te tengo! —Russ me sonríe, parpadeando bajo la lluvia—. Perdona si te asusté. Sé que querías que nos quedáramos en el carro, pero me pareció que te podía venir bien algo de ayuda —está empapado. Debía sentirme agradecida, complacida, pero estoy demasiado preocupada pensando en Smitty. —¿Ves algo allí debajo?

—No. Me pareció oír algo, pero… —aprieto los dientes—. Hay una especie de cornisa más arriba en el muro, y creo que hay como un sendero debajo… puedo llegar a la cornisa para ver mejor qué hay allí.

Russ mira y niega con la cabeza.

—No hay nada que nos sirva allá. Tenemos que irnos. Es demasiado peligroso.

—Voy a ir de todas maneras.

—Bobby —dice moviendo la cabeza de un lado a otro—, ¿has visto lo profundo que está el río? Te vas a matar —me agarra el brazo con fuerza.

—¡Apártate! —le grito, y retrocede, al menos un momento, sorprendido por mi ferocidad. Pero después pone las manos en la cuerda.

—Por lo menos déjame —me mira fijamente—, soy fuerte.

—Sí, ya lo sé —le quito la cuerda—. Qué suerte tienes —camino a tientas en el agua cuyo nivel va subiendo, hasta donde me parece que empieza el sendero, muy consciente de lo ridícula que debo verme y de lo estúpida que soy. Esto es suicida. Y tengo que reconocer, por más que me pese, que si no supiera que Russ está detrás de mí, ya hacía rato que habría dado la vuelta.

Pongo una mano mojada y congelada en la áspera piedra del puente, y avanzo hasta que estoy justo debajo de éste. El agua amenaza con subir hasta el borde de mis botas de pescador, y la corriente golpea fuerte contra mis rodillas.

—¡Hola! —grito hacia la cornisa, por encima del ruido del agua. Entrecierro los ojos para enfocar mejor. Voy a tener que acercarme más. Tengo las manos entumecidas, como si acabara de despertarme. Tiro de la cuerda para avanzar, llego al puente y hago descender un pie con cuidado, buscando un apoyo. El agua le da un frío abrazo a mis piernas, pero encuentro suelo firme de piedra donde posarme. La corriente casi me arrastra y mis dedos se aferran desesperadamente al puente. Me pego a la piedra. El contacto me reconforta. De repente siento un tirón en la cintura. Con dificultad volteo la cabeza y miro hacia atrás, y veo a Russ que sostiene la cuerda.

—¡Sigue! ¡Aquí te sostengo! —me grita, por encima del rugido del agua.

Hago un gesto, como si fuera a reírme. ¿Creerá que es tan sencillo? Al menos hay alguien para presenciar mi desaparición.

Me hago una eficaz exfoliación facial con piedra caliza al volver a girar la cabeza, y avanzo pegada al puente, tratando de aprovechar la fuerza de la corriente para mantenerme en mi lugar. El sendero, en el fondo, es liso, lo cual tiene ventajas y desventajas. Un resbalón y me hundo. El agua me sube hasta los muslos y me salpica la espalda. Pero poco me importa. Tengo tanto frío que de la cintura para abajo no siento nada.

Ya puedo alcanzar la cornisa. No es mucho más alta que yo. Estiro los brazos hacia arriba y el borde de piedra resulta perfecto para agarrarme. Con una mano tanteo la superficie de la cornisa, en busca de cualquier cosa que pueda estar escondida allí. Después, avanzo un poco y repito la maniobra, voy estableciendo un ritmo:

Me agarro con una mano, con la otra, doy un paso y tanteo.

Una mano, la otra, paso, tanteo.

Voy recorriendo el sendero, y no tengo idea de qué será lo que busco. ¿No podías ser un poco más específica, mamá? ¿Bajo el puente, dónde? ¿Qué hay allí?

Por primera vez se me ocurre que más bien podía estarme advirtiendo de algo. O sea, sólo escribió "Bajo el puente". Hubiera podido decir "¡Ojo! ¡Aléjate! ¡Ni te acerques bajo el puente!". Mi mente se acelera. ¿Acaso no dicen que bajo los puentes habitan trols? ¿En los cuentos de hadas y cosas así? Y suele haber asaltantes en los alrededores de los canales. No creo que nunca haya habido nada bueno bajo un puente. Tal vez debimos haberlo evitado. Pero ya es demasiado tarde.

Y mientras saboreo esa idea, mi mano da con algo.

Me arriesgo a pararme de puntitas para alcanzar mejor y mis pobres dedos adoloridos se cierran sobre el objeto. Una tira acolchada como correa de mochila. La jalo. Pesa y está enredada en algo. Doy un buen tirón y luego otro, con ganas.

La cosa cae de la cornisa y casi me golpea en la cabeza y sigue hasta el río, que corre veloz detrás de mí. En el último momento alcanzo a agarrarla, pero me tuerzo el hombro y el cuello en la maniobra. Eso no importa. La salvo de caer, paso el brazo para acomodarme la tira al hombro, y vuelvo a pegarme al muro cual almeja, preparándome para regresar a tierra.

—¿Qué es? —me grita Russ.

—Una mochila.

La decepción me deja un gusto amargo en la boca. Mochila y no Smitty. Más vale que, después de todo esto, mamá haya metido en ella algo que valga la pena.

—¿Qué hay dentro? —grita de nuevo.

Levanto las cejas y le lanzo una mirada matadora, cuyo efecto se pierde sin duda bajo la oscuridad del puente.

—¿Te importa darme un momento antes de que lo averigüe?

—Disculpa.

Puedo ver que me sonríe desde la luz. Es tan enloquecedoramente alegre que no es normal. Por un instante me pregunto si será algún tipo de android. O un extraterrestre. O tal vez es un adulto prisionero en el cuerpo de un adolescente. Nadie que yo conozca, de mi misma edad, es tan salvajemente sonriente.

—¿Quieres que te traiga hasta acá? —me grita.

—Puedo sola —respondo rápidamente. Se me viene a la mente que no me mata la idea de abrir la mochila y examinar su contenido enfrente de todos. No había pensado eso antes. No es que quiera demorarme en el helado río, pero necesito unos instantes para pensar cómo haré para revisar a solas lo que contiene.

Después, Russ suelta su extremo de la cuerda y desaparece.

—Fantástico —murmuro, y retrocedo tan rápido como puedo. Estoy a punto de salir de debajo del puente cuando vuelvo a ver a Russ. Esta vez no viene solo. Un zombi lo tiene agarrado en un abrazo mortal.

—¡Russ! —grito.

A primera vista creo que el zombi es un niño, porque no abulta mucho, pero al ver a Russ luchando para zafarse me doy cuenta de que es un adulto hecho y derecho, pero solamente la mitad. Torso, brazos y cabeza. Le falta todo lo que hay de la cintura para abajo. El tronco termina en un borde irregular, del que cuelgan tiras de carne mojada que se agitan cual si fueran adornos al viento mientras Russ trata de librarse del abrazo. Quién sabe cómo lo atrapó, quién sabe cómo hace esa cosa para moverse, pero está hinchado e inflado y eso me hace pensar que lleva algún tiempo en el agua.

Russ y su compañero continúan su lucha, y Russ vence. La cosa sin piernas cae al agua cerca de mí y flota como un corcho. Rápidamente rota los brazos hacia el frente, con un estilo de natación que nunca antes había visto. Tiene vigor y entusiasmo, y el frío no le hace mella. Al avanzar hacia mí, ayudado por la corriente, abre la boca y lanza un alarido gorgoteante. Es un hombre, de hombros macizos y calvo, y una cara tan hinchada y pálida que es casi morada, y en cada venita violeta se nota el esfuerzo que hace. Me doy cuenta de que con este personaje llevo las de perder, sin remedio. De verdad quisiera haber planeado mejor las cosas antes de lanzarme a la aventura bajo este puente. De inmediato se olvida de Russ y viene directamente hacia su nuevo objetivo, sé que estoy perdida.

Incapaz de liberar un brazo y una pierna para defenderme, grito. Me veo vulnerable, como un ratón atrapado en una trampa de papel adhesivo. No tengo adónde huir ni dónde esconderme, ni nada más qué hacer fuera de esperar a que me alcance. Es patético.

Russ me tiende un brazo algo distante, y salto hacia él al no tener más opción. No atino a agarrarlo, claro, pero al caer de nuevo en el agua mi mano encuentra algo (¿una raíz?) que sale de la orilla, y lo uso para alejarme, mientras el agua helada me ensordece. La cosa sin piernas pasa a mi lado arrastrada por el caudal y sus gruesos dedos de salchicha chapotean emberrinchados al hacer intentos infructuosos por alcanzarme. Pero ya pasó su momento. A pesar de ser tan buen nadador, el río es más poderoso. La corriente se lo lleva y protesta a gritos, volviéndose para mirarme con ojos tristes y resentidos, ¡porque no es justo y yo hubiera resultado un banquete tan apetitoso!

Tan pronto me permito sentir alivio, mi raíz cede y el agua me arrastra, girando, tanteando con los brazos en todas direcciones en busca del fondo o de algo a qué agarrarme, tan asustada de ahogarme como de terminar en brazos de la cosa sin piernas. Mi rodilla golpea algo y me doy cuenta de que he perdido una de las botas. Es el fondo, del cual me impulso para salir a la superficie.

Puedo ponerme de pie y estoy en el sendero nuevamente, pero al otro lado del río.

Aún llevo al hombro la mochila. Bien. Sólo me queda no morirme de frío, salir a tierra, y los demás vendrán a encontrarme a este lado del río.

¿Los demás? Ya no están.

Russ ya no está en la orilla del río y no puedo ver el jeep. En medio del ruido de la lluvia detecto otro, repentino, de golpes y sacudidas. Una sombra se mueve sobre el suelo inundado, y el agua se aplana como si algo la forzara desde arriba.

Un helicóptero.

Negro y grácil, revolotea como un insecto maligno. Se detiene un instante y luego baja. Aterriza y casi me hace perder el equilibrio con el viento que produce.

Tres hombres bajan del helicóptero y corren hacia mí agachándose. Soldados de uniforme negro.

¡Mierda! ¡Mierda!

Me verán en cualquier momento. Tengo que moverme, pero de repente me doy cuenta de que aún tengo la cuerda atada a la cintura, y el otro extremo está rodeando un árbol en la otra orilla del río. Con los dedos torpes y entumidos trato de aflojar el nudo que el agua ha dejado bien apretado.

Los primeros dos soldados ya llegaron a la orilla. Están buscando algo, o a alguien.

Detrás de mí, el helicóptero ha agitado el agua y se me viene encima una ola. Me golpea la cara y me hundo, con la sensación del frío que me atenaza el cuello y la cabeza, los oídos a punto de estallar por el ruido y la presión. La mochila me lastra desde atrás, y lucho por enderezarme y nadar hacia donde me parece que es arriba. Siento que me arden los pulmones, y la necesidad apremiante de respirar es lo único en lo que puedo pensar. Sigo intentando soltar el nudo, pero no lo consigo. Pataleo, más por el pánico que por cualquier otra cosa, y sin querer me topo con el fondo y logro impulsarme hacia la superficie, jadeando por aire y con la sorpresa de estar todavía viva.

Finalmente, el nudo cede, pero todo lo que hay a mi alrededor es agua, que se arremolina con frenesí, helada y rápida.

Capítulo 14

—e vas a quemar.

Tiene razón. Voy a arder. Siento mucho calor. Volteo la cabeza soñolienta, y siento la arena bajo mi cara. Trato de mirarlo, pero está fuera de mi vista. El sol me lastima los ojos y parpadeo.

—Ponme bronceador, entonces —hablar requiere tanto esfuerzo. Me parece oír el graznido de una gaviota en alguna parte. Voy a necesitar algo de beber pronto.

—Como ordenes —pero a pesar de sus protestas, oigo el ruido que hace la botella cuando la destapa y la oprime para sacar el líquido—. Echarte aquí no va a ayudar de mucho, ya sabes —dice Smitty—. Quizá crees que te mereces unas vacaciones, pero no te las has ganado, corazón.

—Sí, sí… ponme bronceador —murmuro contra la arena.

—Está bien —dice y se sienta en la parte trasera de mis muslos y posa las manos aceitadas en mi espalda—. Pero tienes promesas por cumplir. Y muchos kilómetros por recorrer antes de poderte dormir. Muchos kilómetros.

—¡Cállate! —me río—. No digas esas cosas.

Se ríe y me aplica la crema. Y al hacerlo, mi piel se desprende. Sigue frotándome la espalda, y el músculo y la grasa y la carne y los ligamentos se desprenden y no queda nada fuera de la columna y los omóplatos.

—Ahora eso —me da un golpecito en la columna—. Eso es lo que tenemos que ver.

Me despierto gritando, con agonía imaginada. Tengo tanto frío que me siento arder, tiritando salvajemente y encorvada sobre mí misma como un camarón. Estiro brazos y piernas para asegurarme de que aún hay tierra firme debajo de mí.

Sí, sí hay.

Y ha dejado de llover. Tras el ruido ensordecedor del aguacero implacable, el helicóptero y el sonido del río amplificado bajo el puente, este silencio me altera. Y luego está el sonido que hago yo misma, aunque al principio no me doy cuenta de dónde proviene. Estoy tiritando de manera incontrolable, y suelto un sonido entrecortado, va-va-va, por entre los labios temblorosos. Es casi chistoso.

Me subo el cuello de la chamarra. Llevo tanto tiempo metida en el agua fría que mi cerebro no puede determinar mi temperatura corporal. Me congelo, me aso, me congelo. ¡Decídete y escoge si frío o calor! Pero el hecho de seguir respirando y en una pieza me llena de una increíble sensación de invencibilidad, y casi quisiera reírme bien alto. Si tuviera la fuerza y los alientos para hacerlo, claro.

Perdí una de las botas de pescador. Aunque parezca imposible, a eso se reducen mis pérdidas. Miro alrededor y veo que estoy en una especie de montículo de hierbas en medio del río.

¿Cuánto tiempo estuve inconsciente? Al menos sigo viva, pues bien puede ser que a los demás los hayan atrapado, o que estén muertos, a tiros o devorados.

¡Diablos! ¿A dónde se fue el helicóptero?

Me froto los ojos y miro alrededor, y mi respiración va volviendo a ser casi normal.

Niebla. Niebla densa, blanca y asfixiante. Se siente fría y húmeda contra mi piel. Casi puedo percibir su sabor.

No se oyen hélices, ni gritos ni disparos. Únicamente el ruido del río al correr, y el de chapoteo cuando trato de enderezarme, probando a ver si mis brazos y piernas aún funcionan.

Sopeso la situación. Hasta donde sé, no estoy cual náufrago en una isla, porque el agua que rodea las hierbas donde desperté es la inundación del desbordamiento y no el río en sí. Puedo ver unos tres metros a mi alrededor, pero nada más. Cerca hay otro montículo de hierbas y encima un bulto de color café, como un globo de gran tamaño, del cual salen cuatro palos que apuntan hacia el cielo. Sólo hasta el momento en que veo los cuernos, me doy cuenta de qué es. Una vaca muerta, gorda y muerta. Llena de gases que se están fermentando, y a punto de reventar.

—¡Hola, vieja! —le digo, entrecortadamente—. Este exceso de agua es cosa seria, ¿no?

Pero eso es todo lo que alcanzo a distinguir. No tengo idea de hacia dónde queda la carretera, o los árboles, o qué tan lejos estoy de donde empecé. Estoy perdida y más helada de lo que hubiera creído posible. Me pregunto si debo quitarme la chamarra y el suéter polar. ¿Qué es lo que hace el tipo ése del programa de supervivencia? Estoy segura de que se desnuda. Eso estaría muy bien si trajera un trozo de pedernal escondido en la bota y una dotación de musgo inflamable a mano o cualquier cosa que se use para encender una fogata, pero no está tan bien si uno se encuentra en un islote de hierbas y si además soy yo la involucrada.

Es sólo cuando empiezo a quitarme la chamarra que recuerdo que tengo una mochila al hombro, y casi brinco de la dicha. Tiro del cordón con los dedos entumidos.

Lo primero que veo me da ganas de llorar. Dos bolas muy apretadas de materiales sintéticos. Deshago la primera, pero ya sé lo que son. Ropa impermeable. Mi papá solía tener uno o dos juegos en el carro, para cualquier caminata intempestiva por el campo. Ese olor característico me devuelve al recuerdo de papá, de vacaciones en medio de la lluvia sin poder quejarme ni protestar. Me hace llorar, pero no sólo por sentimentalismo, sino porque por primera vez en mucho tiempo tengo algo con qué cubrirme la parte trasera. Unos pantalones impermeables y un saco con bolsillo.

Y ahora estoy segura, si es que me quedaba alguna duda, de que mamá fue quien me dejó estas cosas y que tiene un plan. El hecho de que vaya pudiendo seguir sus pistas me pone más contenta de lo que sería capaz de admitir. Y si ella tiene un plan, esta aventura terminará bien. O al menos terminará.

Me visto rápidamente y me siento un poco menos helada. Lo fabuloso de la ropa impermeable es que uno suda como bestia cuando la lleva, así que por el momento le doy gracias a la vida. Retuerzo mi polar y la chamarra lo mejor que puedo, para exprimirlos, y me los pongo sobre los impermeables.

—¡Benditas sean las fibras artificiales! —me golpeo el pecho, como si estuviera loca de atar—. Ay, Dios, estoy hablando sola. Ya me debo haber vuelto salvaje del todo —miro a mi alrededor—. Bueno, al menos eso es mejor que tener un amigo imaginario. El Smitty de mis sueños es lo único con lo que puedo ahora.

Un gemido espantoso brota del islote vecino. Me doy la vuelta. No, no es gemido sino un espantoso mugido. Mi bovina amiga está tratando de ponerse en pie.

—¡Santas vacas voladoras, Batman! —exclamo. Pero esta vaca es lo menos santo, y más bien es infernal, muerta viviente. Cara prácticamente no tiene, sino una calavera con trozos de carne ensangrentada aquí y allá, donde solía haber un hocico, boca y carrillos. Los manchados dientes rechinan cuando muge y se inclina hacia mí. La piel está tan tensa sobre el cuerpo que se hace casi transparente sobre la hinchada panzota y se ven los órganos funcionando dentro. Trata de avanzar pero está tan inflada que a duras penas puede hacerlo, y cae al agua. Pero tiene la mirada puesta en mí, y se le nota la sed de sangre. Me cuelgo la mochila otra vez. Mis averiguaciones sobre su contenido tendrán que esperar.

La niebla forma remolinos y doy un paso en la fría agua con el pie que aún tiene bota. La vaca se esfuerza por enderezarse de nuevo y lanza un mugido desafiante, tratando de impulsarse hacia mí con sus patas de estaca. Pero no hay forma: está tan hinchada que no puede mantenerse en pie. Cae de nuevo al agua y, al hacerlo, la panza se le raja y su estómago explota en el aire cargado de humedad.

—¡Por Dios! —el hedor está más allá de lo insoportable. Contengo las náuseas tapándome la boca con las manos, y me alejo por el agua antes de que la podredumbre vacuna me alcance. Fantástico. Ahora tenemos animales zombis también. ¿Sería que, al escasear los humanos, los zombis decidieron empezar a devorar la fauna local?

Sólo Dios sabe dónde estará la carretera. Mientras tanto, necesito encontrar un lugar para guarecerme. Alguna parte en donde pueda ver mejor el terreno y buscar a mis compañeros, o lo que quede de ellos. La niebla se despeja un poco.

Hay un pequeño establo en una colina más adelante. Cojeo hacia allá, a paso lento y titubeante por tener únicamente una bota. Así no voy a llegar muy lejos. Me quito la bota y la tiro al agua.

Para cuando llego al establo, tengo los calcetines cubiertos de barro, y desprendo pedazos de tierra a cada paso. Pero al menos el esfuerzo me calienta. Y también hay algo que tiene que ver con el movimiento, eso de avanzar un paso tras otro, que hace que la adrenalina empiece a fluir, y me recuerda que logramos escapar, y que, a pesar de los zombis, los francotiradores y el agua que nos rodea por todas partes, sigo viva.

—¡Mmmm, qué rico!

El establo apesta tanto como la vaca zombi. En realidad, ahora que lo pienso, todo el campo apesta. Debe ser por tanta cosa muerta marinándose en la inundación: un olor curioso, a humedad, con un toque leve de podredumbre dulzona.

El establo está vacío, salvo por una pila de heno o de paja (nunca he sabido cuál es la diferencia) y una gran plasta de estiércol verdoso. Cometo el error de pararme en ella, pensando que ya está seca y dura, pero la corteza se abre y deja salir la porquería fresca que había dentro. ¡Caramba! No es que estos calcetines tuvieran salvación, pero… Me los quito con cuidado y los lanzo a un rincón. Mis pies colorados y desnudos quedan expuestos. Pero ahora que estoy aquí, me siento peor que antes, porque hay una pared sin puerta y en cualquier momento podría aparecerse algún ejemplar zombi de fauna o flora y atacarme. Así que decido treparme al tejado. Es bastante fácil. Una viga horizontal sirve de apoyo, y de ahí me impulso sin dificultad al techo inclinado de teja metálica corrugada. Me tiendo sobre la teja, tratando de hacerme invisible, de manera que nadie me vea a primera vista si llega a mirar en esta dirección.

La niebla definitivamente está aclarando y desde aquí distingo mejor el panorama. Alcanzo a ver hasta donde el río sale por entre el bosque, y cómo los árboles se extienden hectárea tras hectárea sobre el nacimiento del río. Me parece que también puedo ver el lugar donde la carretera aparece a unos cuantos campos de aquí. No se ve ningún jeep. Me pregunto si lograron escapar.

"Quizá lo lograron", murmura Smitty en mi oído. "Y a lo mejor siguieron alejándose de aquí".

—¿Y ahora eres mi duende diabólico, Smitty? —respondo en murmullos. No contesta. Es selectivo, eso no se puede negar.

El sol brilla tenuemente a través de las densas nubes, y sus rayos hacen brillar el suelo húmedo. Me hace sonreír, cosa rara en estas circunstancias. Es la primera vez que veo el sol después de tanto tiempo, que parece toda una vida. Detrás de mí veo campos y después el horizonte se corta de golpe. Debemos estar en algún tipo de meseta, o es que el resto del mundo desapareció. No me disgusta para nada esa idea... caminar hasta el fin del mundo y luego arrojarme desde el borde. Siempre queda la posibilidad de estirar un brazo al pasar por Australia y agarrarme de un árbol. Estoy segura de que allá las cosas están más tranquilas.

Me tiendo de espaldas unos momentos, sintiendo la incomodidad de los surcos de la teja corrugada que se clavan en mi columna. Tengo la mano sobre la mochila.

Deja de posponerlo, Roberta. Mira lo que contiene.

Está bien, ya voy. Me volteo y jalo la mochila para verla de cerca. La abro y meto una mano. Hay una bolsa de plástico y la saco, despacio. Barras de granola. Como una docena. Las puedo ver a través del plástico. Rompo la bolsa y encuentro tabletas para purificar agua, además de crema antiséptica y un rollo de venda. Desgarro la envoltura de una de las barras para embutírmela en la boca. Tiene chispas de chocolate que hacen explotar su azúcar en mis papilas gustativas y trocitos ásperos de avena que me raspan la garganta al tragarlos. Han pasado muchas semanas sin llevarme nada a la boca, sólo alimentación por suero. Es algo maravilloso poder comer de nuevo, y mi estómago ruge hambriento, pidiendo más. Me como otra y me detengo. ¿Quién sabe cuánto tiempo me tienen que durar estas cosas? Por otro lado, hay más en esta mochila que requiere mi atención.

Rebusco en el fondo y encuentro una botella de agua, luego algo duro y pesado, envuelto en varias capas de plástico selladas con cinta adhesiva negra. Lo pongo sobre el techo y hace un ruido hueco. Intuyo que esta cosa es lo principal. Mi mano recorre el interior de la mochila, y justo cuando pienso que no encontraré nada más, mis dedos se topan con el borde de algo rígido y plano. Lo saco.

Es una postal. Con un faro.

Un estremecimiento me corre por la espalda. El mismo faro que vi en la oficina de Martha, estoy segura. Le doy la vuelta a la postal. Sí. Allí dice "Faro de Elvenmouth".

También hay una línea garabateada.

Desearía que tú estuvieras aquí.

La letra de mamá.

¿En serio mamá? ¿No podías haber aprovechado este espacio para decir algo más útil? ¿Empezando, por ejemplo, con por qué es importante este faro tal vez? ¿Es ahí donde está Smitty o donde estás tú? ¿O quizás debemos evitar llegar a ese faro? O quizás es simbólico. ¿Otro código para descifrar? ¿Y por qué diablos Martha tenía una postal igual?

Dejo escapar un quejido. Entiendo que mi mamá trate de tener todo el cuidado del mundo, en serio, y si esta mochila hubiera caído en las manos equivocadas, sólo Dios sabe lo que podría haber pasado. ¡El enemigo tendría impermeable! ¡Y agua purificada para beber! ¡Y una bonita postal de un faro! Habrían quedado fuera de combate, mamá.

Guardo la postal en la mochila.

Sólo me queda por investigar la cosa pesada y envuelta. ¿Y saben? Una parte de mí ya sabe lo que es, y por eso es que la dejé para el final. Porque si estoy en lo cierto, tendré un antiguo dilema ante mí, más serio que todo lo que he enfrentado hasta ahora.

Desenvuelvo la cosa con mucho cuidado, quitando la cinta trozo a trozo, hasta que sólo queda el plástico. Mamá se esmeró en que el empaque fuera a prueba de agua, y eso fue bueno porque la cosa que hay dentro probablemente no reaccionaría muy bien tras estar sumergida.

Al meter la mano en el plástico para sacar la cosa que querré que nunca hubiera estado ahí, de repente dudo de lo que he pensado.

Pero cuando mis dedos se cierran sobre el objeto liso y frío y lo saco despacio, mis peores sospechas se confirman.

Mi madre me ha entregado una pistola.

Capítulo 15

Cuando nos fuimos a Estados Unidos, pensé que vería armas por todas partes.

Eso es lo que las películas lo hacen pensar a uno. Hay asesinos en serie. Vaqueros. Pandillas. Adolescentes perturbados que matan a tiros en los pasillos a los muchachos que se ríen de ellos, o incluso peor, a los que ni se enteran de que existen.

Lo cierto es que, por vivir en una ciudad universitaria llena de zonas verdes y con fama de liberal, todo parecía muy tranquilo y nadie se veía con armas mortales. Más aún, la gente sonreía, nos decía "que tengan un buen día", y algunos de ellos verdaderamente lo deseaban de corazón.

Pero había pistolas, en alguna parte, a pesar de todo.

Un día, cuando yo tenía como doce años, mi mamá me anunció algo a la hora del desayuno. Fue una cosa fuera de lo común en varios sentidos. Lo primero, era fin de semana y ella estaba en casa. Lo segundo, en esos tiempos ella no me dirigía la palabra. Yo había desarrollado la capacidad de enfurruñarme cuando parecía que ella iba a hablarme, y funcionaba de maravilla. La mayor parte de nuestra comunicación se daba a través de papá o con recados que nos dejábamos en el pizarrón de la cocina. Pero esa mañana de sábado ella me había arrinconado en un momento en que salí de mi cuarto, donde estaba tranquilamente viendo episodios viejos de la serie *Doctor Who* que había encontrado en Internet, para ir a buscar un plato de cereal.

—Pues pensé en que hiciéramos un pequeño viaje, si te parece —habló como si gorjeara, y en ese momento supe que algo olía raro en ese plan. No solíamos pasar ratos amables entre madre e hija.

—¿Adónde…?

Si podía lograrlo, prefería usar pocas palabras. Y probablemente tenía la boca llena de cereal. Además, no podía responder con una pregunta, porque hubiera dado la impresión de que sentía curiosidad, interés, o incluso entusiasmo.

—Pues pensé que era hora de revisar cómo andas de ojo —me sonreía, cosa muy desconcertante.

Recuerdo que me froté los ojos en ese punto. Supongo que pensé que se refería a llevarme a una óptica o algo así.

—¡No! ¡No es eso! —se rio, más de la cuenta—. Pensé que te podía llevar al campo de tiro.

Ahí sí me quedé fría.

—O sea, pistolas.

De nuevo, nada de preguntas de mi parte. Me intrigaba muchísimo el asunto, pero no estaba dispuesta a ceder ni un centímetro.

—Exactamente con pistola. Como esta pistola —y de detrás de ella sacó un objeto diminuto y brillante, y mi primer impulso fue tirarme al suelo. Casi pierdo el control de mis esfínteres. Se me cruzó por la mente que probablemente había alcanzado la menopausia y que en un arranque de desequilibrio hormonal me iba a disparar. Pero seguía sonriendo, así que traté de responderle con una sonrisa, cosa que no es nada fácil cuando hay una pistola en juego.

—Tengo la impresión de que puedes ser una excelente tiradora —dijo, hablando rápido, como si percibiera que yo estaba en total conmoción—. No es que vayamos a salir de caza ni nada por el estilo, sino que es una habilidad útil de tener y creo que lo harías bien. ¿Quién sabe? Si tienes facilidad, como presiento, podrías participar en competencias. ¿Sabías que es un deporte olímpico?

Para entonces, yo estaba convencida de que se había chiflado. Mi esperanza era que la pistola no estuviera cargada y que yo pudiera echarle el tazón de cereal con leche en la cara para así tener tiempo de correr escaleras arriba y llamar a la policía.

Como si le hubieran dado una señal para entrar a escena, papá apareció. Venía de turno de noche en el hospital, todavía con bata de cirugía. Incluso puede ser que tuviera manchas de sangre, pero a lo mejor es mi memoria que adorna el recuerdo. En todo caso, vio a mi madre que me apuntaba con una pistola (más o menos) y se puso tan pálido como una papa pelada.

—¿Qué sucede aquí?

—Lo que habíamos hablado —mi mamá jamás se muestra nerviosa ni se azora, sino cuando pretende verse normal, así que intentó con una actitud cortante e irritable.

—Pero habíamos decidido que no —respondió papá. Su expresión mostraba una derrota cansada.

—Tú decidiste que no. Yo sostuve que sería un buen desfogue para ella —mi mamá ya había dado su veredicto, lo cual sólo pasa cuando las cosas no son negociables. Y eso quiere decir la mayor parte del tiempo.

—Entonces, karate no, ni equitación, ni un club de ajedrez, ¿pero tiro con arma de fuego sí? —mi papá se ve incrédulo—. Ni siquiera pensé que estuvieras hablando tan en serio.

—¿Club de ajedrez? —miré a papá—. ¿Acaso no me conoces?

—El ajedrez es cuestión de estrategia —dice papá—. Mantener la cabeza fría. Pensar en las consecuencias. Sería fantástico para ti —hizo una mueca—. Y tal vez también para tu mamá.

Mi madre negó con la cabeza, porque está por encima de esas peleas de adolescente, y me miró.

—Voy a estar en el carro —dijo, como si papá fuera el niño que peleaba, dejó la pistola en la barra de la cocina y salió.

Papá suspiró. Yo suspiré. Me encogí de hombros. Me miró un instante de arriba abajo, y luego se me acercó hasta poner las manos en mis hombros.

—¿Quieres hacerlo?

—Supongo que sí —de verdad quería. Me resultaba intrigante cuánto me atraía volver pedazos algo a balazos.

Asintió.

—Está bien. Te diría que no dejes a ninguno en pie, pero en realidad no lo hagas —se inclinó para besarme en la frente—. Ten mucho cuidado. Y no permitas que tu madre ponga las manos en una Uzi.

—¿Qué es una Uzi? —murmuré, pero él ya había salido, dejándome sola con la pistola en la barra.

(Sólo que no creo que dijera lo de la Uzi sino que me lo inventé para reírme. Pero ésa era la idea.)

Así que tomé la pistola y la miré tal como estoy mirando la que tengo en la mano ahora. Y la parte surrealista viene al caer en la cuenta de que mirar esta pistola en mis manos, mientras estoy sentada en el tejado de un establo en tierras escocesas invadidas por zombis e inundadas, no es mucho más extraño que mirar la pistola que tuve en la mano en la cocina de mi casa a los doce años. En ese momento mi decisión fue sencilla. Ir con mamá. Tirar al blanco. Sentir una especie de orgullo culpable cada vez que ella me elogiaba, porque tenía razón y resulté con buen ojo y bastante buen tino. Y ella normalmente no me hacía halagos, así que más valía recibirlos cuando me los ofrecía.

Fuimos al campo de tiro unas cuantas veces ese verano. Pero después mamá estuvo muy ocupada y dejamos de ir. Papá me llevó una vez, y estaba muy impresionado al ver que su única hija se había transformado en una máquina de matar. Pero me di cuenta de que no le gustaba ir y, para ser sincera, una vez que se me pasó el entusiasmo inicial, tampoco me gustó. Lo que me atraía era la satisfacción de dar justo en el blanco. Me fascinaba. Pero las armas me producían temor, y todavía lo hacen.

Por eso, voy a dejar esta pistola aquí. No puedo llevarla conmigo.

Si alguien me hubiera dicho "Vas a terminar metida en un apocalipsis zombi que te va a arrinconar como nada nunca antes lo había hecho y terminarás con una pistola en la mano", jamás me hubiera imaginado dejar la pistola atrás. Parecería la tontería más grande del mundo. Pero ahora que estoy aquí, sé que la tengo que dejar. Porque la lección más importante que aprendí en el campo de tiro, y que cualquier triste policía de película mediocre sabe, es que si uno tiene una pistola, debe estar preparado para usarla. Y me asusta que una vez que la use, me guste demasiado hacerlo. Habrá accidentes y recriminaciones, lágrimas a la hora de acostarme. Habrá tiroteos. Habrá muerte.

Así que me bajo del tejado, y entierro la cosa en un rincón del establo, junto a la plasta verde de estiércol que está empezando a secarse de nuevo. Cuando termino, me cuelgo la mochila al hombro y salgo del establo a la media luz de la niebla.

Un mugido. Otro mugido. Y algún tipo de balido.

Entre la niebla se distinguen figuras voluminosas negras y blancas. Ay, ay, ay. Las vacas vuelven al establo. Y me suena a que están muertas pero vivas, y además hambrientas.

Corro de vuelta al rincón, saco la maldita pistola del agujero, la cargo y me la meto al bolsillo de la chamarra con el seguro puesto. Estoy a punto de salir cuando algo se asoma por la puerta del establo. El balido. Es una cabra. Una cabrita blanca, saltarina, con cuernitos cual dagas y preciosos dientecitos afilados. Le chorrea sangre de la boca y del trasero, como si su cuerpo a duras penas lograra contener los podridos fluidos que lo llenan. Un ojo le cuelga del nervio hasta medio camino del peludo hocico y la desgraciada criatura me bala. Siento que la bilis se me alborota en el estómago.

La cabra patea el suelo con una pata doblada en forma imposible, y da un saltito en el aire.

Ay, no, por favor.

Suelta otro balido, baja la cabeza y se dispone a darme un buen tope. Podrá no tener mucha estabilidad pero es rápida. Esquivo el golpe, cual torero, pero gira en sus cascos puntiagudos y viene hacia mí de nuevo. Esta vez atrapa mi manga entre los dientes. El párpado que le queda deja ver la parte rosa alrededor del ojo bueno, y arranca parte de la chamarra. Me la sacudo.

—¡Oye! ¡Es antibalas, bicho!

La cabra se ríe de todos los blindajes. Se apresta a atacarme de nuevo. Retrocedo, me resbalo en la plasta verde y caigo sentada. La cabra viene a estrellarse contra mi pecho, y la levanto por las flacuchas patas delanteras mientras sus mandíbulas se cierran para tratar de morderme la cara. La arrojo por el suelo tan lejos como puedo, que no es más que cosa de metro y medio.

Se pone en pie, me pongo en pie. La pistola está en mi mano, sin seguro.

Apunto, tomo aire. Aprieto el gatillo.

La fuerza del culatazo y la sorpresa del sonido me mandan al suelo de nuevo. Me atrevo a mirar. La cabra yace tendida de lado, media cara desprendida por el balazo. Y está muerta. Definitiva, absolutamente muerta.

Lloro. Me permito soltar un sollozo mayúsculo. Deja que todo salga... Grace, casi morir ahogada, la escasa probabilidad de salir bien de todo esto, y la pobre cabrita en el suelo.

Mientras me seco las lágrimas y salgo cautelosamente, las vacas me miran desconfiadas, demasiado gordas y estúpidas como para subir la pendiente hasta el establo. Veo una rendija más clara y me muevo en esa dirección, tan rápido como puedo por la ladera esponjosa. De repente veo luces que se mueven a lo lejos.

¿Un carro?

Las luces se mueven en línea recta, y luego se extinguen.

Tengo que correr el riesgo, tengo que apostar por que ése es mi equipo, buscándome. Me meto la pistola al bolsillo y acelero el paso. El fango se cuela por entre los dedos de mis pies, y escasamente puedo ver un par de metros al frente por la niebla que se espesa de nuevo, por suerte.

—Pronto será de noche, Bob —aquí está Smitty, cual hada madrina. Mi ángel guardián. El mono en mi hombro—. ¿Alguna vez has sentido que las cosas van a empeorar antes de ponerse mejores?

Hace rato que el sol quedó tras las nubes otra vez, y siento una que otra gota de lluvia en la cara. La oscuridad desciende, y va a llover a cántaros. Pero por encima de todo eso, la niebla está más espesa y más extendida. Durante un rato la pude ver como una muralla en la distancia, frente a mí y luego también a los lados. Ahora me rodea por completo y no pasará mucho antes de que me consuma en su interior. ¿Adónde fue el carro? El temor a que me abandonen brota en mi corazón.

—¡Anda, a ver, a ver! —Smitty me clava los dedos en las costillas—. No estás sola. Yo estoy aquí también, ¿o no?

—No, en realidad no estás aquí —digo en voz alta—. Si estuvieras, no tendría que ir a buscarte, maldita sea. Además, para tu información, no van a dejarme así nada más. Nunca hemos dejado a nadie atrás.

—Sí dejamos a alguien —dice él—. ¿Te acuerdas del castillo? ¿El pequeño Cam y su hermana Lily? Los abandonamos, Bobby. Estaban infectados, pero a lo mejor teníamos el tiempo para salvarlos.

Ahora nunca lo sabremos. Cam era apenas un niñito...

—¡Cállate! —le grito—. Avanzo, extendiendo las manos ante mí en la niebla.

—Muy zombi tu estilo, Roberta.

No le hago caso. La ocasional gota de lluvia se ha convertido en un tamborileo más molesto. La sensación de golpeteo en mi cabeza calva es como aquella tortura china de la gota de agua. ¿No dicen que la gente enloquecía con eso? ¿No va en contra de la Convención de Ginebra o algo así? Podría ponerme la capucha de mi chamarra, pero la verdad es que se siente como meterse algodón en los oídos. Mis sentidos están alerta al menor ruido o movimiento. El penetrante olor de los pinos mojados me quema la nariz mientras avanzo. Mis piernas hacen ruido, con el roce del material de los pantalones impermeables, y de repente me doy cuenta de lo ridículo de mi situación. Voy directo a la zona de peligro.

Olor a pino. Árboles. Debo estar cerca del camino. Acelero el paso.

Una raíz inesperada, o un poco de pasto, y caigo de frente, gritando escandalosamente, para ir a besar el suelo con todo. El golpe me saca el aire, y el abrazo inesperado de los matorrales ensopados me empapa tanto como el río.

Puf. Al menos la pistola no se disparó.

Se está bien aquí abajo. Podría darme por vencida. Rápidamente me siento. La idea de rendirme al contacto del suelo me asusta. Debo ponerme en pie.

Al volverme para ver qué me hizo tropezar, me topo con una cara ensangrentada.

Caigo sentada de nuevo.

Es algo que antes solía ser un hombre. Las órbitas vacías, pues los ojos fueron presa de los cuervos. No hay nariz ni nada parecido. Un agujero preciso en la frente. Y la boca está cerrada en una línea definida, como si hubiera quedado defraudado porque lo pateé en las costillas al caer.

Grito.

Capítulo 16

Lo primero es que me siento como una estúpida. Sólo los principiantes gritan, y yo ya estoy mucho más allá. Ese es el efecto de todo esto, supuestamente, de todo este caos, de tantos cuerpos y andar armados. Uno queda aturdido. Como mis pies, expuestos al frío y a los rigores de la intemperie y a la cruel agudeza de palos y piedras.

Me obligo a mirarlo, y veo el uniforme camuflado. ¿Un soldado, tal vez? Pero no personal de Xanthro. No viste de negro y no tiene la insignia de la X amarilla. ¿Soldado común del ejército británico? Y con un solo tiro en la frente, al estilo de los francotiradores. ¿A lo mejor se acercó demasiado a Santa Gertrudis y los tipos de Xanthro lo liquidaron? No querrán interferencia del gobierno mientras andan modificando sus preciosas armas tipo muerto ambulante.

¿Habrá más militares por aquí? El corazón me da un brinco. No estaría mal toparme con unos cuantos de los buenos. Este lleva aquí ya un buen rato. Lo sé porque empieza a oler mal. Ya está en el punto en que no podría convertirse en zombi. Si fuera a hacerlo, ya estaría en ese estado. Y eso puede significar que sus compañeros se fueron hace mucho.

Una puerta se cierra en alguna parte entre la niebla y mi cabeza se vuelve hacia ese punto. Apenas puedo distinguir una figura que viene hacia mí. No creo tener las fuerzas para correr. Así que, si no es de los buenos, me fregué.

Russ se detiene poco antes de llegar hasta mí y se queda ahí, respirando agitado, la vista puesta en el soldado. Vuelvo a respirar, y una oleada de alivio me inunda.

—¿Muerto? —jadea.

—Mucho.

—¿Y tú estás bien? —examina mi cara.

Asiento.

—Me da gusto verte de nuevo. Pensé que ya no volvería a hacerlo.

—Nos pareció oír algo y teníamos la esperanza de que fueras tú —una enorme sonrisa de alivio se pinta en su alegre cara y hace un extraño gesto de triunfo levantando los dos puños—. ¡Qué bien!

Se apresura hasta donde estoy y me levanta del suelo. Yo logro levantar las rodillas y antes de darme cuenta estamos en una especie de abrazo sentimental e idiota. Y no me disgusta. Es tan agradable sentir la cercanía de un humano vivo y cálido; especialmente de uno fuerte, cariñoso y guapo. Me abraza con vigor y luego me acaricia la cabeza calva, cosa que resulta incómoda para ambos, porque creo que habrá olvidado por un segundo que estoy rapada, y me mortifica sentir que tengo el pelo como pequeñas púas. Nos separamos.

—El helicóptero —jadea Russ—. En el puente. Tuve que soltar la cuerda. Y después tuvimos que huir. Lo siento mucho, de verdad.

—Oye, no te preocupes —le digo avergonzada.

—Teníamos la esperanza de que, por estar bajo el puente, no te hubieran visto.

—Pues sí me vieron —dije—, pero me escabullí a nado. No fue gran cosa.

—¿Estabas en el río? —sacude la cabeza, se frota la cara apenado, exagera toda la situación y me abraza de nuevo—. Aún tienes la mochila, ¿cierto? —dice, y me acaricia la espalda.

—Ajá. El soldado muerto la quería, pero le dije que no —le doy una palmadita en la espalda, para no parecer tan distante, pero no quiero verme tan afectuosa frente a los demás.

—Ay, sí que se está aprovechando de su situación —oigo que Alicia dice con sarcasmo.

Se abre una puerta y a duras penas distingo a Pete.

—¿Dónde has estado todo este tiempo? ¿Te mordieron? ¿Qué había en la mochila?

—A mí también me da gusto volver a verte, Pete —trato de acercarme como si nada al jeep, pero es difícil caminar con gracia cuando uno no tiene zapatos y le tiemblan las piernas—. Floté corriente abajo un poco, pasé un rato con unos animales zombis, me comí una barra de granola —busco en la mochila y le lanzo una—. Aprovecha.

Pete atrapa la barrita y frunce el ceño.

—¿El ganado también está infectado?

—Sí. Muertos vivientes hasta la médula —me recuesto en el jeep para sostenerme. Estoy tan cansada que bien podría dormir otras seis semanas—. Vacas zombis, cabras zombis... que alguien llame a la Sociedad Protectora de Animales.

—Eso es extremadamente preocupante —Pete mueve la cabeza de un lado a otro—. No sabemos si Xanthro habrá estado experimentado con animales también o si fue que los humanos los mordieron.

Me encojo de hombros.

—Tal vez les dio hambre. Lo único que sé es que no voy a querer hamburguesas por un buen tiempo —hago un gesto hacia la barra de granola que tiene en la mano—. Así que cómete tu granola.

—¿Alguna otra cosa interesante ahí dentro? —Russ le da una palmadita a la mochila en mi espalda.

—Estos protectores impermeables —pellizco el material en mi pierna para señalar—. Tabletas para purificar agua. Y había una postal de mi mamá.

—¡No puede ser! —dice Russ—. Déjame verla.

Meto una mano en la mochila y le entrego la postal.

—"Desearía que tú estuvieras aquí." —lee, frunciendo el ceño. Suena aún más cursi leído en voz alta.

—¿Eso es todo? —exclama Alicia—. ¿Era tan difícil decirte dónde?

Pete le clava una mirada triste con sus ojos verde pálido.

—A lo mejor le hubiera costado la vida. O a nosotros.

—Sí, seguro —dice Alicia.

—Hay algo un poco raro en la postal —comento—. Ese faro me resulta familiar, ¿no les pasa lo mismo?

Todos la estudian.

Pete niega.

—¿Debería reconocerlo?

Contesto con una mueca.

—Del cuarto de Martha. El tablero.

Todos me miran sin saber a qué me refiero.

—Ahí también había una postal con un faro. De hecho, creo que era la misma.

—¿Estás segura?

Hago un gesto de asentimiento.

—¿Y esta es la letra de tu mamá?

—Sin duda alguna —respondo—. Es médica. Se necesitaría bastante talento para imitar su letra.

—¡Ay, por Dios! —resopla Alicia—. ¿Tu mamá no podía ir al grano aunque fuera por una sola vez?

Estoy a punto de contestarle con algún comentario ingenioso, a pesar de que esta vez estoy un poco de acuerdo con ella, pero mis ideas se dispersan con un ruido ominoso que viene de lo alto.

Russ mira hacia arriba y suelta una palabrota.

—Volvieron. La niebla no los iba a mantener alejados tanto rato.

—¡Al jeep! —nos azuza Pete.

—No los puedo ver. ¿Podrán vernos ellos? —miro al cielo al mismo tiempo que me subo atrás, junto a Russ.

—Puede ser que tengan visores infrarrojos —dice—. ¡Vámonos, Pete! —baja la ventanilla y saca la cabeza para seguir oyendo, y Pete arranca tan velozmente como puede en medio de la niebla espesa.

—Gracias a Dios encontraste pantalones —interviene Alicia desde el asiento delantero—. Al menos si nos matan estarás decentemente vestida.

—Sí, claro, porque eso es lo que importa, ¿cierto, Malicia? —rebusco en la parte trasera del jeep y saco mis añoradas botas.

—¡Sssshhhh! —nos calla Russ—. Creo que el helicóptero nos está perdiendo.

Pete gira el volante y no tengo la menor idea de cómo hace para mantenernos en el camino. Eso de andar a toda velocidad entre una masa gris, sin ver por dónde vamos, produce una sensación extrañísima. Espero que no vayamos a chocar con una vaca muerta viviente.

Tras unos segundos Russ mete la cabeza.

—Se fue. Pero necesitamos alejarnos de aquí tan rápido como se pueda.

—Pero Grace dijo que Smitty estaba cerca de aquí —digo—. Tenemos que encontrarlo —me inclino al frente, hacia Pete—. ¿Tienes los números? Necesitamos descifrarlos. Ahora mismo.

Hace un gesto con una mano.

—Mira tu ventanilla. Hemos estado ocultándonos y sin poder hacer mucho más desde la última vez que te vimos.

Alguien ha escrito los números en el vapor del vidrio.

55461760328189.

55550060059599.

—El primero corresponde a Smitty; y el segundo, a tu mamá —dice Russ—. Luego de que logramos escapar del helicóptero nos metimos en el bosque y estuvimos escondidos cosa de una hora, tratando de descifrarlos. Pero no llegamos a nada.

Contemplo los vidriosos números. Me encantaría que se me iluminara el foco y diera con una solución inmediata, pero no va a ser tan fácil.

—Ambas cifras empiezan con dos cincos —murmuro—. Ambas tienen la misma cantidad de dígitos… eso tiene que significar algo.

—Sí. ¿Podría haber una palabra en común? —Pete se da la vuelta. No se nos ocurre nada.

—Pero mira los cincos de la segunda cifra. ¿Qué palabra tiene cuatro letras iguales seguidas? —toco ligeramente el número y la presión de mi dedo en el vidrio forma una gota.

—Hay códigos en los que un mismo número corresponde a diferentes letras — dice Pete—. Pero necesitas algoritmos especiales para descifrarlos. Eso significa una computadora, o un cerebro verdaderamente poderoso.

—Mi mamá nunca pensaría que yo iba a tener a mi alcance ninguna de esas dos cosas.

Russ clava los dedos en el respaldo del asiento que tiene al frente. —Usemos un poco de lógica en todo esto, porque tu mamá es lógica ante todo, ¿cierto? —me mira.

—Demasiado.

—Volvamos al principio —se frota la frente, como si tratara de calentarse el cerebro—. Te dice que busquemos a Smitty, así que podemos suponer que el número que corresponde a su nombre nos indica el lugar donde está.

—¡Sí! —Alicia da un manotazo en el tablero que nos sobresalta a todos—. Eso es lo que yo vengo pensando desde que empezamos con esto.

—Aaahhh, fabuloso —es evidente que Russ no esperaba tanto entusiasmo por el simple hecho de subrayar lo obvio—. Entonces, ¿estos números se referirán al nombre de una calle? ¿Un edificio, quizás?

—¡Ah, no! —Alicia no se ve contenta con eso—. Un edificio no, sino un lugar.

—¿Qué? —mi ceño fruncido muestra la irritación que me produce.

—No qué, sino dónde —se apoya en el respaldo de su asiento y señala el número en la ventana—. Los números indican ese dónde.

—Sí, ¿y? —le contesto a gritos—. 5546... lo que sea... eso no es una palabra.

—No tiene que ser una palabra —dice ella, como si le hablara a alguien de poco entendimiento—. Son esas cosas de puntitos. Las líneas. No sé qué norte y eso.

—¿De qué demonios estás hablando, que ni sabes leer un mapa? —pongo los ojos en blanco.

—¡Mapas, eso! —Alicia mira a Russ—. Al fin da en el blanco, sólo que aún no lo sabe —mueve la cabeza.

Pete da un frenazo.

—Coordenadas —dice para sí mismo—. Latitud y longitud... ¿por qué no se me ocurrió antes?

—Es tan obvio, ahora que lo pienso —dice Russ.

—¿Ah? —digo, atontada, más que nada porque todos crean que Alicia tiene razón en algo que requiere ejercicio mental.

—Los números son esas cosas de grados... o sea, lo de grados en el mapa... Lo hicimos en la escuela, tonta —me explica Alicia.

Pete enciende el motor y da brinquitos en su asiento.

—Ya sabes, 55 grados norte, digamos, y tantos este u oeste, o lo que sea. Así es como uno llega a un lugar cuando está en el campo. Geografía básica.

—Geografía básica, Bobby —repite Alicia, con tonito zalamero.

—El séptimo dígito, seis, es la clave para N, o sea norte —Pete interrumpe, porque no podría permitir que alguien más tuviera la oportunidad de hacer la explicación completa—. Los seis números que lo preceden son la latitud —hace una pausa, gozando de poder demostrar lo que sabe frente a mí—. Hay tres pares de números —estira el brazo para alcanzar el número de Smitty en la ventana, y dibuja comas para separarlos: 55, 46, 17—. Entonces hablamos de 55 grados, 46 minutos, 17 segundos norte. Así es como se mide, y señala un punto específico en el mapa —arruga la frente, mientras piensa unos instantes—. Está por aquí cerca. Los 55 grados tienen lógica. Edimburgo está a 55 grados norte.

Lo miro.

—¿Y cómo es que sabes ese tipo de cosas?

Me mira, con ojos fríos.

—¿Y cómo es que tú no las sabes?

Parpadeo.

—Está bien. ¿Y cómo es que ella las sabe? —señalo a Alicia.

Pete mueve la cabeza hacia los lados, muy serio.

—Vivimos en épocas muy extrañas, Bobby —continúa—. Entonces, los siguientes seis números son los grados de longitud, y el que cierra la secuencia debe indicar si es "este" u "oeste"… Es nueve, que es la clave para "W", de *west*, o sea oeste —empieza a dibujar comas otra vez, y la primera secuencia de números ahora se lee así: 55, 46, 17 N, 03, 28, 48 W.

—¡Ahí está! —suspira contento—. Ahí es donde Smitty está escondido. Lo que necesitamos ahora es poner esas coordenadas en el mapa. Me juego la vida a que lo vamos a encontrar.

Y le creo. Por primera vez desde que me desperté esta mañana me siento alegre.

—¿Y cómo lo hacemos? —le pregunto a Pete—. ¿Cómo hacemos para seguir las coordenadas?

—¡Muy sencillo! —canturrea—. Tenemos un GPS.

Gira el encendido y estira la mano hacia el botón que prende el sistema de navegación satelital y, durante un momento penoso, no se da cuenta de lo que todos los demás ya recordamos.

La pantalla del GPS parpadea, destrozada e ilegible.

—Ay, qué desgracia —parece que fuera a echarse a llorar—. No sabía... no pensé que fuéramos a necesitarlo...

Quedamos en silencio, contemplando el parpadeo de la pantalla, la única fuente de luz dentro del carro. El motor ronronea suavemente. Afuera, la niebla empieza a disiparse, dejando ver los árboles a ambos lados. Yo también quisiera llorar. Tan cerca y al mismo tiempo tan lejos. Ahí estamos, a la expectativa y sin saber adónde ir.

—Bueno, bueno —dice Alicia tras unos momentos—. Supongo que tendremos que usar mapa y demás, como en los viejos tiempos —se mueve en su asiento y saca de debajo de su respingado trasero un montón de papeles marcados con curvas y números—. Llevo sentada todo el tiempo encima de esto... qué incómodo —se abanica con los papeles—. Por eso fue que tuve la idea de los numeritos, porque esto los tiene escritos por todas partes —contempla nuestras miradas incrédulas, nuestras bocas entreabiertas—. ¿Qué?

Russ le arrebata el mapa y lo examina con ayuda de la linterna.

—Así sí —jadea—. Esto es lo que necesitamos... longitud y latitud, todo está marcado aquí —señala el mapa—. Esto debe ser el río, y aquí, las construcciones de la granja, y el puente —asiente, y la sonrisa le asoma en la cara—. ¡Claro que podemos encontrarlo!

Me inclino hacia él.

—¿Crees que esto es en serio? ¿Estos números y lo que mi mamá trataba de decirme?

Me mira.

—Pues, es tu mamá. ¿Piensas que es algo que ella haría?

Ni siquiera hace falta que lo piense. Es algo típico de ella. Y ahora que lo considero, las mejillas me arden con un recuerdo que brota en mi memoria.

Un viaje que hicimos poco antes de mudarnos a Estados Unidos. Mi mamá y yo, en una tienda de campaña, un fin de semana de campamento. Era el tipo de cosa que hacía más bien con papá, sobre todo porque mamá siempre estaba demasiado ocupada para pasar un fin de semana entero conmigo, pero esta vez se las arregló para sorprenderme con una aventura de último momento.

Fuimos a algún lugar cerca de un lago. Era verano, y el primer día el sol me quemó la piel hasta dejarme completamente roja mientras jugaba en las aguas heladas. Después hubo una fogata, e insectos… mosquitos y avispas y un gran escarabajo con antenas en mi saco de dormir. Mamá me dijo que no fuera boba, que esas cosas pequeñas no deberían asustarme.

Y al día siguiente fuimos a practicar orientación. Había un montón de piedras que marcaba algo, con un nombre ridículo que no recuerdo bien, y teníamos un mapa y una brújula, y los usamos para orientarnos. Atravesamos laderas, cruzamos bosques tan tupidos y olorosos que a mamá se le alborotó el asma.

En realidad no entendí cómo funcionaba el asunto. Ella trató de enseñarme a usar la brújula para encontrar el camino. Pero yo no logré hacerlo. ¡Y es que apenas tenía nueve años! Todavía andaba en edad de vigilar las sombras en el bosque en busca de hadas o seres de leyenda.

Pero vivir con mi mamá me había enseñado que si no sabía lo que hacía, podía fingir que sí. Así que fingí, de la mejor manera posible, e hice como si entendiera adónde íbamos y acerté por pura chiripa más veces de las que me equivoqué. Quedé sorprendida de mi buena suerte. Y quedó tan convencida con mi actuación que hacia el final de la excursión, justo cuando mi estómago empezaba a rugir por el hambre y yo ya añoraba volver a la escuela después de este viaje épico, llegamos a un claro, y me entregó el mapa y la brújula y me dijo que volviera por mi cuenta.

—Conozco el camino desde aquí —me quitó un mechón de pelo de la cara—. Pero quiero que regreses tú sola. Usa las coordenadas y nos vemos en las rocas del Muerto (sí, ya sé que no recuerdo el nombre de esa pila de piedras, por eso me tomo esta pequeña licencia creativa en este punto).

Y se internó en el bosque.

Sentí el peso del mapa aleteando en mi mano mientras miraba el angosto sendero. Supe que mi mamá no regresaría. Esta era una de sus pruebas: si la pasaba, el fin de semana habría sido un éxito. Si la perdía, obviamente no era su hija, a pesar de todo.

Con mapa y brújula bien agarrados, empecé a caminar por el sendero. Con suerte, era cuestión de andar unos diez minutos y los árboles desaparecerían para dar lugar a un campo con una pila de piedras con mamá sentada en lo más alto como el duende al final del arcoíris. Facilísimo.

Pero la cosa no era tan sencilla, y ahí es donde mis recuerdos se hacen borrosos. Sé que caminé y caminé, que el bosque se fue oscureciendo, y me acuerdo de esa sensación deprimente de que el asunto se estaba alargando demasiado y era claro que me había perdido. Recuerdo haber encontrado un riachuelo, y seguirlo porque los arroyos siempre llevan a alguna parte. Y luego se hizo de noche. Después de eso no me acuerdo de mucho más, porque creo que bloqueé mi memoria. Sólo sé que desperté en el estacionamiento, con las luces de una patrulla de policía parpadeando y papá que le gritaba a mamá.

Lo que sucedió es que me perdí. En realidad di un largo rodeo y prácticamente volví sobre nuestros pasos hasta el punto donde habíamos dejado el carro el día anterior. No tenía la menor idea de cómo usar los instrumentos que mi mamá me había dado para encontrar un punto arbitrario, la pila de piedras, pero me había guiado por mi olfato y logré salir del bosque como pude. Me encontraron dormida, en el suelo junto a la puerta del copiloto del carro de mi mamá. Ella estaba avergonzada, papá, furioso, y yo aprendí a no esperar que mi mamá me rescatara, sino a salir del atolladero por mí misma y encontrar mi propio camino a casa.

Nunca jamás volvimos a hablar de ese fin de semana. Pero ella debió imaginar que yo no iba a olvidar el asunto de las coordenadas. Sé que, al dejarme esta pista, ella trata de darme otra oportunidad de encontrar mi camino. Debí sospechar lo que eran esos números pero, una vez más, no estaba prestando suficiente atención.

—Préstame ese mapa —le tiendo la mano—. Y abran espacio en este jeep. Voy a encontrar ese lugar y vamos a rescatar a Smitty.

Capítulo 17

Estamos en una colina empapada, y nos rodea un campo bordeado de bosque. En el campo no se ve nada notable, fuera de cuatro muros de piedra bajos que forman un corral de ovejas vacío.

—¡Ooooh! —murmura Alicia—. Hay que darle a Bobby un premio de niña exploradora.

Calculando sobre el mapa llegamos hasta este lugar, apenas a unos cuantos kilómetros de donde me recogieron. Este es el punto que dan las coordenadas. La niebla se ha despejado casi por completo en las zonas más altas. Llovizna un poco, y el jeep, a nuestro lado, amenaza con hundirse lentamente en el fango.

—¿Y ahora qué? —Pete se ve desmotivado.

—Este es el lugar —digo, como si con eso fuera a lograr que Smitty se materializara. ¿Por qué estoy tan asustada? Debía estar gritando de emoción. Mi mente no tiene otra idea más que Smitty, pero él parece haber escapado lejos de mí. Ya no oigo su voz en mi cabeza. Podría estar demasiado cerca del Smitty real.

—Tiene que haber algo más aquí —dice Russ moviendo la cabeza—. Vamos al menos a examinar ese corral.

Empezamos a avanzar a resbalones por la ladera embarrada. Mi mente está desatada. ¿Qué tal que a Smitty se le haya soltado una tuerca? ¡Quién sabe qué puede ocurrirle a una persona en seis semanas, y más si está solo y sobreviviendo con lo que encuentra a su alcance! Especialmente si lo han mordido los zombis y le han inyectado el antídoto, y ha tenido que pasar por todo eso a solas. A lo mejor está chiflado, no me recuerda, o anda suelto por los campos en ropa interior y retazos de cuero que tomó de alguna vaca muerta.

Y no es sólo eso: ¿cómo va a ser nuestro encuentro? ¿Qué nos vamos a decir? Han pasado cuarenta días con sus noches. Eso, en la escala del tiempo de los adolescentes, es como un año. Además, para mí que he estado inconsciente la mayor parte de ese tiempo, es como si lo hubiera dejado de ver ayer. Pero si suponemos que él ha vivido cada minuto de ese periodo, habrá tenido oportunidad de... de superar varias cosas. De superar lo nuestro.

A lo mejor ya no voy a gustarle.

¡Qué idiota soy! Como si todo eso importara. Aquí lo que importa es Xanthro y Osiris y la epidemia de zombis y salvar al mundo. O también mamá y yo, y llevar a estos muchachos de vuelta a sus casas. Y poco importa mi floreciente vida sentimental, o su inexistencia. No es cuestión de un beso o de una mano cálida a la cual tomar, ni de la incómoda sensación que me recorre el cuerpo en presencia de Smitty. Ni tampoco de la forma como lo extraño. Ni de sentir que, por primera vez en años, encuentro a alguien que me entiende.

Caracoles. Se requirió caer en coma para llegar a reconocer todo eso, así sea para mí misma.

Ay, Dios. El coma. La cabeza rapada. Si me veo como un bebé feo. ¡No! ¡Esto no va a funcionar! No puedo estar en este reencuentro personificando a Bobby, la calva. Me veo espantosa. Estoy vestida con impermeables, ¡por favor!, que hacen ruido de roce al caminar. Huelo a vaca podrida y a formaldehído y a lodo de río y a soldado muerto. Y nadie se ve tan mal como yo, en comparación. Juro que Alicia parece con peinado de salón. No tengo la menor esperanza. Podría partirme los dientes delanteros para terminar de una buena vez.

Es difícil caminar por la ladera. Nos detenemos a la mitad del trayecto para recuperar el aliento y quitarnos parte del barro que ha formado plastas en nuestros pies.

—Si está aquí, se esconde muy bien —dice Pete, temblando a mi lado.

El corral no tiene nada de particular. Es uno de esos anticuados, construido con piedras que milagrosamente encajan entre sí sin necesidad de cemento. No tiene techo, no hay dónde ocultarse.

—Ya que estamos aquí, revisemos —Russ trata de sonar entusiasmado. Seguimos bajando, con el barro hasta los tobillos, resbalando en diagonal, con lo cual me acuerdo de mis infructuosos esfuerzos por hacer *snowboard* unas cuantas semanas antes. Hay una abertura a modo de entrada donde termina el muro derecho. Vamos hacia allá y entramos.

Una vez dentro, encontramos que hay una buena porción a cubierto. Me sorprende ver la manera en que el muro nos protege de la lluvia. El suelo está medio cubierto de heno (o paja, sigo sin tener clara la diferencia entre uno y otra), y hay dos grandes comederos metálicos que probablemente sirvieron para alimentar a las ovejas hambrientas. Pero ya no hay ovejas hambrientas y tampoco hay Smitty. ¿Qué era lo que yo esperaba? ¿Encontrarlo en un rincón, mascando un nabo? Tal vez. Avanzo alrededor del muro, más allá del primer comedero, yendo hacia el segundo.

—Aquí no hay nada —mi voz suena horrible. Ronca, áspera, salvaje. Está cansada. Yo estoy cansada. Estoy lista para quedarme profundamente dormida en la parte de atrás del jeep y dejar que Pete nos lleve adonde pueda. Ya estoy harta de todo este maldito asunto.

—Sigamos entonces —grita Russ—, en la misma dirección. Tenemos que estar muy cerca.

En este rincón, cerca del comedero, el heno se ve más suave. Creo que me voy a dejar caer aquí y ya. Estoy empapada hasta los huesos, y aquí no tengo que aguantar los comentarios de Alicia. Sí, la decisión está tomada. Aquí me quedo. Sin muchas ganas peino el heno o paja con una bota, como perro que rasca la tierra, preparándome para tenderme ahí.

Lotería.

Despejo un poco más el suelo, conteniendo el grito hasta estar más segura. Y luego, me pongo a gatas, y estoy segura, pero aún no lo quiero decir a los cuatro vientos.

Hay una pequeña trampilla de madera. Ahí en el suelo.

Me tomo unos instantes para mí misma, para asimilar la idea, porque una vez que los demás sepan, habrá que entrar y lo encontraremos y tendré que vérmelas con lo que venga. Una oleada de expectativa y maravilla me recorre. Me siento increíble. Lo logré. Lo encontré, mamá. Lo encontré.

Me pongo de pie lentamente, sobre piernas vacilantes, y me doy la vuelta para avisarles a los demás, pero ya están ahí. Deben haberme visto escarbando en el suelo cuando vinieron tras de mí. En silencio, señalo el anillo de acero que sirve de manija.

Russ asiente.

Me inclino para levantar la trampilla. Es más pesada de lo que me imaginé, pero se mueve sobre sus goznes bien aceitados y puedo abrirla.

Se ven unos cuantos escalones que bajan. Llevan a un túnel de poca altura que se pierde bajo el muro.

—¿Un refugio? —murmura Pete.

Bajo los escalones y agacho la cabeza para caber en el túnel. Russ me entrega la linterna del jeep.

La enciendo, pero no hay mucho qué ver frente a mí. A un par de metros hay un boquete que se abre a un espacio más amplio. Avanzo hasta allá, entro y me doy cuenta de que puedo enderezarme e ilumino con la linterna a mi alrededor.

Un cuarto pequeño. Paredes de hojalata corrugada, piso de piedra. Un catre de campaña al fondo. Unas cosas en el centro del cuarto: una caja de cartón, una especie de farol. Envolturas de dulces. A la derecha se ve un nicho, cerrado por una cortina. La abro. Detrás hay un lavabo sucio con una llave del agua, y algo que parece y huele a bacinica para adultos.

Los demás me siguen, y de repente el cuarto está abarrotado. Russ encuentra el farol y lo enciende con ayuda de un interruptor. El cuarto se ilumina con una luz blanca y acuosa.

—No está aquí —Alicia suena irritada, como si su papá no hubiera aparecido para recogerla a tiempo luego de una tarde de compras.

Me siento en el catre. Me entra la tentación de acostarme y olerlo, para averiguar si Smitty durmió en él. Pero eso sería levemente excéntrico.

—Pero alguien estuvo aquí —Pete sostiene en alto una caja de latas de comida—. A lo mejor tu mamá se lo llevó. Puede ser que lo haya trasladado a un lugar más seguro. Tal vez nos dejó un mensaje aquí.

Es cierto, pero escasamente puedo reunir la energía para mirar. La decepción me aguijonea desde adentro y empuja sus púas afiladas en mis tripas, para salirse por mi pecho y mi garganta, y ahogarme en mis lágrimas. Miro bajo la almohada de la cama, bajo la cama, en las paredes y en el suelo. No se ve nada.

—Puede ser que esto no tenga nada qué ver —me oigo decir mientras me levanto despacio—. A lo mejor Smitty nunca estuvo aquí y este es el lugar equivocado, a fin de cuentas. ¿Quién sabe? ¡Maldita sea! —sacudo la cama, y el marco metálico golpetea contra la pared.

—Bien —dice Russ—. Entonces, recojamos cualquier cosa que nos pueda servir y sigamos nuestro camino.

—¿Hacia dónde? —grita Alicia.

—Más lejos —se oye muy seguro—. Este debe ser el lugar equivocado.

—No —refuta Pete—. Este es el sitio. Estoy seguro de que Bobby lo logró.

—¿A quién le importa? —pregunto—. Smitty no está aquí y nosotros estamos perdiendo el tiempo.

Estoy a punto de darme la vuelta para retroceder, sorbiendo las lágrimas hasta que salgamos y la lluvia las disimule, cuando noto una cosa roja brillante entre mis pies. Debe haber caído de alguna parte cuando moví el catre. Tal vez estaba entre el marco y el colchón. Me agacho para recogerla, y palpo lo liso del material en mis manos. Es un pequeño monedero chino de seda. Lo abro. Tiene cuatro monedas plateadas dentro. Monedas de 25 centavos de dólar. Los metí ahí cuando aún vivíamos en Estados Unidos, para alguna emergencia. Quedo boquiabierta.

—¿Qué es eso? —pregunta Russ.

—Me pertenece —lo agarro con fuerza en mi mano—. Smitty debió revisar mis bolsillos en el sitio del accidente y lo tomó —sonrío—. Típico de él.

—Puede ser que esté cerca —dice Pete, dirigiéndose a la puerta—. Tal vez nos oyó venir en el jeep y salió huyendo, pensando que éramos enemigos.

Me aferro al monedero y sigo a Pete hacia la puerta, pero al llegar al final del corto túnel hacia la superficie, se detiene y se da la vuelta.

—El helicóptero —susurra.

Aguzo el oído. Sí, ahí está. El sonido trepidante de la hélice tajando el aire. El helicóptero merodea muy cerca.

—¿Nos quedamos aquí o corremos hasta el jeep? —los ojos verdes de Pete se ven enrojecidos y tensos.

—El jeep —Russ llega—. Tenemos que llegar a él.

—¿Subiendo esa pendiente? —grita Alicia—. Soy incapaz de hacerlo.

No creo que ninguno de nosotros pueda.

—Aquí estamos ocultos —dice Pete.

—Pero el jeep no. Y tal vez nos vieron enfilando en esta dirección —digo—. ¿A lo mejor saben de la existencia de este lugar? Si desaparecimos, es el único sitio donde pudimos habernos ocultado.

Russ asiente y se nos adelanta a todos.

—Espérenme aquí —desaparece unos instantes por la trampilla, para luego salir, con la cara colorada.

—Encontraron el jeep. El helicóptero está en la cima de la colina. No tenemos más salida que escaparnos a la carrera hacia el bosque.

—¿Lo dices en serio? —pregunto—. ¿Y abandonar el jeep?

—Bobby, vienen a pie, camino acá. O nos vamos ahora o nos atrapan. A la primera oportunidad, regresaremos. ¡Vamos!

Nos empuja hacia la salida, como si estuviéramos en el frente de batalla. La luz es enceguecedora luego de la penumbra del refugio. Al principio no veo a los hombres, pero después logro distinguirlos en la resbalosa pendiente, detrás de nosotros. Tres hombres, igual que antes, todos vestidos de negro. Me agacho tras el muro, para desplazarme a cubierto hasta la abertura del corral. Allá, al atravesar un buen tramo de pastizal, está nuestra única esperanza. Un bosque denso, árboles que se multiplican hacia el horizonte, al parecer sin fin. El lugar perfecto para perderse. Y perdernos es nuestra única esperanza.

Russ está a mi lado.

—Corramos. Es la única manera de escapar —sale al galope y, luego de echar un vistazo atrás para asegurarme de que Pete y Alicia vienen con nosotros, hago lo mismo. Tenemos apenas unos cuantos segundos de ventaja, porque en cuanto nos vean habrá rifles apuntándonos a la espalda. Incluso aunque no tengan órdenes de tirar a matar, eso no les impedirá dispararnos.

—¡Alto!

Y claro, la misma voz áspera que ya nos resulta familiar nos grita.

—¡Alto o abrimos fuego!

—No se detengan —les grito a los demás.

Los árboles están terriblemente cerca ahora. Pero basta con un solo disparo para mandarme lejos, muy lejos.

Pero el tiro no llega, y como alcanzo primero el bosque, me clavo en los matorrales. Alicia viene después y va a caer más allá de donde yo estoy.

—¿Bobby? —grita—. ¿Dónde estás?

Luego Russ, casi arrastrando a Pete, que está morado, jadeando sin aliento.

—¡Arriba! —me grita Russ—. ¡No van a detenerse!

Lo sé. Pero quieren atraparnos vivos, de eso estoy segura. Me levanto y sigo hacia donde va Russ. Las ramas me azotan la cara, las raíces me hacen zancadilla, las piedras cubiertas de musgo amenazan con hacerme resbalar y caer de nuevo.

—¡Manténganse juntos! —jadea Russ—. Cuando lleguen al bosque se van a dispersar, tratando de arrinconarnos.

Parece saber lo que hace, así que lo seguimos. Nos lleva a una zona de matorrales más espesos al pie de una ladera muy empinada. La trepamos, bien pegados a ella, agarrándonos de arbolitos jóvenes, piedras y manojos de hierbas. Llego primero a la cima y colapso unos instantes, con el pecho dolorosamente agitado. Los demás se tienden a mi lado, y Russ se arrastra sobre el estómago para buscar un punto de vista mejor.

—¡Hostiles a las 12! —susurra. Uno de los soldados está justo debajo de nosotros, al pie de la pendiente y nos alcanzará si nos quedamos aquí—. Los demás estarán rodeando la colina, cada cual por un lado —señala la izquierda y la derecha—. ¡Maldita sea! Tenemos que seguir o nos van a atrapar —se levanta de un salto—. Espérenme un segundo aquí —sale corriendo y nos quedamos ahí, jadeantes, incapaces de hacer mucho más. No pierdo de vista al soldado que parece estar revisando la pendiente. Si decide que por aquí fue que subimos, dará con nosotros en un par de minutos.

Russ vuelve.

—Por este lado —nos hace señas y nos levantamos, manteniéndonos agachados para seguirlo entre los árboles, hasta que se echa al suelo y nos indica que hagamos lo mismo—. Está despejado el camino... bajamos por la ladera y salimos de los árboles a campo abierto. Después podemos volver sobre nuestros pasos, subir la colina y llegar al jeep. Es nuestra única oportunidad.

Esta pendiente es más empinada que la primera, casi un risco en algunos trechos, está menos protegida y tiene menos vegetación a la cual aferrarse. Es puro fango de arriba abajo, a nuestra derecha hay una cañada por la que corre un arroyo caudaloso entre rocas afiladas.

Pete sacude la cabeza.

—No estoy muy seguro de...

—Hay que dejarse resbalar de tronco a tronco —dice Russ, haciendo la demostración y deslizándose sobre su espalda hasta el primer tronco, con el cual frena su descenso—. Síganme y estarán bien.

Alicia asiente, sin querer quedarse atrás esta vez, y va a dar junto a Russ antes de que éste tenga tiempo de moverse al siguiente tronco.

Se oye un ruido detrás de nosotros. Podría ser un venado. Podría ser un soldado. Pete y yo intercambiamos una mirada y empezamos la bajada, sin querer esperar a que haya un tronco libre. Nos deslizamos sentados, sobre nuestro trasero, vamos frenando y dirigiendo con los brazos. Tengo barro en lugares que no quiero ni mencionar. Ambos rebasamos a Alicia. Me inclino a la derecha, en un intento por conducir mi avance, y freno en un tronco, mientras Pete sigue de largo y lo pierdo de vista. Me sorprende que se las arregle para no gritar, pero también es desconcertante no oírlo aterrizar. Russ sigue bajando tras él y Alicia se rezaga agarrada del primer tronco, indignada. Abre la boca para gritar, le hago gestos exagerados para callarla antes de que haga algún ruido. Miro pendiente arriba y luego hacia abajo, y cuando vuelvo a voltear hacia arriba, Alicia viene en sentido diagonal hacia mí, medio sobre sus pies, medio recostada en la ladera, rodando sin control. Mierda. Cuando la veo acercarse me preparo para el choque, pero nunca se produce. En el último momento, se desliza lejos de mí y sigue rodando hasta el borde de la cañada y se pierde de vista. Contengo un chillido, pero Alicia no logra hacer lo mismo. Suelta un largo grito, seguido por una exclamación. Y luego no se oye más que silencio.

Ay, Dios, qué mal, qué mal, qué mal.

Con Russ y Pete en quién sabe qué estado en el fondo, me toca a mí hacerme cargo. Miro hacia arriba de nuevo, ¿será movimiento lo que veo allí?, y luego me arrastro sobre el estómago hasta el borde, asomándome tanto como puedo.

Miro hacia el abismo.

No la veo. El torrente que corre, las piedras afiladas, sí, pero ni huella de Alicia. Me arrastro más abajo, en el punto donde cayó y me asomo de nuevo.

Allí está. Veo piernas. Cayó de espaldas, en una cornisa amplia donde crece el pasto, a unos cinco o seis metros por debajo de mí, un arbusto me la oculta parcialmente. No alcanzo a distinguir nada más allá de sus rodillas, pero no se mueve. No lo pienso dos veces, me deslizo fuera del borde, agarrándome de lo que puedo, con los pies por delante, manoteando en busca de cualquier cosa de la cual aferrarme, cegada por el agua turbia que chorrea de arriba. Voy en una especie de caída controlada. Reboto varias veces y caigo en cuatro patas para salir rodando como si esa hubiera sido mi intención inicial. Quedo mareada, pero ilesa. Miro hacia arriba, y ahí es cuando veo al hombre que se inclina sobre la desmayada Alicia. Al principio creo, o quiero creer, que es Russ, pero se ve más delgado, todo vestido de negro. Un soldado. Me da la espalda, y parece que tratara de sentirle el pulso a Alicia, o que la estuviera estrangulando. No lo puedo saber con certeza.

No me ha visto. Recojo un trozo de rama, y me acerco en silencio.

Apunta a la nuca. Tan fuerte como puedas. Sólo tienes una oportunidad.

Levanto la rama, verde y musgosa en mi mano, y la agarro con fuerza.

Un momento… ¿La está besando?

Me detengo, con la rama en alto. Tiene la cabeza inclinada sobre la cara de Alicia y se oye un extraño sonido de chupeteo.

Jadeo.

Antes de que logre asestarle el golpe, gira sobre sus rodillas y me mira.

La rama se me cae de las manos.

Es Smitty.

Capítulo 18

arpadeo. Esta vez definitivamente no estoy soñando.

Debí haber reconocido la chamarra de piel.

—¡Oye, Roberta! Ya era hora de que aparecieras —Smitty está en cuclillas junto al cuerpo de Alicia, el pelo renegrido sobre la cara, una amplia sonrisa juguetea en su cara, como si yo acabara de traerle el desayuno a la cama—. ¿Cómo demonios estás?

Se levanta y parece que fuera a hacer todo el numerito de besos y abrazos. No lo voy a permitir. Retrocedo. He pensado en lo que haré si lo encuentro (cuando lo encuentre). He tratado de prepararme mentalmente, pero en este momento todos los instintos me abandonan.

—Pues bien. Te buscábamos.

Asiente y la sonrisa se desvanece.

—He estado esperando. Tu mamá dijo que dejaría pistas.

Una mano me estruja el corazón.

—¿La has visto?

Niega con la cabeza.

—No, desde hace semanas.

Trago saliva y doy un rodeo para llegar hasta Alicia. Me acurruco junto a ella. Veo que su pecho sube y baja, y al retirar un mechón de pelo en busca de alguna herida, mueve la cabeza y tose.

—¿Estabas besando a Alicia?

Es lo más idiota que podría preguntar, pero igual se me escapa.

—El beso de la vida —Smitty frunce el entrecejo—. La pobre Malicia casi me cae encima. Me preocupaba que hubiera dejado de respirar, así que le estaba dando un poquito de respiración boca a boca.

Se las arregla para que suene tan desagradable.

—Tenemos que irnos —Smitty se echa a Alicia al hombro, al

mejor estilo bombero. Ella gime suavemente—. Hay unos cuantos tipos de negro que te persiguen.

—Ya me di cuenta —les inyecto todo el veneno humanamente posible a esas palabras.

No puedo evitar que me sorprenda que aún conserve toda su fuerza, y al mismo tiempo odio verme sorprendida.

—Por aquí —empieza a caminar por la cornisa cubierta de pasto—. Anda con cuidado.

¿Qué me sucede? Debía estar encantada y plena de felicidad por haberlo encontrado, pero creo que prefería al Smitty de mis sueños.

La cornisa serpentea hasta el pie de la colina y de repente veo ante mí la hilera de árboles y el campo más allá.

—¡Psssst!

Me doy la vuelta. Son Russ y Pete, con los ojos muy abiertos al ver a Alicia y a quien la carga. Pete echa la cabeza hacia atrás y empieza a reírse en silencio. Russ lo mira y luego a mí, y veo que al instante entiende quién es el extraño alto y de pelo oscuro. Viene corriendo ligero hacia nosotros, Pete lo sigue al galope. Se detiene a dos pasos y examina a Smitty de arriba abajo. Carraspeo.

—Russ, te presento a…

—¡Smitty! —Pete se abalanza sobre él, lo abraza, y Smitty casi pierde el equilibrio y deja caer a Alicia de cabeza al suelo—. Sabía que estabas aquí, yo lo sabía.

—¡Qué bueno verte, Petercito! —se ríe—. Me encanta tu nuevo peinado —se vuelve hacia Russ—. ¿Un nuevo recluta? No te recomiendo andar con estos fracasados. Seguro te van a meter en problemas.

Russ sonríe tenso y le tiende la mano.

—Soy Russ, iba en el autobús cuando se accidentó.

—¡Ah, Russ, el del bus! —dice Smitty haciendo broma—. Me perdonarás que no te estreche la mano, pero en este momento las tengo encima de una rubia, que sigue siendo más pesada de lo que parece.

—¿Está bien? —pregunta Pete.

—Respira, pero está inconsciente —contesta Smitty—, y estarán de acuerdo conmigo en que es la mejor faceta posible de Alicia

—le da una palmada en el trasero—. Se pondrá bien. Tiene la cabeza bien dura.

Un ruido detrás de nosotros nos hace agacharnos.

—Debemos llegar al jeep pronto —Russ se pone al mando y empieza a andar hacia la izquierda—. Por aquí...

—Buena idea, pero te equivocas de dirección —apunta Smitty y señala a la derecha—. El jeep está por aquí.

—No —dice Russ arrugando la frente—. Lo dejamos en la colina.

—Sí —Smitty empieza a caminar entre los árboles—, pero yo lo moví a otro lugar.

Lo seguimos, perplejos.

—Lo puse en neutro y lo lleve rodando por la ladera a otro lugar. ¡Tremendo paseíto!

Al llegar a la hilera de árboles lo vemos estacionado convenientemente junto al último árbol.

Smitty abre la puerta trasera y deposita a Alicia dentro. Le lanza las llaves a Pete.

—Todo tuyo, nuevamente —se sube a la parte trasera, y yo también. Russ y Pete se sientan adelante, y Pete enciende el motor mientras Smitty le grita instrucciones desde su puesto. Cuando empezamos a movernos, diviso a dos de los soldados que salen de entre los árboles, a cierta distancia de nosotros.

—¡Más rápido, Pete! —le grito—. ¡Vienen detrás!

Pisa el acelerador y una cantidad de barro golpea las ventanas al patinar las ruedas. Pero luego encuentran apoyo, y brincamos lejos de los surcos que dejamos, lejos de los árboles, y atravesamos el campo. Pete sabiamente nos mantiene pegados a una colina baja, de manera que nuestros perseguidores no puedan jugar tiro al blanco en las llantas del jeep.

—Irán a buscar el helicóptero. Tenemos que encontrar dónde refugiarnos antes de que despeguen —dice Russ apretando las mandíbulas.

—Tú sigue adelante, Pete —exclama Smitty—. La carretera está poco más allá de esa colina. No van a andar revoloteando por ahí en un buen rato.

—¿Y eso cómo lo sabes? —Russ lo taladra con la mirada.

—Porque amarré una bonita cadenota al rotor trasero —sonríe Smitty.

—¿Quéeee? —grita Pete, mirando atrás—. ¡Eres un genio!

—Sabía que te sentirías orgulloso de mí —dice Smitty—. ¡Ah! —sonríe para sí mismo—. Y oriné toda la cabina, sobre los controles. Supongo que eso habrá dañado algo.

—¡Qué buen toque! —murmuro, pero no puedo decir que esté complacida—. Entonces, ¿nos viste venir?

—No —niega con la cabeza—. Estaba en el bosque cuando oí el helicóptero. Pensé que andaban tras de mí. Después los vi a ustedes, mis queridos, corriendo para salvar su pellejo. Hice la maniobra de la cadena, moví el jeep y volví a la carrera para rescatarlos.

Pete suelta una sonora carcajada.

—Nosotros te buscábamos y nos encontraste primero.

Eso me pone de malas pulgas, sin razón alguna. Y Russ también se ve contrariado. Gruñe y se da la vuelta hacia el frente. Smitty junta los labios y finge enviarle un beso a sus espaldas.

No le hago caso y me volteo para examinar a Alicia y asegurarme de que esté cómoda. No tiene ni un rasguño. La cubro lo más que puedo con la lona del jeep, para abrigarla. Todavía tiene su bolsa colgada al cuello. Se la quito y la pongo a su lado.

—Ahí está la carretera —dice Pete—. ¿Hacia dónde vamos?

—Martha, nuestra "niñera" en el hospital —le explico a Smitty—, dijo que no estábamos lejos de Edimburgo. Sigamos hasta que encontremos una señal de carretera. Puede ser que pasemos por una gasolinera o algún sitio donde podamos conseguir un mapa.

—Mmmm —comenta Smitty, a mi lado—, será por lo bien que nos fue en una gasolinera la última vez. ¿Y exactamente dónde está tu mamá?

Evito su mirada.

—Tenía la esperanza de que tú nos lo dijeras. Pero nos dejó unos números, unas coordenadas, y así te encontramos. La segunda secuencia de números debe ser donde está ella, pero necesitaremos un mapa que cubra un área mayor.

—Y está también la postal —agrega Russ.

—Ajá —la pesco de mi mochila y se la arrojo—. Un faro cualquiera. No sé si es puro jeroglífico y si es ahí donde ella se encuentra. ¿Te dice algo?

—No —contesta—. ¿Y dónde están esas coordenadas?

—Aquí —me volteo hacia la ventana, para mostrarle, pero no se ve nada en la ventanilla.

—¿Qué pasa? —Pete detecta mi silencio.

—Ya no están —digo—. Las escribimos sobre el vapor que cubría el vidrio —le explico a Smitty—, pero se derritieron o algo así.

Me mira fijamente, se inclina por encima de mí y echa su aliento sobre el vidrio. Su chamarra de piel cruje, su cuerpo se siente tibio y pesado contra el mío. Echa otro golpe de aliento, pero no sirve de nada. No aparece ningún número. El vidrio se ve impecable, como si a propósito lo hubieran limpiado. Siento que el pánico me llena el pecho.

—¡Pete! Tú escribiste los números, ¿cierto? En un papel... —le grito.

—Toma el volante —le dice a Russ, reduciendo la velocidad, y se lleva las manos a los bolsillos para revisarlos una y otra vez, busca a un lado de su asiento y en el piso. Oprime el freno y se tapa la cara con una mano.

—¿Perdiste el papel? —le grito.

—Cincuenta y cinco, cincuenta y cinco, cero, cero, norte... anótalo, Bobby —me contesta.

Tanteo el piso en busca del viejo mapa, lo encuentro, y Russ me pasa un lápiz. Garabateo los nuevos números junto al lugar donde había escrito la otra secuencia de coordenadas.

55, 55, 00 N.

Pete los mira y hace bizcos.

—Cero, cero... ¿cincuenta y qué? Me parece que los últimos cuatro números se repetían... ¿cincuenta y cuatro, cincuenta y cuatro oeste? —se da una palmada en la frente—. ¿O sería treinta y algo? —sacude la cabeza como si tuviera una pulga en la oreja—. No me puedo acordar.

Agrego lo que dice a la secuencia:

55, 55, 00 N, 00, *??, ??* W.

Dejo el lápiz.

—Está bien, Pete. Ninguno de nosotros lo hubiera podido lograr.

Russ menea la cabeza.

—He debido memorizarlos. No puedo creer tanto descuido.

—No te azotes de esa manera, Russ el del autobús —dice en broma Smitty—. Pete siempre ha sido el cerebro de nuestro grupo, y resulta obvio que nada ha cambiado en los últimos días.

Russ se voltea hacia él, con mirada enfurecida. Interpongo una mano entre los dos.

—¡Ya! ¡No vayan a convertir todo este asunto en un concurso de quién escupe más lejos! —le hago un gesto a Pete—. Sigamos adelante. Tenemos un lugar adónde ir, y eso es mucho más de lo que podíamos imaginar.

Está oscuro. No podemos arriesgarnos a encender las luces, así que avanzamos tan rápido como se puede, lo cual no es mucho. La carretera se ve recta, solitaria, hasta donde la vista alcanza. Es difícil saber qué sucede en el campo alrededor, más allá de la oscuridad, el aire opaco, frío y húmedo, pero aún no vemos ninguna construcción. Pete nos lleva lenta pero inexorablemente. En cuanto empiezo a relajarme un poco, aflora el cansancio. Es innegable e inevitable y a duras penas tengo fuerzas para resistirlo, como si me ahogara en una tinaja de barro espeso y sofocante. Me froto la cara y trato de concentrarme en algo.

—Duerme —me dice Smitty, con una suavidad inesperada—. Te despertaré cuando nos salga cualquier cosa al ataque.

Claro que después de eso quiero seguir despierta. Pero me pesan tanto los párpados. Los dejo cerrarse por unos instantes, y luego, antes de darme cuenta, vuelvo a estar atenta y oigo a los muchachos discutiendo algo. Russ está afuera con la linterna. Veo un centelleo verde, una señal de carretera.

Edimburgo 8.

El sueño me cobija como una colcha de plomo, y me impide moverme de mi asiento. Permito que mis ojos se cierren de nuevo un segundo y quedo profundamente dormida.

Siento que todo brinca a mi alrededor y me despierto. Parpadeo pero por alguna razón no logro abrir bien los ojos. La enceguecedora luz del sol se ve por entre mis pestañas, y viene de la ventana trasera. Los rayos parecen un líquido que penetrara el vidrio sucio de barro, y me calientan. ¿Cuánto tiempo llevo dormida?

Me enderezo. La luz anaranjada lo baña todo. Las ventanas están cubiertas de vapor y no veo nada hacia afuera. Por unos instantes me pregunto si nos habrán teletransportado a la nave nodriza de Xanthro. Estoy sola en el jeep. Los demás se han ido, abandonándome.

Un ronquido corto detrás de mí me hace saltar. Alicia sigue profundamente dormida, cubierta con la chamarra de piel de Smitty. Siento una leve punzada de celos, y luego me avergüenzo por semejante ridiculez. Al menos no estoy del todo sola.

Tomo mi mochila, abro la puerta y me bajo. Ya no llueve. Mi bota pisa el suelo pedregoso, salgo del jeep y cierro la puerta tras de mí, sin hacer ruido. La luz me aturde, como si no la hubiera visto en meses… una habitante de las cavernas que sale por primera vez a la luz.

El jeep está en una colina, en un camino irregular que sube. Y más allá… parpadeo a contraluz. El brillo del agua, el perfil oscuro de los edificios, las torres negras y las colinas centelleantes a lo lejos.

Más arriba, donde el camino se estrecha hasta hacerse un sendero, oigo voces. Camino tan rápido como puedo hacia la cima y allá me recibe un panorama completo. El sol parece una bola roja y ardiente, flotando en el horizonte a mi derecha. Smitty, castañeteando y sin chamarra, está trepado en una especie de roca tallada en medio de la cima, con la mano a modo de visera, protegiéndose la vista del sol del amanecer. Russ y Pete están algo más allá, contemplando la ciudad.

—¿Edimburgo?

Smitty se voltea y me mira.

—Bonito, ¿no te parece?

—Pete tuvo la idea de venir hasta aquí y examinar el panorama —explica Russ—, antes de que nos metamos de cabeza en la ciudad. Una buena idea.

—Este cerro se llama Arthur's Seat —dice Pete acercándose, con actitud de guía turístico—. Desde aquí se ve el estuario del río Forth al fondo. ¿Y alcanzan a distinguir esa pequeña elevación al centro? Es Royal Mile, la calle principal de la parte vieja de la ciudad, con el Castillo de Edimburgo al extremo.

—¡Qué vista! —y lo digo en serio. Probablemente es la cosa más hermosa que he visto en la vida. Hacia el oriente, el sol está levantándose tan rápido que casi lo veo ascender. Atrae mi mirada hasta que me veo obligada a parpadear, y manchas negras bailotean en mis párpados. Al subir, el sol pinta de anaranjado las fachadas orientales de todos los edificios, y hace relumbrar las avenidas cual ríos amarillos, salpicados con carros que hace tiempo dejaron de moverse. No sale humo por las chimeneas ni hay barcos en el agua.

Y a pesar de todo hay movimiento. Al principio creo que se debe a mis ojos deslumbrados, pero luego me doy cuenta de que los demás también lo ven. Las calles se mueven, hay puntos que se convergen, se agrupan, se mueven juntos y luego se separan. Gente, o lo que solía ser gente.

—Son cientos —dice Pete.

—Miles —lo corrige Russ.

—¿Vieron alguno en el camino acá? —les pregunto.

—Unos cuantos —contesta Smitty—, pero nada como esto. Parece que prefieren la compañía, que se sienten mejor cuando son varios, etcétera.

—Xanthro ha estado experimentando con ellos —le cuenta Pete a Smitty—. Estaban desarrollándolos para usarlos como armas. Es una idea brillante, en verdad. Estos nuevos zombis pueden trabajar en equipo. Entienden algo de lenguaje. Pueden anticipar, planear incluso.

—Fabuloso —Smitty suelta una carcajada—. ¿Y creen que eso sucedía únicamente con los del hospital o habrán estado fumigando al público en general con Osiris versión 2? Porque si esos zombis son inteligentes, no debíamos acercarnos más a la ciudad.

—Algunas calles se ven despejadas —dice Russ esforzándose por ver a lo lejos—. Parece que se agruparan en zonas específicas.

¿A lo mejor los tienen acorralados allí?

—¡Qué vista, Superman! —comenta Smitty con ironía.

—No importa —Pete hace un gesto con la mano frente a él—. He estado pensando en eso, y lo que necesitamos hacer es encaminarnos al sur. Las nuevas coordenadas están más al sur que el escondrijo de Smitty. Antes de quedarnos sin GPS, de que yo lo matara, pude ver que Edimburgo quedaba al norte de donde nos encontrábamos. Así que esta no es la dirección correcta. Necesitamos alejarnos de la ciudad en lugar de ir hacia ella.

—Me parece muy bien —anoto—, pero seguimos necesitando un mapa.

Pete asiente.

—La mayoría de los lugares por los que pasamos donde hubiéramos podido encontrar un mapa estaban incendiados o era demasiado arriesgado detenernos. Pero ahora que sabemos cómo están las cosas aquí, debemos dirigirnos al sur e intentar en cada gasolinera y tienda hasta que tengamos suerte.

—De acuerdo —dice Russ—. Volvamos al jeep.

Hago un gesto afirmativo.

—También necesitamos ver qué sucede con Alicia. Lleva desmayada mucho tiempo ya…

Russ sonríe.

—¡Siempre pensando en los demás! Eso es lo que me encanta de ti, Bobby —me da un apretoncito en el brazo y baja a buen paso por el sendero, con Pete a la zaga.

Smitty se ríe, y lo remeda burlón.

—A mí también eso es lo que me E-N-C-A-A-A-N-T-A de ti, Bobby.

Me volteo hacia él.

—¡Cállate! —le digo—. ¿Qué hay de malo con que sea simpático conmigo? Es toda una novedad que haya alguien a mi alrededor a quien le importe.

Smitty menea la cabeza.

—Y entonces, ¿por qué viniste a buscarme, Roberta? Si estabas tan contenta con el Terminator ése, ¿por qué te importaba yo?

—Porque mi mamá me dijo que lo hiciera —le respondo furiosa—. Poco le importó dejarme abandonada en ese manicomio de Xanthro, pero estaba taaaan desesperada por ponerte las manos encima.

—Te equivocas —dice Smitty—. Estaba preocupada por ti —se baja de donde estaba sentado, y hace un gesto de dolor al estirar la pierna, trata de disimularlo y anda hasta el borde de la cima.

—¿Y cómo sigue tu pierna? —le pregunto.

Se encoge de hombros.

—No es por nada, pero le gana por mucho a la cicatriz de tu cabeza.

Me toco la cabeza. Se me olvida que la cicatriz está ahí, e incluso se me olvida a ratos mi cabeza calva y las cosas que me pusieron en el hospital, o ese papel en la oficina de Martha donde decía que a Alicia y a mí nos estaban haciendo pruebas. Pero no debería olvidarlo, porque todo eso es una confirmación de que soy diferente. Y tal vez por eso me persiguen. A mí y ahora a Smitty.

—No recuerdo mucho de las primeras dos semanas en el refugio. Pasaba buena parte del tiempo medio inconsciente —su cara brilla al sol de la mañana—. Tu mamá me cuidó, y luego desapareció. Después regresó y me dijo que te esperara, que ella tenía que adelantarse para arreglar las cosas.

—¿Qué cosas? —pregunto.

—Supongo que hacer un plan para que pudiéramos escapar de Escocia. Me dijo que no saliera, que ni siquiera me asomara fuera del refugio, pasara lo que pasara, hasta que tú o ella vinieran a rescatarme. Así que me quedé allí todo lo que pude —agita la cabeza—. ¿Sabes lo espantosamente aburrido que es estar encerrado en un refugio subterráneo durante días y días? ¿Qué podía hacer allí? —me hace un guiño desganado—. Hay un límite al tiempo que puedo jugar conmigo mismo.

—¿Cuánto tiempo duraste en ésas? —me sonrojo—. En el refugio, digo.

Levanta una ceja.

—Obviamente. Hubo unos días en que yo no sabía si era de día o de noche. Pero cuando la fiebre fue pasando, empecé a contar los días. Dos semanas de comer enlatados. Después la comida comenzó a escasear y yo sostenía largas conversaciones conmigo mismo. Después de eso, tuve que admitir que prefería estar afuera, enfrentado a las hordas. Empecé a salir, a tratar de ver dónde me encontraba. Vi a los tipos de negro y a unos cuantos zombis un par de veces, pero me las arreglé para mantenerme oculto.

Observo a una gaviota que vuela en una zona iluminada, e imagino a Smitty saliendo de su refugio. Ambos logramos escapar de nuestro infierno subterráneo y encontrarnos. Eso es lo principal.

—¿Viste alguna vaca zombi?

Me mira extrañado.

—¿Estás teniendo alucinaciones Roberta?

—Es en serio —le digo—. Y una cabra —me estremezco—. Lo peor fue la cabra y le tuve que... —casi digo "pegar un tiro" pero luego recuerdo que la pistola es mi gran secreto. Smitty me mira raro, me distraigo mirando a la gaviota, que viene volando bajo, demasiado bajo, tratando de alcanzar la cabeza de Smitty con sus enormes garras. No es ninguna gaviota. Es un pajarraco grande, oscuro y de apariencia maligna.

Corro hacia él y lo empujo para sacarlo de la trayectoria del bicho a último momento. Ambos caemos al suelo y él grita, pensando que es una reacción un poco brusca de mi parte a su último comentario. Por unos instantes nos abrazamos, luego el monstruo volador reaparece, con un graznido que hiela la sangre atorada en el gaznate y con la firme intención de arrancarnos un trozo.

—¿Qué diablos está pasando? —Smitty le lanza una patada con su bota y lo derriba al suelo a unos pocos metros de nosotros. Me pongo en pie de un salto y jalo a Smitty para que se levante, justo a tiempo antes de que la cosa ésa se recupere y venga aleteando hacia nosotros.

—¿Qué sucede? —Pete aparece al final del camino con Russ, que no pregunta sino que actúa, pateando a la enorme ave para alejarla de nosotros—. ¡Dios mío! ¡Es un alimoche! ¡Un buitre egipcio!

—¡Así sea Montoya, el pajarraco de Plaza Sésamo, nos vamos de aquí! —Smitty me toma de la mano y me arrastra corriendo por el sendero. Russ ha recogido unas piedras y se las lanza al buitre con toda su fuerza.

—¿De dónde vino? —pregunto jadeando.

—Seguramente del zoológico de Edimburgo —dice Pete cuando llegamos al jeep—. Los buitres se alimentan de carroña, de animales muertos. Probablemente se dio un banquete con un zombi. No me sorprendería que muchos de los animales hayan escapado y luego hayan comido carne infectada.

—¿Como qué animales? —pregunto.

Pete se encoge de hombros.

—Leones, tigres y osos, ay, Dios.

—¡Fabuloso! —Smitty cierra de un portazo y Russ se sube al asiento delantero en el momento en que el buitre se abalanza sobre el techo del jeep—. Ahora no sólo tenemos humanos vivos y muertos vivientes con los cuales enfrentarnos sino que además estamos en una especie de safari con las versiones zombi de Simba, Timón y Pumba... ¡el Ciclo de la Vida en toda su expresión!

Pete acelera, retrocede rápidamente por el camino hasta que encuentra un lugar donde puede dar la vuelta y sigue a toda velocidad colina abajo, mientras el buitre vuela en círculos, a la espera de la siguiente víctima.

Capítulo 19

—ye, viejo Pete —dice Smitty en tono jovial—, recuérdame a qué punto de la ciudad nos llevas exactamente, porque cualquiera podría pensar que más bien nos conduces a una muerte segura.

Hay horrorosas ratas zombis que corretean por las calles, chillando y peleando entre sí. Las más grandes atacan a mordiscos a las pequeñas, que aúllan cuando sus tripas se desparraman en el suelo antes de que sus compañeras las devoren. Y al verlas uno prefiere mantener manos y pies constantemente dentro del vehículo.

—En realidad no vamos a la ciudad —dice Pete, con las manos bien agarradas al volante—. Sino que la ruta más rápida para no entrar a la ciudad es tomar la autopista A1, que parte de allí, según recuerdo de las muchas veces que he venido por aquí con mi familia. Y estoy siguiendo las indicaciones de las señales, ¿bien? —se vuelve hacia nosotros y veo las venas que se le brotan en las sienes, el músculo en su cuello—. Mira, la alternativa es que demos un rodeo tratando de encontrar el camino pero, para ser sincero, no sabría cómo llegar.

—Tranquilo, Pikachu —Smitty le pone una mano en el hombro.

—Lo está haciendo muy bien —dice Russ—. Hasta el momento, ni un zombi. Y confiamos en él. Nada más no nos entretengamos en el camino, ¿ok, Pete?

Pete parece a punto de estallar en llanto, pero asiente y toma aire.

Avanzamos por una avenida amplia y oscura. Cada parpadeo de un poste de la calle, cada sombra que se proyecta sobre una fachada nos sobresaltan. Es tan espeluznante. Pero al menos ya no se ven ratas zombis. A lo mejor los gatos zombis acabaron con ellas.

La avenida está cubierta de desechos. El jeep puede pasar sobre parte de ellos, pero en otros casos debemos rodearlos. En un par de ocasiones tenemos que bajarnos del carro para quitar de en medio

algo que podría hacer estallar las llantas, y así poder continuar. Todos los carros se ven quemados, inutilizados. Es un caos.

Pueden pasar muchísimas cosas en seis semanas. No se necesita tanto tiempo para transformar a una persona normal en de-
lincuente. Al adentrarnos hacia el centro de la ciudad, vemos que
todos los locales tienen las vitrinas rotas y parecen saqueados. Los
restaurantes y sitios de comidas, por supuesto, pero también las
tiendas de electrodomésticos y las joyerías. Eso no tiene sentido.
Y como estamos en Edimburgo, también las tiendas de prendas de
lana y casimir, las que venden ropa típica de telas escocesas y una
dulcería. Esta última tiene cierta lógica, porque son puras calorías.
Pero, de verdad, si me dicen que se me viene encima el apocalipsis,
¿entonces voy a aprovechar la oportunidad para hacerme de ese
televisor de pantalla plana al que le traigo ganas, o de un chal de
lana o de una falda escocesa? La gente es muy extraña.

—¡Caramba! —Russ levanta una mano—. Reduce la velocidad.

Enfrente vemos una pila de carros en medio de la calle. No los
dejaron abandonados, ni es un choque múltiple ni nada por el estilo, sino que fueron puestos ahí deliberadamente. Nos acercamos
despacio. En el montón también hay una banca de parque. Algunos
botes de basura con rueditas. Un carrito de supermercado.

Smitty suelta un silbido.

—Es una barricada.

Por instinto, miramos todos hacia atrás. Me asomo por la ventana hacia un lado: en la calle se ve una iglesia a mi izquierda, el resto
es una mezcla de casas, tiendas y oficinas.

—La historia se repite —murmura Pete para sí.

—¿Qué dices? —sé que quiere compartir lo que piensa.

—En las épocas de la peste, hace siglos, cuentan que esta zona
de la ciudad la cercaban. Tapiaban las calles para no permitir que
nadie entrara ni saliera, dejando que los infectados se enloquecieran
y murieran tras las murallas de la ciudad.

—Qué bonito —dice Smitty—, y eficaz. Que se mueran de
hambre, a menos que quieran comerse unos a otros. Déjenselos al
hambre y que se mueran.

El jeep va cada vez más lento. No me gusta lo que veo.

—Pete, da la vuelta, ahora —lo apremio.

Se detiene y toma la palanca de cambios.

—Espera —dice Russ—. ¿Crees que hay sobrevivientes aquí? Si fuera una barricada del ejército, no sería un poco de basura amontonada como lo que vemos, sino una barrera de verdad.

—Cierto, pero ¿por qué iban los sobrevivientes a levantar una barricada? —le contesto—. Piénsalo. O bien quieren mantener alejados a los zombis o están evitando que otros sobrevivientes pasen en vez de acogerlos con un apretón de manos y una taza de té. Esto puede ser una trampa.

Pete asiente y está a punto de dar la vuelta cuando vemos una figura que pone el pie en la calzada. Mi mano ataja a Pete. Los cuatro quedamos en silencio mientras la figura camina lentamente hacia nosotros. Es una mujer joven, me parece. Hay muy poca luz para verle la cara. Lleva jeans, chamarra y algún tipo de sombrero. Es muy delgada, pero definitivamente tiene formas femeninas.

—¿Es zombi? —susurra Russ.

—No parece —dice Smitty—. Pete, prepárate para moverte de aquí, viejo.

A medida que se acerca a nosotros, vemos otro movimiento en la barricada. Éste sí es inconfundible. Puro zombi. Bajo y macizo. Encorvado casi hasta el suelo, tambaleándose, con la ropa hecha jirones. Y la ha visto, o a nosotros, porque viene hacia acá.

—¡Ay, caramba! —dice Pete—. ¿Ya lo vieron?

—Claro que sí —contesto. Y hay más movimiento. Esta vez, otra figura, masculina, pero ahora es un adolescente alto con pelo alborotado, que arrastra una pierna y se tambalea.

—¡Uno más! —grita Russ.

—Nos largamos —dice Smitty—. ¡Pete!

Pete enciende las luces.

La chica, deslumbrada, levanta una mano para cubrirse los ojos. No es mucho mayor que nosotros. El pelo oscuro se escapa de una boina de lana.

Pete baja la ventanilla.

—¡Apúrate! —le grita—. Vienen tras de ti.

—¡Pete! —me inclino hacia el frente, tratando de subir la ventanilla—. Da la vuelta. No sabemos quién es.

Me quita la mano de un manotazo.

—¿Y la vamos a dejar aquí, para que la devoren?

¡Diablos! ¡Tiene una manera de plantear las cosas!

—Hay más… —Russ apunta hacia la barricada, donde acaban de aparecer un par de zombinos.

Quien quiera que sea esta jovencita, tiene su buena porción de seguidores. Y de repente se da cuenta. Se vuelve, los ve y empieza a correr hacia nosotros, agitando los brazos desesperada.

—¡Mantengan las puertas con seguro! —digo.

—¡No, Bobby! —empieza Pete, pero de todas formas cierra su ventanilla, porque se tiene la tendencia a hacerlo cuando hay algo que se precipita hacia uno. La chica nos alcanza y se lanza sobre el jeep, por encima del capó para ir a dar contra el panorámico, gritando.

—¡Ayúdenme! ¡Déjenme subir!

Pete se queda donde está. La chica empieza a llorar, forcejeando con la manija de la puerta de Pete. Mientras tanto, el grupo de muertos vivientes van cubriendo rápidamente el trecho que los separa de nosotros.

—No le permitas entrar —mi sexto sentido ha encendido todas las alarmas. Hay algo que no está bien. Y cuando algo apesta en este mundo, por lo general está bien muerto y hiede hasta el cielo.

—Va a morir —dice, pero creo que lo he convencido. Está a punto de dar la vuelta cuando alguien sale de la barricada. Es una figura más pequeña que se mueve rápido. Un niño, tal vez de unos nueve años. Vivo y viviente. Esquiva a un par de zombis, viniendo hacia nosotros, sin mayores tropiezos.

—¡Zac! —le grita la chica—. Puedes lograrlo.

Y entonces, cuando está ya casi a salvo de los zombis, se resbala y cae.

—¡Zac! —grita de nuevo la chica y sale corriendo hacia él.

—¡A la mierda! —Smitty abre su puerta y se lanza a la carrera tras ella.

—¡Maldita sea! —Russ también abre su puerta—. Bobby —se voltea hacia mí—, quédate aquí —y desaparece.

Smitty y la chica forcejean para liberar al niño de algo que lo enreda por una pierna, mientras Russ corre en círculos a su alrededor a la espera de que lleguen los zombis. Pero luego, la chica hace algo extraño. Deja al niño y corre hacia nuestro carro, haciéndole señas a Pete para que se baje. Algunos de los zombis deciden seguirla. Desconcertado, Pete abre la puerta.

—Sal de ahí —le grita ella—. Necesitamos que nos ayudes.

Pete se agacha para recoger un pedazo de madera, preparándose para golpear a cualquier zombi que se le acerque. Ella lo agarra.

—Ni lo intentes, que son fuertes —dice—. Más bien salva a mi hermano.

Pete asiente y se aleja, y la chica se mete al carro, en el puesto del chofer.

La miro:

—¿Qué estás haciendo?

Me mira de arriba abajo, y contesta con una voz firme y suave:

—Bájate.

—¿Disculpa?

Levanta una ceja:

—Ya me oíste. Que te bajes.

—Pero... —le señalo a los monstruos con un gesto, y luego ellos hacen algo aún más raro. Dejan de gemir. Se enderezan. Empiezan a reírse y a acercarse a nosotros.

Y de repente, el niño que estaba casi inmovilizado hace un instante, se lanza a la carrera hacia el jeep.

Lo sabía, maldita sea. Y a pesar de todo caí en la trampa.

—Esa es tu señal para que te largues —me dice la chica con calma. La miro y me doy cuenta de que tiene algo en la mano. Una cosa brillante y puntiaguda. Parece algo que podría servirle para picar hielo. O para desgarrarme la cara—. Bájate ya o tendrás que vértelas con mis amigos.

En ese momento, el zombi que está más cerca abre la puerta y me saca del jeep. Alcanzo a pensar en resistirme, son adolescentes nada más, pero son cuatro, además de la chica y el niño. No voy a poder con todos. Smitty, Russ y Pete vienen corriendo hacia mí, pero llegarán demasiado tarde. La chica ya encendió el jeep y sus secuaces están subiéndose.

Las puertas se cierran y me quito del camino del jeep cuando da la vuelta con un chirrido de llantas.

—Somos sobrevivientes, como ustedes —les grita Pete—. Estamos todos en la misma situación.

La chica baja su ventanilla y niega con la cabeza.

—Para nada. No estamos en la misma situación. Nosotros estamos en el jeep y ustedes van a pie —con eso, el niño se asoma por la ventana y nos saca la lengua, y el jeep se marcha calle abajo.

—¡Desgraciados! —balbucea Smitty.

—Llegado el caso, hubiéramos hecho lo mismo —dice Russ.

Me vuelvo hacia él encendida de furia.

—No, no es cierto.

—Querías que siguiera y dejara a la chica —me dice Pete, en tono acusador.

—Tan sólo trataba de protegernos —le grito en respuesta—. Sabía que había algo raro.

Pude habernos defendido. Tengo la pistola. Apenas vi la barricada me acordé de que la tenía, e incluso llegué a tocarla. Pero ¿qué iba a hacer? ¿Dispararle a sangre fría a una bola de muchachos como nosotros?

—Mierda —dice Pete—. Mierda, mierda, pura mierda —se tira al asfalto frío y mojado de la calle y hace muecas de impotencia. Russ patea un bote de basura. Sólo Smitty y yo seguimos en silencio, mirando a la distancia por donde el jeep se aleja.

—¡Dios mío! —murmura Smitty—. Dios de todos los ángeles y todos los cielos.

—Ya sé —respondo—. Yo tampoco puedo creer que se hayan llevado nuestro medio de transporte.

—Olvídate del jeep —exclama—, ¡se llevaron a Alicia!

Corre, decidido y furioso, tras del jeep.

Me toma un momento volver a cerrar la boca tras la sorpresa, y también me lanzo a la carrera, justo cuando el jeep voltea para tomar una empinada calle lateral. Seguimos corriendo, sin importar el suelo resbaloso ni la posibilidad de que uno que otro zombi se una a nuestra persecución. Cuando el jeep llega al pie de la pendiente y tiene que dar una curva cerrada, le ganamos terreno, y distingo a los muchachos en la parte trasera, haciéndonos señas groseras con las manos y sacándonos la lengua. Creen que ya nos ganaron, pero yo confío en que los desechos que cubren la calle hagan frenar un poco su avance.

La colina se hace más empinada y la calle se cubre de guijarros.

—Podemos cortar camino... por encima —grita Russ y señala una barricada a nuestra derecha—. Se dirigen al otro lado de la colina.

Corremos hacia la barricada. Ya entiendo a qué se refiere. Podemos alcanzarlos si cortamos camino. Podemos ir más rápido a pie que en carro.

—¿Y si esto es lo que mantiene alejados a los zombis? —grita Pete cuando empezamos a escalar la barricada.

—Precisamente ése es el punto —le respondo a gritos.

Pete menea la cabeza.

—¡No! No hemos visto a ninguno en cuadras y cuadras. A lo mejor están todos del otro lado.

Cuando llegamos a la cima, vemos una especie de enorme corral de zombis, lleno de cuerpos que se mueven pesadamente. Aaaggh.

Nos divisan y se agolpan cerca de la barricada, rugiendo. Algunos alcanzan a escalar la parte baja, usando a otros como apoyo, buscando la mejor ruta, haciendo un esfuerzo. Estiran los brazos hacia nosotros, con la rabia pintada en la cara, gritando y escupiendo, exigiéndole el máximo a músculos y tendones para lograr atraparnos.

Smitty mira incrédulo y grita por encima del ruido.

—¿Qué les ha pasado?

—Te lo dije —respondo—. Ahora son inteligentes. Y tienen un hambre endiablada.

Pero a media altura de la barricada hay rollos de alambre de púas que les impiden el paso. En realidad no es que sean un verdadero obstáculo, sino que las púas los enredan y se quedan allí, incapaces de seguir subiendo, pateando de frustración, como peces podridos atrapados en una red.

Russ ya ha bajado y nos grita para que lo sigamos. Vamos por la ruta más larga, a toda prisa por la angosta calle, sin querer pensar en cuánta ventaja nos habrá sacado el jeep. Pero al dar la vuelta en una esquina, la calle se ensancha y vemos el jeep.

Extrañamente, viene hacia nosotros.

Nos detenemos abruptamente, y nuestra sorpresa va a la par de la que vemos pintada en los muchachos que van en el carro. Parecen aterrorizados, conmocionados como nunca en su vida. Empiezo a oír un ruido atronador que me resulta familiar y veo una sombra negra que se columpia alrededor de un edificio alto.

El helicóptero está de regreso.

Capítulo 20

El helicóptero vuela hasta llegar a unos pocos metros del jeep. Russ me jala para meterme en el hueco de la entrada de una tienda, Smitty y Pete se ocultan en otro umbral a unas puertas de distancia.

No me extraña que los chicos parecieran tan aterrados. El helicóptero les está disparando y al francotirador no le toma mucho tiempo encontrar su blanco. Una llanta explota y el jeep patina y choca con un poste. El helicóptero se posa en tierra, levantando polvo y basura en el aire; dos hombres de negro se bajan y se dirigen al jeep con sus aturdidos pasajeros.

—Vamos —apremio a Russ—. Tenemos que sacar a Alicia.

Russ me frena desde atrás, aplastando contra su pecho la mochila que traigo a la espalda, forzándome a mantener mis brazos pegados al tronco.

—¿Qué haces? —volteo la cabeza, tratando de mirarlo a la cara.

—Quédate quieta —me dice con aspereza—. Esperaremos aquí hasta que todos se hayan ido.

—¡Ni creas! —levanto la voz y él me tapa la boca con una mano.

—Bobby —me dice con una calma sospechosa—, tienes que hacer lo que te digo o te arrepentirás. ¿Aún no te has dado cuenta? —su voz me hiela la sangre, a pesar de que simplemente se las está dando de machito—. ¿No sabes lo valiosa que eres? —bueno, ahora sí que se está poniendo rara la cosa.

Trato de asomarme calle abajo para ver a Smitty, porque quiero que sepa que hay algo mal aquí. Pero no logro verlo. Me apoyo en mis talones para empujar a Russ hacia atrás, y con eso lo hago perder el equilibrio un instante. Da un paso hacia atrás y ambos caemos al interior de la tienda a través de la puerta que se abre, yendo a dar al suelo.

De inmediato percibo el olor.

Me pongo en pie de un salto, libre de Russ, que parece haberse lastimado en la caída.

A nuestro alrededor hay como una docena de zombis. Caímos en una librería, que tristemente permaneció intacta de los saqueos. Ahí están los muertos vivientes, observándonos. Son todos adultos, preservados casi intactos, en comparación con sus primos del exterior. Claro, también tienen el pelo apelmazado, les brota sangre y la carne les cuelga, pero éstos han estado a cubierto durante los meses de húmeda intemperie.

Una mujer estira las manos hacia mí y suelta un gemido inexperto. Lleva puesto un abrigo de paño casi limpio. Me paralizo, apenas me atrevo a respirar el aire tan cargado del hedor a carne en descomposición. Detrás de la mujer, un hombre da un paso tambaleante, en su camisa y su corbata apenas se ven rastros de sangre. Parecen sorprendidos de vernos, y como si hubieran olvidado lo que tienen que hacer. Pero no les tomará mucho tiempo recordarlo. Alguien los encerró aquí hace semanas, ya leyeron todo lo que necesitan y quieren salir. Aparecen más detrás de las pilas de libros y empiezan a avanzar hacia nosotros, hambrientos.

Por un momento pienso en dejar a Russ tendido en el suelo, pero a pesar de ese extraño abrazo de la muerte que me dio en la entrada, no soy capaz de hacerlo. Mientras la señora del abrigo de paño se aproxima a nosotros, lo levanto y salimos corriendo a la calle.

Los hombres de negro están en el proceso de sacar muchachos del jeep, pero se lanzan hacia nosotros al vernos. Por un instante alcanzo a ver los ojos aterrados de Alicia que asoman por debajo de la chamarra de Smitty en la parte trasera. Al menos ya volvió en sí, eso es bueno.

Y es entonces que nuestros ratones de biblioteca nos siguen afuera.

Mi instinto me dice que corra hacia el jeep, los zombis vienen tras de mí. Al instante, los hombres de negro se ponen en acción y les disparan. Los muchachos huyen en todas direcciones y en medio del caos abro la puerta trasera y le tiendo una mano a Alicia.

—¿Quién es esta gente? —me espeta, como si yo los hubiera invitado a todos a un asado—. ¿Y dónde diablos estamos?

Está bien. La última vez que tuvo los ojos abiertos, iba despeñándose en una colina, pero no tengo tiempo para ponerla al día.

—¿Puedes caminar? —le pregunto.

—¿Qué? —pone los ojos en blanco y deja caer los pies al suelo—. Pero claro que puedo... ufff —al intentar parase, sus piernas colapsan y Smitty, que se materializa de repente a mi lado como por arte de magia, la sostiene antes de que caiga—.

—¡Tú! —Alicia lo mira—. Ya era hora de que aparecieras.

—¡Gracias! —se toma un momento para liberar su chamarra de cuero de las manos de Alicia, y luego se la carga a la espalda, a caballito y corre hacia un callejón.

Los hombres siguen disparándoles a los zombis, otro ha atrapado a dos de los muchachos y los lleva hacia el helicóptero.

—¡No, idiotas, esos no! —les grita a los soldados el hombre del pasamontañas brillante—. ¡Los otros! —oh, oh, es hora de salir huyendo de aquí.

Nos protegemos en el callejón, que se abre luego a una calle amplia que lleva hacia un puente.

—¿Adónde vamos? —le grito a Smitty.

—Fuera de la ciudad —responde. A medida que avanzamos rápidamente para cruzar el puente, miro hacia abajo. ¡Dios mío! El puente no atraviesa un espacio de agua, sino que va por encima de calles y las vías del tren. Y ahí están. Todos los zombis que vimos circular a lo lejos desde Arthur's Seat. Son cientos, hombro a hombro, gimiendo, deambulando y esperando su desayuno. Su ropa abarca toda la gama desde el gris hasta el café, en estados varios de putrefacción e incrustada en su fétida carne, permanentemente mojada durante semanas de lluvia constante. Aquí es donde han estado todo este tiempo los habitantes de Edimburgo.

Y es entonces que oigo un ruido como de latido que viene del cielo. El helicóptero ya despegó, sobrevuela la ciudad buscándonos.

Dejo de mirarlo y sigo corriendo. Ante nosotros se alza una barricada enorme, la más alta que hemos visto. La que acabamos de escalar es diminuta en comparación. Parece obra de profesionales, con alambradas, pero se ve que les falló y ha sido reforzada con el material normal de una barricada: carros, muebles, trozos de árboles. Debe tener cinco o seis metros de altura, y por su apariencia, parece ancha también. No creo que podamos escalarla tan fácilmente.

Smitty tampoco lo cree, según da la impresión, porque justo antes de llegar hasta ella, descarga a Alicia, la recuesta contra un muro y va hasta la barandilla del puente y se para en el borde, como si fuera a cometer una locura. ¿Va a saltar? ¿A ese mar de monstruos?

—Tenemos que bajar —me grita.

Freno en el muro junto a Alicia y me asomo por encima. La cabeza me da vueltas. Abajo, a cierta distancia, hay un gran techo de vidrio esmerilado. No tan lejos como para matarse en el salto, pero sí como para romperse un tobillo, o los dos. Afortunadamente hay cornisas y salientes en la piedra del puente para apoyar mis reacios pies.

—Podemos llegar a ese techo —grita Smitty.

Sí, seguro. Siempre y cuando no resbalemos. Porque llegaríamos al nivel de la calle, que sí es una caída seria.

Me paro en la barandilla, Smitty me agarra la chamarra por detrás, como haría una gata para transportar a sus gatitos. La piedra se siente resbalosa y helada. Me aferro a la parte superior del muro con dedos helados y tanteo con un pie hasta encontrar una saliente debajo. Ya la tengo. Apoyo los dos pies en ella, Smitty me suelta y tengo que valerme por mí misma.

Desde arriba, oigo a los demás que le ayudan a Alicia. Voy tanteando para seguir el descenso por el lado del puente, dejándome caer con cuidado en el techo de vidrio.

A Alicia prácticamente la lanzan hacia abajo, y veo pasar a Smitty, Russ y Pete en un nudo de brazos y piernas que la siguen. Los rostros medio podridos que vemos abajo se relamen de gusto; arriba, el helicóptero se posa en el puente.

—¿Y ahora para dónde? —le pregunto a Smitty a gritos.

Empieza a correr a toda velocidad por el techo, cosa difícil porque además de ser resbaloso, obliga a zigzaguear. Está lleno de picos y huecos, lo suficientemente altos como para que resulte difícil escalar un lado y dejarse deslizar por el otro. Vamos todos juntos tras Smitty, ayudándonos, apoyándonos y animándonos. Hay trechos en los que el cristal es translúcido y miro hacia abajo. Estamos en el techo de la estación de tren. Puedo ver las vías y las plataformas con total claridad. Y también a los pasajeros zombis, con sus vestidos hechos andrajos, aún aferrados a sus teléfonos, que obviamente ya no funcionan, a la espera de los trenes que nunca vendrán. De verdad espero que Smitty tenga un plan que quiera contarnos pronto, y de verdad, de verdad, espero que la marquesina no ceda antes de que nos cuente.

Se oye un ruido sordo detrás de nosotros, no muy lejos. Dos soldados han saltado al techo. Se lanzan tras nosotros, pero no son tan ligeros ni se ayudan uno a otro como nosotros. Y ahí hay una lección por aprender: el trabajo en equipo sí sirve.

Oigo un alarido.

Volteo la cabeza para ver y quedo boquiabierta. Uno de los soldados está colgando, con el tronco sobre el techo y las piernas agitándose en el aire. Los zombis están abajo, al acecho. Todos se detienen a mirar. Nosotros no podemos hacerlo. Si alguien tiene la fuerza en la parte superior del cuerpo necesaria para salir de ese atolladero es este tipo. Pero está luchando por una causa perdida y todos lo sabemos, incluso él mismo. Trata de usar sus dedos como objetos de succión sobre el vidrio para salir del agujero, pero no tiene nada de qué agarrarse. Cada esfuerzo lo hace resbalar unos centímetros más. En su boca se dibuja una mueca genuina de desesperación y esfuerzo exasperado.

—¡Agárrate de mis manos! —le grita el otro soldado, tendido de cabeza sobre el vidrio inclinado, para alcanzar a su camarada caído. Pero en el preciso momento en que el soldado que cuelga voltea a mirar al que aspira a rescatarlo, el otro lo golpea, y los dos caen del techo y aterrizan con un ruido sordo en algún lugar allá abajo. El nivel de los gruñidos se eleva y vienen los gritos. Hay tantos cuerpos abajo. No logro ver nada y me da gusto que así sea, porque habrá carne desgarrada, dientes que roen huesos. Se los engullirán vivos.

—¡Aquí! —Smitty se ha movido. Nos hace señas frenéticas y eso nos despierta de la pesadilla y nos pone en movimiento de nuevo.

Por encima de nosotros, el helicóptero se aleja. ¿Irán a aterrizar en otro lugar para alcanzarnos a pie? No hay tiempo para preocuparse. Smitty está junto a una ventana en el vidrio; una especie de escotilla que se las ha arreglado para abrir. Miro por la abertura hacia el interior de la estación, con su tablero para anunciar las llegadas, las cafeterías y las plataformas. A mi lado, en el techo, diviso una red de vigas metálicas que desembocan en una especie de puente o corredizo. Diablos. Justo cuando pensaba que las cosas no podían empeorar. Seguro Smitty espera que recorramos el techo cual acróbatas del Cirque du Soleil.

Señala un corredor que está abajo, a nuestra derecha.

—Sigan esa viga y déjense caer ahí. Será sencillo.

Trato de que no se me note el nerviosismo mientras tanteo para llegar a la viga.

—Nos vemos allá —apunta al puente que hay sobre las vías, directamente debajo de nosotros—. Estarán a salvo. Espérenme allí.

—¿Por qué? —pregunta Russ—. ¿Adónde vas?

Smitty no responde, sino que hace un guiño y desaparece entre los picos del techo de cristal.

—Fabuloso —respondo desde la escotilla, con medio cuerpo dentro y medio afuera.

—Ojalá hubiera seguido desmayada —se lamenta Alicia a mi lado.

—Con todo, de verdad que tengo ganas de bajarme de este techo —le espeta Pete—. Así que muévete, Alicia.

—Está bien —dice ella, y se mete de primera por la escotilla, en equilibrio por la viga de metal hasta el corredor. Smitty tenía razón: esto es más fácil de lo que uno piensa, siempre y cuando haya recibido un golpe en la cabeza y no pueda darse cuenta del peligro mortal que implica la situación.

Pete la sigue de cerca, y luego Russ me hace señales para que vaya tras ellos. Lo miro extrañada. No he olvidado lo que me hizo en el umbral de la librería. Eso no estuvo bien. Y además fue muy raro.

Pero sigo adelante, pensando que si salimos de ésta, más adelante lo cuestionaré.

Alicia nos conduce hacia el pasillo y corremos, bajando unos escalones para luego subir otros, hasta el puente. Los zombis que se encuentran en la plataforma vigilan nuestro ir y venir, claro, y empiezan a gemir de emoción.

—¿Dónde está Smitty? —grita Alicia.

—Más vale que aparezca pronto —Russ mira hacia el otro extremo del puente. Un grupo de monstruos se encamina hacia nosotros. Deben haber pasado las últimas semanas practicando sus habilidades para subir escaleras.

—Típico, maldita sea, típico —suspira Alicia.

Sigo su mirada. Hay un trenecito que se mueve lentamente hacia nosotros por las vías. Es uno de esos trenes pequeñitos utilizados para viajes en las cercanías, pintado de un alegre color yema de huevo frito.

Y dentro, en la cabina de control, saludándonos por la ventana, se ve un Smitty muy contento.

—¡Por Dios! —murmura Pete—. Va manejando el tren.

Smitty nos hace gestos. Con sus dedos simula a alguien caminando, y luego los dedos saltan.

—Espera que saltemos al techo del tren —dice Russ.

—Exactamente —respondo.

—Que les vaya bien —dice Alicia—, yo no voy a saltar a un tren en marcha.

—Pero si no es que vaya a toda velocidad —añade Pete.

—¡Hazlo tú, entonces! – le grita Alicia—. Tírate, lánzate, a ver si te gusta.

El tren se acerca, al igual que nuestros amigos zombis. Me trepo a la barandilla.

—¿No vas a hacerlo, cierto? —Alicia me mira con desaprobación.

—No tenemos otra opción —responde Pete por mí, y me imita, subiéndose también—. Anda, ven —le tiende una mano, ella mira a un lado y al otro, ve a los zombis, al tren y todo lo demás. Toma la mano de Pete, pero luego cambia de idea y la retira con violencia.

—¡Es una locura! —grita.

Con lo impulsivo de su movimiento, Pete se resbala. Trato de alcanzarlo con una mano, pero es demasiado tarde.

Cae de espaldas.

Aterriza en perfecta sincronía, con un golpe seco, sobre el tren que avanza lentamente y acaba de empezar a pasar debajo de nosotros.

Pero luego queda inmóvil.

Nos volteamos al otro lado del puente mirando al tren que va pasando. Es un momento surrealista, en el que hacemos una pausa para observarlo, mientras el tren se lo lleva, despatarrado en el techo. Hasta los zombis se detienen a mirar.

Y luego, se endereza, se levanta de un salto, como sorprendido de seguir vivo. Está agitado, incapaz de hablar y los ojos parece que se le fueran a salir de las órbitas en medio del esfuerzo por volver a respirar. Lucha por mantenerse en pie porque, a pesar de que el tren se mueve despacio, igual se mueve. Cuando cae de rodillas para tratar de no resbalarse y recuperar el aliento, se me viene a la mente de repente que él es el afortunado. Los zombis se mueven de nuevo, se acercan a nosotros, por ambos extremos del puente, y no van a ceder.

—¡Vengan ya! —grita Pete, con mirada aterrada y un brazo en alto dirigido a nosotros. Al principio me parece que es un grito de desesperación porque el tren se lo lleva, pero apenas recobra el aliento y hace un nuevo intento, me doy cuenta de lo que nos quiere decir: Salten ya.

—¡Ni loca! —responde Alicia.

—Sí —Russ se trepa a la barandilla—. Si él lo logró, nosotros también podemos.

—Pero él no saltó, sino que se cayó —le grita Alicia, pero la vemos calculando el salto, al igual que estamos haciendo todos.

—No es nada Alicia —la invita Russ—. Pete ni siquiera se hizo daño.

Pete, que en ese preciso instante está agachado, del que sólo vemos la cara muy pálida y descompuesta, podría estar en desacuerdo. Pero seguro que quiere que nos reunamos con él.

—¡Apúrense, que está acelerando!

Fabuloso. Smitty pisó el acelerador, va a convertir a Thomas la locomotora en un tren bala japonés. La verdad es que, a pesar de todo, no tenemos tiempo para pensar mucho este asunto. Los zombis ya han llegado al puente, haciendo su entrada en escena por izquierda y derecha. Russ y Alicia pasan por encima de la barandilla. y se reúnen conmigo en la parte exterior. Vamos a saltar.

Russ se lanza primero, con un salto atlético, y aterriza en posición acrobática. Corre suavemente sobre el tren en movimiento y va a situarse justo debajo de nosotros, como si esto fuera otro ejercicio.

—Aquí las recibo.

Me vuelvo hacia Alicia.

—Vamos, hagámoslo al mismo tiempo —le tiendo una mano, con un gesto de la cabeza.

—Quítame tus puercas garras de encima —grita—. No confío para nada en ti.

Miro hacia el puente. Ya casi nos alcanzan.

—¿Confías más en ellos? —le respondo—. Porque, de ser así, entonces quédate aquí y arma la fiesta con ellos, bien puedes hacerlo.

El primer zombi nos ruge desde arriba y su aliento a pescado me golpea como el más hediondo calcetín usado. Que Alicia se friegue. El tren se nos va, y yo planeo irme en él. ¿A quién pretende engañar? Una de dos: va a terminar saltando o caerá tras de mí, y prefiero estar fuera de su trayectoria para que no me rompa el cráneo cuando aterrice sobre mí. Me apresto para saltar.

—¡Bobby! —Russ me señala insistentemente el extremo del tren. El final, que se acerca ya a pasar por debajo del puente—. Tienes que saltar ya.

Me agacho un poco, tomo aire y...

—¡Ayúdame! —gimotea Alicia—. ¡Por favor!

—¡Ven! —hago gestos de asentimiento y le tomo la mano—. A las tres: uno, dos...

—¡Aaagh! —Alicia cae antes de que yo termine de contar arrastrándome con ella. Cuando nuestros pies tocan el techo del tren, su mano se desprende de la mía y ambas nos vamos de espal-

das, sin poder resistir el impacto. Logro hacer una voltereta perfecta hacia atrás y termino a gatas. Alicia debe estar en algún lugar
detrás de mí.

Me volteo para mirar... y no la veo.

Lo que veo es el extremo final del tren, el puente que se aleja y los
zombis que nos hacen señas desde arriba.

Capítulo 21

—¡liiiiiiicia!

Avanzo a gatas hasta el borde, con la esperanza de ver sus uñas pintadas de rosa pálido que se aferran al techo del tren. Pero no las encuentro. Apenas me atrevo a mirar hacia abajo, pero me fuerzo a hacerlo.

Allí está, abajo, tendida de lado en esa especie de balcón de malla metálica que sobresale en la parte trasera del tren. Está recostada y gime, dándose una especie de abrazo a sí misma, y meciéndose con el movimiento del tren que avanza cada vez a mayor velocidad.

El aire frío que corre hace que me duela la cabeza. Tengo que bajarme de aquí, pues en un rato el viento soplará más fuerte.

—Espérame, Alicia, ya voy —le grito. Busco la manera de llegar hasta ella y encuentro la escalera.

En cuestión de instantes estoy abajo, recibiendo insultos por pisarla. Pero no es que haya mucho espacio para moverse.

—Entonces estás perfectamente —gruño, mientras le ayudo a enderezarse y quedar sentada.

—¿Te dije alguna vez lo mucho que detesto las excursiones escolares? —me dice—. Jamás pensé que iba a extrañar ese autobús tan agradable —mira hacia atrás, al suelo—. Huy, guácala. Smitty los está atropellando.

Las vías del tren se tiñen de rojo. Cada tanto, el tren se mece al chocar contra cuerpos. Deben ser blandos, porque no presentan mucha resistencia. Hay trozos de zombi en las vías; algunos aún se mueven, otros yacen decapitados. Smitty sencillamente arremetió contra ellos, como una podadora lo hace contra el pasto. Y lo hizo muy bien, a decir verdad. Es fácil cuando uno va manejando un tren. Miro alrededor. En cuestión de minutos dejaremos la estación. Me acuerdo de las hordas que había afuera.

Más vale que nos metamos al vagón antes de que nos rodee una multitud.

—¡Bobby! —es Russ, desde arriba—. ¿Están bien?

Hago un gesto afirmativo con la cabeza justo cuando Pete asoma por el techo.

—Sobrevivimos. Pero no volvamos a hacer algo así, ¿de acuerdo? De repente, Russ ha bajado por la escalera y se apretuja junto a nosotros. Me rodea con un brazo y me da un apretón, que me resulta ofensivo.

—Fue increíble —está radiante, en serio. De verdad le gustó esta maniobra—. ¿Qué tan a menudo puedes saltar a un tren en movimiento?

—Afortunadamente casi nunca —Alicia se apoya en mí para levantarse. Una vez en pie, me retira su abrazo para transferírselo a Russ, alejándolo de mí. Cosa que no me importa en lo más mínimo. El tren cambia de marcha y acelera, empujándonos unos contra otros.

—La puerta —señala detrás nuestro—. ¿Podemos entrar ya, por favor?

Russ y Alicia entran. Yo espero a que Pete baje del techo.

—¿Estás bien? —lo miro. Tiene sus *goggles* a la altura del cuello y respira con dificultad. Asiente.

—Supongo que ya tenemos resuelto nuestro problema de transporte.

Hago una mueca.

—Supongo que sí —le indico que entre primero al vagón—. Smitty tiene sus habilidades.

—Y también tiene pasajeros —Pete arruga la frente. Al principio creo que se refiere a nosotros, pero luego miro hacia donde él dirige la vista. Allí, al otro lado de la puerta de vidrio que hay al final del compartimento al que acabamos de entrar, están los pasajeros en cuestión.

Ay, diablos y demonios. Zombis en el tren.

Avanzo lentamente por el pasillo hacia ellos, sin acercarme demasiado porque ya sabemos bien lo que sucede cuando uno se acerca mucho. El zombi más próximo está pegado a la puerta de vidrio, golpeándola con una mano ensangrentada, una gorra ladeada y una maquinita colgada al hombro.

—Es el revisor —dice Alicia, detrás de mí—. Espero que todos hayamos recordado traer nuestros boletos.

Tras él hay más... cinco o seis. Es difícil ver con precisión, pero son suficientes para representar un problema. Suspiro, de dientes para dentro.

Alicia no suspira en silencio.

—¡Por favor! —exclama roncamente—. ¿No se le ocurrió revisar el maldito tren antes de ponerlo en marcha? Es típico de Smitty.

—Está bien, no hay problema —asegura Pete—. No nos queda más que caminar por el techo hasta el vagón siguiente y bajar para desenganchar los dos últimos. Los zombis quedarán atrás en la vía y estaremos a salvo.

—¿Y eso de desenganchar, Pete, es algo que has hecho cientos de veces? —le lanzo una mirada matadora.

Se encoge de hombros.

—¿Qué tan complicado puede ser? Al parecer, Smitty ha aprendido a operar un tren.

Salimos al exterior nuevamente, en medio de las protestas de Alicia. Se mueve muy lentamente y está blanca como el papel, comparto su dolor. Vamos dejando la estación atrás, esta sí que es una manera peculiar de ver Edimburgo y a sus ocupantes. De repente hay tantos, ¡tantísimos! En cada calle en la que pongo la vista, ahí están. En las vías, asomados en puertas y ventanas. Es como estar en Ciudad Zombi. Afortunadamente estamos en el tren, o no habríamos logrado salir a pie.

—Se está poniendo muy resbaloso aquí arriba —Russ es el primero en alcanzar el techo y sí, llueve de nuevo. No es un aguacero en forma, pero sí esa llovizna fina que empapa todo, especialidad de las Islas Británicas. Deja todo casi viscoso. Llego a la escalera y voy subiendo con cuidado, detrás de Alicia quien, a pesar de sus protestas, no quiere quedarse rezagada.

El tren no avanza muy fluidamente, sino que se mece a los lados. Lo cual quiere decir que la manera ideal de recorrer el techo es caminando al mejor estilo zombi: los pies muy separados, los brazos extendidos al frente, las manos muy abiertas, listas para agarrar lo que sea. Sólo que si vamos a agarrar algo, será parte del techo si llegamos a caer. O a alguno de nosotros. Russ llega primero al final del primer vagón, y se arrodilla.

—Malas noticias: los vagones no están separados —nos grita—. No podemos desengancharlos.

Al acercarme, entiendo a qué se refiere. Los compartimentos están segmentado para seguir las curvas de la vía, separados por puertas internas. Quizá hay una manera de añadir o quitar vagones, pero cuatro adolescentes bajo la lluvia en el techo de un tren no van a lograr encontrar cómo.

—¿Y ahora qué? —grita Pete.

—Tenemos que regresar adentro. No podemos quedarnos aquí —gimotea Alicia.

—Hay que avisarle a Smitty —otra vez empiezo a ver zombis en el tren.

—¿Y cómo lo vamos a hacer? —me grita Alicia.

No tengo idea, pero no podemos ir todos en el mismo tren, zombis y nosotros. Obviamente, Smitty no sabe que tiene polizones que podrían tomarlo por sorpresa. Nos quedaríamos sin conductor. Eso sería impensable, y no es que me esté poniendo sentimental. Lo único peor que estar en un tren con zombis es ir en un tren con zombis y sin control.

Para cuando llego al frente del tren, voy a gatas. Se nota que Smitty está encantado con la velocidad. Estamos saliendo de la ciudad y la vista podría ser impresionante, si no fuera porque estoy aterrorizada por la posibilidad de caerme y matarme. Colinas de un verde vívido, el mar, la niebla que flota sobre el agua. Está a mi izquierda, y como sabemos, mi geografía es pésima, pero creo que eso significa que vamos hacia el sur, así que algo es algo. Me pego al techo lo más que puedo y sigo avanzando.

—¿Qué piensas hacer? —Russ me alcanza.

Le respondo inclinándome hacia abajo y golpeando el vidrio de la cabina con ambas manos. Russ me imita. Después Alicia aparece también junto a mí y todos estamos dando palmadas en el cristal para avisarle a Smitty que aquí estamos.

El tren acelera un poco. Y luego mucho.

—Debe creer que son los malditos monstruos —grita Alicia.

Mierda, tiene razón. Smitty está acelerando para tratar de hacernos caer. Repto sobre mi estómago para llegar más adelante.

—¡Agárrenme de las piernas! —les grito a los otros, tratando de bloquear el recuerdo de los soldados que cayeron por el agujero del techo de cristal al horror que los esperaba abajo.

—¡Ay, por Dios! ¡No lo hagas! —dice Alicia, pero igual se acuesta sobre mi pierna derecha. Auch.

Russ toma mi pierna izquierda y siento la presión del agarre de ambos en los tobillos. Avanzo hasta quedar colgada cabeza abajo sobre la parte frontal del tren. Me siento increíblemente segura, con el impulso del tren hacia adelante que me mantiene allí inmovilizada, cual insecto en carretera. Y ahí está Smitty, inclinado hacia adelante y mirándome, con la mano sobre una palanca y una expresión de pánico que apenas logra disimular.

—¡Somos nosotros! ¡Frena un poco! —golpeo la ventana un poco más, aunque tal vez me excedo porque él se endereza y el tren de repente empieza a ir más de prisa—. ¡Detén el tren! —grito—. ¡No podemos entrar!

Logra controlar su expresión y también el tren que disminuye la marcha. Pero es evidente que no alcanza a oír exactamente lo que le digo, porque no se detiene.

—¡Para el tren! —le grito—. ¡Alto, stop! —hago el ademán de cortarme el cuello con la mano. Finalmente entiende. Oigo chillar los frenos allá abajo y me jalan bruscamente hacia atrás.

—¿Qué haces? —dice Alicia mientras yo vuelvo a treparme al techo—. No podemos detenernos aquí.

Yo no había tenido en cuenta lo que nos rodeaba mientras hacía mi rutina de Hombre Araña. Pero ahora veo dónde estamos. Fuera de la ciudad, sí, y rodeados de campos. Pero en esos campos... bueno... sólo podría describirlo como el carnaval celta del horror.

Zombis con sus típicos *kilts* escoceses, tambaleándose en los campos empapados. Ya sé qué era ese chillido que confundí con los frenos: ¡gaitas! Estos zombis tocan para nosotros, soplando y jadeando lo que debe ser el instrumento más extraño del mundo y de todas las épocas. Suena como si alguien estuviera torturando burros.

—Se ve bastante impresionante —Pete entrecierra los ojos para ver más lejos—. Y me parece que por allá hay algunos dedicados a los deportes típicos escoceses.

—Y a mí me parece que el resto viene hacia nosotros —grita Russ—. No tenemos tiempo qué perder! —mientras el tren se detiene, se desliza hacia el suelo y cae en la grava de las vías con un crujido y un quejido. Después nos tiende los brazos para ayudarnos a bajar. Hay escalones en uno de los lados del tren, así que los aprovechamos. La puerta del conductor se abre y Smitty nos ayuda a montarnos hasta que uno a uno vamos quedando a salvo en la cabina.

—¿Por qué no usaron la puerta en la parte trasera? —Smitty manipula la palanca para ponernos en marcha de nuevo.

—Lo intentamos, pero allá había compañía —le digo—. ¿No revisaste que no hubiera zombis a bordo antes de escoger este tren? —abro la puerta que comunica con el vagón, apenas una rendija—. Parece que este vagón y el siguiente están desiertos, pero no es fácil saberlo con certeza.

Russ me da unas palmaditas en el hombro.

—Eso déjamelo a mí, yo me encargo de revisar —Alicia le sonríe en el momento en que sale al vagón.

—Es muy útil tenerlo a la mano, ¿no? —comenta Smitty con ironía—. Entonces, ¿tenía polizontes? Ups —presiona unos cuantos botones en el tablero de control—. Tampoco es que tuviera cientos de trenes para escoger.

—Claro. ¿Y cómo es que un fracasado como tú es capaz de manejar un tren? —le espeta Alicia.

—Ay, cómo me has hecho de falta, Malicia… deja te digo cuánto… —empieza a hacer el ademán de contar con los dedos, pero luego forma un cero con índice y pulgar—, o sea, nadita —se ocupa con los controles. Seguimos sin movernos—. Hice girar una llave, moví una palanca, pisé un pedal. Atropellé a unos cuantos mientras descubría cómo hacerlo, pero eso no es nada malo.

—Bueno, ¿y no puedes arrancar ahora? —Alicia señala por la ventana por la que vemos una hilera de figuras con kilt que se acercan tambaleando a las vías.

—Eso espero —dice Smitty—. A lo mejor la vez pasada lo conseguí de chiripa —mueve algo, y el motor se enciende. El tren avanza despacio. Todos soltamos un enorme suspiro de alivio—. ¡Listo! —se recuesta en el respaldo y sube los pies al tablero de control, mientras lentamente atropellamos a un tipo muy peludo vestido de escocés.

Russ vuelve a entrar y nos sobresalta.

—Sólo hay zombis en uno de los vagones, el segundo desde el final, que fue donde los vimos. Hay dos vagones libres entre ellos y nosotros, y estoy casi seguro de que podemos bloquear esta entrada si alguien me echa una mano. Puedo arrancar uno de los asientos y trancar la puerta con él.

—Cuenta conmigo —dice Pete.

Alicia los observa salir, nos mira, pone los ojos en blanco y sale también, con desgano.

Smitty me mira y le devuelvo la mirada. Sus ojos se ven diferentes, más tristes, como de alguien mayor, pero aún tienen esa chispa. Se le dibuja una sonrisa cansada y me hace un guiño.

—Solos de nuevo, Roberta —y luego imita mi acento—: ¿Qué tal una revolcada?

Capítulo 22

Pongo los ojos en blanco. Ya sé que es una tontería de respuesta, propia de Alicia, pero no se me ocurre ningún comentario ingenioso. Así que eso tendrá que servirme mientras me viene a la mente algo mejor.

Smitty suspira, se recuesta en el asiento, y planta los pies sobre el tablero, junto al lugar donde estoy sentada.

—Entonces, ¿Alicia anda detrás de Russ?

—¿Qué?

—Tú sabes —y hace un movimiento vulgar hacia adelante y hacia atrás con la cadera.

—¡No! —grito, innecesariamente alto—. ¡Por favor! —hago un gesto de negación—. Bueno, es posible. Pero no creo que él esté muy interesado. No pareció incomodarle que ella se largara de paseo con los adolescentes infernales.

Smitty se ríe con fingida despreocupación.

—Entonces, ¿prefiere encamarse contigo?

—¡Smitty! —casi me atraganto—. ¡No! ¿Qué diablos te pasa?

—¿Qué diablos te pasa a ti? —me contesta con una risita—. No está mal para ser puro músculo y nada de cerebro. Deberías agarrar tu porción, Bob.

—¡Cállate! —no sé qué otra cosa decir. No puedo creer que se me vayan a salir las lágrimas. ¿Qué me pasa? Me volteo para mirar por la ventana, de manera que Smitty no vea cómo me pongo colorada. Definitivamente, así no fue como me imaginé el gran encuentro. Es obvio que no le importa a quién pueda yo desear, y de ninguna manera cree que pueda ser a él. Lo cual quiere decir que no le importo un pepino—. Lo cierto es que no sé... no sé si confiar en Russ.

—¿No? —Smitty me mira—. ¿Por qué no?

Concéntrate, concéntrate. Esto no tiene que ver con mi vida amorosa. Contemplo el campo empapado y me siento terriblemente desgraciada.

—Impidió que corriera a salvar a Alicia —me muerdo el labio. Ahora que lo digo en voz alta, me parece que no es nada—. Me retuvo en sus brazos.

Smitty suelta un silbido y se ríe.

—Pero por supuesto que lo hizo, Roberta. Es del tipo protector y eso debe gustarte —toma un mechón de su pelo y lo retuerce entre sus dedos, de forma muy femenina—. ¿Y aprovechó para manosearte?

—¡Por favor! ¡Por Dios! —la respuesta ingeniosa sigue escurridiza. Y ya no puedo llegar más alto en la escala de indignación. Le doy la espalda, para concentrarme en lo que sucede alrededor, afuera.

Avanzamos a buen paso, dejando atrás a los zombis escoceses. El ritmo del tren resulta vagamente reconfortante, y mi cara deja de estar tan acalorada. A lo lejos, la niebla flota amenazante sobre el mar. Volverá, suele hacerlo. No tenemos mucho tiempo, y yo necesito la respuesta a algunas preguntas. Me aclaro la voz.

—Nunca nos dijiste qué sucedió exactamente. Después del accidente.

Smitty alza las cejas.

—¿Recuerdas algo?

—Me acuerdo que tratabas de ayudarme —lo miro fijamente—, y después perdí el conocimiento. Cuando desperté, te habías ido. No había más que esos tipos de negro.

—Xanthro.

—Eso creo. Entonces, ¿te escondiste?

—¡No! —ahora es él quien se enoja—. Fui a buscar algo que sirviera para sacarte de entre los restos del choque, para liberarte las piernas aprisionadas. Estaba oscuro, estábamos en medio del bosque, había cuerpos por todas partes… algunos de los muchachos que iban en el autobús ya se habían zombificado. Caminé por el bosque, buscando. Y de repente, quedé fuera de combate.

—¿Te desmayaste?

—¡No! —está furioso—. Tu mamá me noqueó. Me golpeó la parte de atrás de la cabeza con una rama.

—¿Eso hizo mi mamá? —trato de reprimir una carcajada. Aunque creo que ella es perfectamente capaz de hacerlo, pues está a favor de las medidas extremas. Y hay que admitir que yo también he tenido deseos de dejar a Smitty fuera de combate unas cuantas veces.

—Cuando me desperté, estábamos en una choza en el bosque —juguetea con una palanca en el tablero—. No sé cuánto tiempo estuve desmayado. Todavía estaba oscuro. Tu mamá me dejó allí, un día completo, me parece. Yo estaba vuelto pedazos... tenía fiebre, las piernas destrozadas por las mordeduras. Ella volvió. Me debió dar algo para el dolor. Y traía... —su cara se contrae con el recuerdo—, hilo y aguja —se arremanga una pierna de los pantalones—. Me cosió.

Miro lo que muestra. Su pierna es un verdadero horror. No tengo idea de cómo ha sido capaz de moverla, menos aún de correr. Parece como si se hubiera enfrentado a un enorme tiburón blanco, y el Doctor Frankenstein lo hubiera remendado. Dos largas líneas curvas e irregulares recorren ambos lados de su blanca pantorrilla. Hay zonas entre rojas y moradas, donde supongo que la piel no se estiraba lo suficiente. Parece como si estuviera mojada. Y se siente un olorcillo del cual soy consciente hace ya un rato, pero sólo hasta ahora detecto su origen. De las cicatrices de los puntos supura materia amarillenta. No es una bonita visión.

—Muy sexy, ¿cierto? —sonríe—. Creo que debió doler un poco cuando me clavó la aguja. Lo bueno es que ahora creo que perdí la mayor parte de las terminaciones nerviosas en esa zona. ¿Será que me estoy convirtiendo en híbrido zombi?

No sé qué decirle.

—Todavía estoy esperando que aparezcan mis supuestos superpoderes —comenta en tono más alegre—. Me cosió y salimos de allí. Nos fuimos al refugio. Yo pasaba la mayor parte del tiempo inconsciente. Ella estaba allí y después se fue. Recuerdo que pronunció tu nombre, y me dijo que vendría.

Me río por lo bajo.

—¡Qué optimista de su parte!

Smitty me mira.

—Ella no te hubiera dejado así como así, Bob.

—Sí, claro. De hecho lo hizo —muevo la cabeza de un lado a otro—. Adivina a quién mandó a rescatarnos —no espero a que responda—: A Grace.

—¿Qué? —grita Smitty—. ¿La princesa rubia del castillo? —la expresión se le ensombrece—. ¡Caray! Eso tiene toda la lógica del mundo. Cuando fuimos al refugio, nos trasladamos en un trineo motorizado. ¿Te acuerdas de los que había en el castillo? Debió encontrarse con Grace allí —mueve la cabeza, incrédulo—. ¿Por qué demonios iba a confiar en ella para sacarte de allá? ¿Y por qué creyó que tú confiarías en Grace?

—Por lo visto, era su única opción.

—¿Y qué le sucedió a nuestra querida Grace?

—Los de Xanthro la liquidaron —dije—. Le pegaron un tiro cuando íbamos escapando —mi voz tiembla un poco—. Justo frente a nosotros.

Smitty toma aire por entre los dientes y voltea a mirar las vías.

—No era para tanto.

—Xanthro está dividido. En el hospital oímos que sus soldados decían algo así. Grace nos explicó que eso hace a la compañía más peligrosa, y hasta ahora no tengo sino razones para estar de acuerdo con ella, Smitty —no puedo contenerme más tiempo—. ¿Por qué mi mamá no fue a buscarme en persona? ¿Por qué me dejó allí, en pleno territorio Xanthro? ¿Por qué no fue ella a salvarme? —no puedo evitar el sollozo. Odio que me pase algo así, pero no logro impedir que un diminuto, minúsculo y patético sollozo se me escape—. Todo este tiempo he estado dándole vueltas a lo mismo que me está destrozando por dentro. Ella me abandonó para salvarte. Te escondió porque eres valioso para ella. Y a mí me dejó para que me defendiera como mejor pudiera.

Smitty me mira consternado, y la tristeza que se le pinta en la cara hace que el estómago se me vuelva un nudo.

—Ella me dijo que tú eras una sobreviviente —dice, sin rodeos.

De repente empieza a llover y el sonido de las gotas que golpean el parabrisas nos sobresalta. Smitty mueve un par de interruptores hasta que un limpiaparabrisas empieza a recorrer el vidrio de un lado a otro. Lo observamos ir y venir durante un par de minutos, luego él habla.

—¿Sabes una cosa, Bob? Tu mamá me dijo que no podía meterse en ese hospital. Que si intentaba rescatarte, ellos sabrían y las matarían a las dos.

—¿Eso te dijo?

—Sí —lo piensa un poco—. Dijo que allá estabas mucho más segura que afuera, con ella. Y que te ayudaría a salir a salvo cuando fuera el momento adecuado.

—¿En serio? —trato de avivar la chispita de esperanza que tengo en el corazón—. Pero allá no estaba a salvo —saco el papel que encontré en la oficina de Martha, el que tiene mi nombre y el de Alicia para mostrárselo—. Los de Xanthro nos estaban haciendo pruebas de algo. No creo que a Alicia le encontraran nada, pero en mi historia clínica decía que yo era algún tipo de portador. Creo que por eso es que llevan todo este tiempo persiguiéndome. Creo que mamá lo sabía también. Entonces ¿por qué ponerme en riesgo? —la cabeza me duele de sólo pensarlo.

Smitty lee, y mueve la cabeza de lado a lado.

—Es mejor que te quedes conmigo, chica. Mutantes unidos.

Cambio de tema a uno menos comprometedor.

—¿Te enteraste de lo que está sucediendo mientras estabas aquí con mi mamá?

Se encoge de hombros.

—Fragmentos de noticias. La infección se extendió muy rápido. Mucha gente huyó al sur, pero luego cerraron la frontera. El ejército siguió buscando sobrevivientes, pero cuando las cosas empeoraron, dejó de hacerlo —se mueve en su asiento—. Eso fue hace semanas. Una vez que tu mamá desapareció, dejé de recibir información. Supuse que me quedaría allí, esperándote, todo el tiempo que pudiera, ya luego vería la manera de encontrar a tu mamá —me echa una mirada—. Veamos si puedo recordar adónde me dijo que iba.

Casi me atraganto de sorpresa al oírlo.

—¿Sabes dónde está?

—No fue eso lo que dije —levanta las manos—. Ése es el problema. Me dijo, pero como que se me olvidó.

Lo taladro con la mirada.

—¿Qué?

—Lo mencionó, pero yo tenía fiebre —pone los ojos en blanco al ver mi expresión—. ¡No me vengas con eso! Tenía Osiris corriéndome por las venas, estaba bien pasado, como si me hubieran tirado por la madriguera del conejo de Alicia en el país de las maravillas. Cuando se me despejó un poco la mente, no podía diferenciar la realidad de todo lo demás.

—Me acabas de contar un montón de cosas que se supone que recuerdas. ¿Por qué esto otro lo olvidaste?

—A lo mejor ni siquiera me lo dijo sino que la oí decirlo, no sé —patea el tablero—. Tenía la idea de que estaba haciendo planes para sacarnos de Escocia —hace una pausa—, y recuerdo algo relacionado con... con un elfo.

—¿Qué? —resoplo—. ¿Entonces mi mamá está con el elfo que hay al final del arcoíris, sentado sobre una olla de monedas de oro?

—Es como si todo no fueran más que sueños —suspira—. Mira, tengo una imagen muy vaga y fuera de contexto de elfos... que salían de la boca de tu mamá.

Lo miro fijamente.

—Ésa es una de tus fantasías medio pervertidas, ¿o no?

—Ya sé que suena ridículo pero hablo en serio —estira una mano para posármela en el brazo—. Lo siento.

Entonces lo comprendo todo. Me levanto del borde del tablero, donde he estado sentada, y retrocedo. Las lágrimas empiezan a brotar, fijo la vista en las vías del frente, haciendo todo lo posible por no llorar.

—En realidad no dijo nada de eso... que yo era una sobreviviente, ¿cierto? —no soy capaz de mirarlo—. Nunca dijo que yo estaba más segura en el hospital. Te lo inventaste todo para hacerme sentir mejor.

Smitty guarda silencio.

—Gracias —murmuro—, por tratar de ayudar. De verdad lo aprecio.

Dejamos que el tren siga en su traqueteo por las vías. Deseo que la lluvia pudiera llevarse todo, todas estas cosas malas, la niebla en nuestras mentes, toda la porquería que se ha alojado en nuestros cerebros. Smitty finalmente se levanta de su asiento y se vuelve hacia mí.

—Te busqué, Bobby —nos miramos a los ojos—. Después de salir del refugio busqué el hospital. No lo pude encontrar y empecé a preguntarme si sería invención mía, si tu mamá había dicho que estabas en un hospital, o si nada más había sido en algún lugar cercano —se arriesga a sonreír tímidamente—. Esperaba encontrar un pueblo lleno de personas pequeñitas, que eso fuera mi loca imagen de los duendes saliendo de la boca de tu mamá.

El estómago se me sube hasta la garganta y siento que la sangre huye de mi cara, lentamente. La expresión de Smitty cambia, su sonrisa tímida es remplazada por una mirada alarmada.

—¿Qué pasa? ¿Qué fue lo que dije?

Rápidamente meto la mano en mi mochila y saco la postal. Ahí está, en el reverso, las palabras impresas en pequeñas letras negras.

Le paso la postal a Smitty.

—Perdóname, retiro todo lo dicho —digo, con voz temblorosa—. Mira el nombre del faro.

Le da la vuelta a la postal y comienza a leer.

—Faro de Elvenmouth. ¿Qué...? —y luego entiende a qué me refiero. Mueve la cabeza incrédulo—. *Elven*, elfos, y *mouth*, boca, entonces de ahí viene mi fijación con esos hombrecillos, ¿verdad? —me mira—. Me dijo el nombre, me explicó su sentido, pero mi cerebro que nadaba en alguna sustancia medicinal, lo convirtió en ese disparate.

—Entonces, no nos queda sino averiguar dónde queda Elvenmouth —digo—. Con un mapa, que todavía no conseguimos.

—En todo caso, esto ya fue un gran avance, Bob —Smitty está sonriente otra vez—. Esto es mucho más que una serie de números que no recordamos bien —me hace un guiño—, y te puedes tranquilizar con respecto a que yo tenga alguna fantasía extraña con tu mamá.

—¿Qué? —se me escapa—. ¿Y eso por qué iba a importarme?

—No tengo la menor idea, Bob —los ojos le chispean, como suelen hacerlo, y me molesta—. ¿Tal vez porque ustedes son uña y mugre?

—¿Qué? —pregunto, casi gritando—. Como si...

Se me acerca de repente y me toca el cuello de la chamarra. Luego me jala hacia él, despacio, sin dejar de mirarme a los ojos. Lo dejo hacer. Nuestras caras quedan a unos cuantos centímetros.

—¿Me extrañaste? —sonríe, pero sus ojos se ven terriblemente serios.

Percibo el calor que irradia de su cuerpo. Abro la boca para soltar algún comentario ingenioso, pero mi inteligencia está completamente agotada. Quiero besarlo. Odio sentir ese deseo. Espero que me fuerce a hacerlo de una forma u otra.

Pete entra como un torbellino en la cabina.

—Tienen que venir a ver esto.

De un salto nos apartamos, avergonzados.

—¿Los zombis siguen encerrados? —grito, innecesariamente.

—Sí, sí —dice, haciéndonos un gesto de invitación con la mano—. Vengan, vengan a ver. Ya descubrí dónde está tu mamá.

Nos apura para salir de la cabina del conductor y recorrer el primer vagón, mientras que él da saltos aquí y allá, dejando ver que se muere de ganas por mostrarnos algo. Eso siempre me abruma. Pasamos junto a Alicia, que ronca suavemente. Al acercarnos al final del vagón, veo a Russ en el siguiente. Parece que logró bloquear la puerta que lleva al compartimrnto de los zombis el cual está vigilando y revisando. Golpeo el vidrio para hacerle señas de que venga con nosotros.

Me sonríe mientras presiona el botón para abrir la puerta que nos comunica.

—Hay seis allá adentro —nos informa—. El conductor, una chica jovencita y los demás son vejestorios. Definitivamente apestan, pero no creo que vayan a darnos problemas, siempre y cuando mantengamos la barricada en firme.

—Entonces… —Pete está casi sin aliento, de esperarnos—, aquí tienen un mapa de la Gran Bretaña —señala la pared del vagón con un lápiz. Ahí, en un delgado marco metálico, hay un mugriento mapa de cartón, con las ciudades principales y las rutas de tren.

—Fabuloso, Pete —dice Smitty con entonación burlona—. ¿Y vas a escribir letreros de "Aquí viven monstruos", como en los mapas antiguos?

Pete suelta un resoplido impaciente.

—Qué bien que sigues tan ingenioso como siempre, Smitty —dibuja una flecha que lleva a un punto justo al oeste de Edimburgo—. Memoricé la secuencia de coordenadas del refugio de Smitty, y estos son los números que recuerdo de la segunda secuencia —escribe:

Smitty = 55, 46, 17 Norte, 03, 28, 18 Oeste.

Mamá de Bobby = 55, 55, 00 Norte, 00, ¿?, ¿? Oeste.

Tose para aclararse la garganta.

—Así que podemos afirmar que los dos lugares no están muy distantes entre sí. Pero la diferencia es que el segundo está un poco más al sur y tres grados más hacia el este —explica Pete con paciencia.

—¿Sí? —pregunto.

—Mira —dibuja una línea vertical que pasa por Edimburgo—. Sabemos que esto es aproximadamente tres grados de longitud oeste. Así que nos vamos un poco al este —dibuja otra línea vertical que pasa por Londres—. Sabemos que Londres está en los cero grados.

—¿En serio? —pregunta Smitty.

—Sí, porque cero grados es el meridiano de Greenwich, que es donde empieza todo —Pete parpadea y sus largas pestañas blancas aletean—. Es como el asunto de la hora: hora del meridiano de Greenwich, de cuando Inglaterra era el centro del mundo.

—Muy bien, te creo —algo así se me viene a la memoria, aunque no pienso reconocerlo.

—Entonces, en resumen —Pete sabe que somos una partida de ignorantes—, sabemos que la ubicación de la segunda secuencia de coordenadas está ligeramente al sur y bastante al este del refugio, en la longitud cero grados —su dedo se mueve sobre el mapa—. Y si nos movemos un poco al sur y hacia el meridiano cero, ¿a dónde vamos a dar?

Miro el mapa. Gran Bretaña tiene figura de bruja encorvada sobre su escoba, o quizás de camarón. Pero veo a qué se refiere Pete.

—Los cero grados vendrían a quedar en el mar —digo, sin más.

—¡Exacto! —da una palmada en el mapa—. Mar adentro. Es imposible llegar a los cero grados en tierra firme, a menos que salgamos de Escocia hacia Inglaterra, pero entonces estaríamos mucho más al sur que los 55 grados de latitud norte.

—¿O sea que tenemos la secuencia equivocada? —pregunta Russ—. El segundo número significa algo más.

—No —de repente lo entiendo todo—. Está en el mar —volteo hacia los demás, que me miran incrédulos—. Piénsenlo. La frontera está cerrada. Difícilmente nos va a hacer cruzar por tierra en forma clandestina. Y conseguir un avión puede ser difícil con tan poca anticipación, incluso para mi mamá. ¿Qué puede hacer, entonces? Pues conseguir un barco —les muestro la postal del faro—. Por eso el asunto del tema náutico. Para ella esto es el colmo de la diversión.

—Está bien —dice Smitty—. Así que vamos a nado hasta donde ella está, ¿o...?

—Los cero grados están bien mar adentro —exclama Pete—, muchos kilómetros más allá de la costa.

—Lo hizo así para que no tuviéramos la menor duda de que está en un barco —digo, asintiendo con la cabeza—. Vamos al faro. Encendemos la luz para hacerle señales, o algo así, y ella tendrá un plan.

—Puedo calcular dónde está el lugar exacto, pero sin GPS, va a implicar una buena dosis de adivinación —propone Pete.

—No importa, porque podemos esperar a que aparezca el faro —digo—. Sigamos a lo largo de la costa. Cuando lo veamos, nos detenemos.

—¿Y ahora qué sucede? —Alicia ha escogido este momento para despertarse y me mira con la cara mugrienta—. ¿Va a caer una tormenta?

—Sin duda alguna, Alicia. La tormenta se nos viene encima, y el faro es nuestro boleto a casa —afuera veo la playa, a veces cubierta por la niebla—. Tan sólo espero que no lo hayamos pasado de largo.

Capítulo 23

Smitty está de regreso en la cabina. Disfrutó narrándole a Alicia con lujo de detalles todo lo que ha pasado, hasta que ella le lanzó una botella de agua. Ahora acaba de encerrarse en uno de los baños del que sin duda alguna saldrá viéndose perfecta, como sabe hacerlo.

Russ está en el vagón siguiente al de los zombis, como vigía para encontrar el faro, mientras que Pete está aquí, pegado a la ventana a ratos y a ratos dibujando líneas en su mapa. Yo ando paseándome entre los asientos cercanos a la cabina, deseando que Elvenmouth aparezca de repente. Quiero ir y hablar con Smitty pero, por otro lado, no quiero que parezca demasiado obvio, menos aún a los ojos del propio Smitty.

Alicia vuelve.

—¡Caramba! No se ve para nada perfecta sino… verde.

—¿Estás bien? —me preparo para el impulso defensivo que suele soltar, pero se limita a pasarse la mano por el pelo.

—No, no estoy bien —se limpia la comisura de los labios con un delicado meñique—. Acabo de vomitar otra vez. Jamás vomito, pero ahora es todo lo que hago. Es muy desagradable.

—Estás embarazada —Pete no despega la vista de la ventana. Nuevamente, me preparo para que Alicia entre en una de sus fases de berrinche, pero en lugar de eso pone los ojos en blanco con desgano. Me arriesgo a ponerle una mano en el hombro, y ella no me esquiva.

—Te caíste por un precipicio. Te raptaron. Saltaste a un tren en marcha. Es demasiado en un solo día.

Casi llega a sonreír.

—Descansa —retiro la mano deliberadamente—. Te despertaremos cuando sea el momento. Te lo prometo.

Levanta una ceja rubia y me dice:

—Más les vale.

—¡Miren! —debajo de una mesa alcanzo a distinguir una caja que contiene bebidas—. ¿Alguien quiere algo de tomar? —saco una lata. Es roja y anaranjada, muy brillante, y dice "¡Necta!" con una letra retro llena de espirales—. ¿Es real u otro jugo de verduras que se inventaron?

Alicia toma una lata y la abre.

—No. Esta cosa la prohibieron en unas cuantas escuelas, porque despertaba a los alumnos. Exceso de cafeína y azúcar. Bien podría ser la cura de la infección zombi —se toma el contenido de un solo trago y se recuesta en un asiento.

—Lánzame una —Pete me tiende una mano, y le aviento una lata.

—Esta se la voy a dar a Russ —digo. Pete hace gesto de asentimiento mientras me dirijo al otro vagón. ¡Qué bien! Tengo una excusa para llevarle otra a Smitty después. ¡Ja! Como si necesitara excusas. Qué absurdo.

Así voy metida en mis pensamientos, oprimo el botón para abrir la puerta, se abre, entro y se cierra tras de mí, no veo a Russ. Tengo un ojo puesto en la costa, por si apareciera el faro, y el otro en la puerta del fondo del vagón, que permite ver a los zombis por encima de la barricada que Russ construyó. Ahí siguen, obvio, meciéndose al vaivén del tren y nada más. Probablemente ya se dieron por vencidos en tratar de atraparnos.

—*Brrrrrffff... ntacto... gggsss... ovedades.*

Una voz de timbre metálico me paraliza. ¿Dónde se metió Russ? No era su voz. El ruido provenía del fondo del vagón. Avanzo de puntitas hasta allá. Sigo oyendo la voz, pero muy amortiguada por el sonido del tren y la lluvia.

—*... eva situación... ¿comprendido?*

La última fila de asientos, a la izquierda. No veo nada desde aquí, pero voy caminando muy despacio hacia el origen del sonido, con un nudo que me va apretando las tripas. Era un radioteléfono, como los que oímos en la morgue. El recuerdo hace que se me hiele la sangre. ¿Dónde está Russ? ¡Diablos! ¿Se habrá metido al vagón de los zombis? La voz se calla.

Llego al final del vagón. Russ está acurrucado contra el piso con algo en la mano. Se da la vuelta y grita perplejo.

—¡Por Dios! Casi me matas del susto —se lleva la mano libre al pecho, y la otra, la que tiene el objeto, la oculta tras su espalda.

—¿Qué es eso? —señalo.

Lo observo a la espera de un estremecimiento, algún gesto mínimo en una fracción de segundo que lo delate y muestre que está inventando una respuesta. Pero no parece sentir ningún remordimiento, o es que sabe fingir muy muy bien... su frente se relaja y se le pinta una sonrisa en la boca.

—¡Qué alivio que seas tú! Encontré esto —me tiende el radioteléfono— entre las cosas de Pete.

No sabía que Pete tuviera "cosas", así nada más.

—Oí la voz —examino su expresión—. ¿Qué estaban diciendo?

—¡No sé! —se muestra genuinamente desesperado—. No logré entender nada.

Esa sí es una mentira, porque yo estaba a cierta distancia y pude oír con claridad algunas palabras.

—¿Es uno de los que había en la morgue? —le pregunto.

Se encoge de hombros.

—Podría ser. A lo mejor pensó en quedárselo, en caso de que luego resultara útil.

—¿Pero no se supone que la otra persona tiene que estar cerca para que uno la pueda oír? —doy un paso corto hacia atrás. Es una reacción instintiva que no puedo evitar. Y Russ la detecta y se da cuenta de que yo noto que la detecta.

—Quizá ha estado contactando a alguien —avanza hacia mí.

—Tal vez —respondo—. Tal vez ha estado en contacto con alguien todo el tiempo y por eso han sabido dónde estamos a cada momento. El helicóptero...

—Eso suena totalmente lógico —me mira, con el ceño fruncido—. Parecerá una locura, pero he notado algunas cosas en él que me hacen preocupar. ¿Tú no?

—¿Como qué cosas? —creo que puedo suponer a qué se refiere, pero no voy a adelantarme a decirlo.

Russ hace una mueca, como si recordarlo le produjera dolor:

—Destrozó el GPS, perdió el papel con los números y fue él quien tuvo más oportunidad de borrarlos de la ventanilla del jeep. Sopeso lo que dice. Sí, yo también noté esas cosas.

—Pero se acordaba de las secuencias.

—De algunas, nada más —contesta él—. Lo suficiente como para no levantar sospechas, sin que alcanzaran a sernos útiles de verdad. E incluso antes de eso, cuando el celular se extravió, él fue el último que lo tuvo en sus manos... y ahora este radioteléfono que aparece entre sus cosas —Russ menea la cabeza—. Lo relacionado con Xanthro siempre le ha fascinado, ¿o no? A lo mejor se lo ganaron en el hospital. Lo convencieron de que se uniera a ellos.

Quedo boquiabierta. Pero sí, yo también he llegado a pensar eso.

Russ levanta una mano:

—Quizás es pura paranoia nuestra. Me siento muy mal de suponer todo eso de Pete —se encoge de hombros—. Que esto se quede entre nosotros. Por ahora, nada más me voy a guardar el radioteléfono.

No digo nada. Simplemente me quedo ahí, porque en realidad no sé qué pensar, aunque tengo la sensación de que Russ organizó su discurso para quedar bien y hacer quedar mal a Pete. Pero todo eso también puede ser producto de la paranoia.

—¡Vengan! —nos grita Pete desde el otro lado, y me sobresalta.

Ambos parecemos contentos de tener una excusa para salir de ahí, y observo a Russ que se guarda el radioteléfono en el bolsillo. Posa una mano protectora sobre el bulto que se forma. Yo también tengo un bolsillo cargado, no lo olvidemos. El simple hecho de que no haya sacado su contenido no quiere decir que no lo vaya a hacer en algún momento. Sólo que necesito una razón suficientemente buena para hacerlo.

Pete está en la entrada de la cabina del conductor, con Alicia, sosteniendo el mapa que tomó de la pared. Corro tan rápido como me lo permite el bamboleo del tren, hasta llegar a ellos.

—¡Más despacio Smitty, más lento! —grita Pete, abriendo la puerta. Los alcanzo justo en el momento de ver la expresión sorprendida de Smitty—. Frena un poco ahora —dice Pete con firmeza—. Estamos en la zona.

—¿De qué estás hablando? —responde Smitty.

—Aquí —Pete extiende el mapa sobre el tablero y señala insistentemente con el dedo—. Calculé el lugar lo mejor que pude sobre el mapa ubicando el punto que indicó la mamá de Bobby, con un margen de error de unos cuantos kilómetros. A juzgar por la velocidad que hemos llevado, las poblaciones que hemos atravesado y que estamos en un tramo de vías que corre paralelo a la autopista y a la costa, estimo que estamos a tiro de piedra de nuestro destino.

—¿Qué? —dice Alicia.

—Que estamos muy cerca —le traduzco—. ¿Qué tan amplia es esta zona de la que hablas? ¿Qué tanto puedes haber errado en el cálculo?

Hace un gesto de negación.

—Bobby: este mapa no es muy detallado. Puede ser que ni siquiera esté a escala. Y me falta parte de la secuencia de coordenadas. La zona podría abarcar diez kilómetros, o veinte.

—Entonces, ¿nos detenemos? ¿Hacia dónde miramos? —grita Alicia—. ¿O nos bajamos y caminamos a lo largo de la playa hasta que veamos algo?

—Tal vez eso es exactamente lo que tenemos que hacer —me acerco al cristal de la ventana, con ojo avizor—. No se ven muertos vivientes por aquí.

—La niebla se está haciendo más densa —comenta Smitty—. Lo digo, nada más…

Viene del mar hacia la tierra, como una marea que sube lentamente. El tren empieza a descender por una colina baja, y tenemos la vista de una bahía más adelante. Se ve diferente de la línea costera de ondas suaves que hemos visto hasta ahora, muy diferente. Es una medialuna perfecta de arena pálida contra el agua color pizarra y la muralla blanca que forma la niebla. La línea de la bahía está tan claramente trazada que casi parece artificial.

—Desearía que tú estuvieras aquí —murmuro—. Parece una U,

y entonces recuerdo que en la postal la última U era especialmente notoria: "Desearía que tÚ estuvieras aquí".

¡Ay, mamá! ¿No había una manera menos enrevesada de ponerlo? Siento una risita que me sube por la garganta mientras observo las casas de colores que bordean el puerto. Conozco este lugar. Lo recuerdo.

—¡El faro! —grita Smitty.

Ahí está, en el puerto, la parte superior asoma por entre la niebla que sube. Recuerdo que hay una casita roja en una colina, que parece una cara cuyos ojos fueran las ventanas... Recuerdo tener la piel quemada por el sol, comer helado de un camión de paletas heladas, que una horrible mosca peluda me picó y no quería desprenderse de mi brazo ni siquiera cuando mi mamá trató de matarla de un golpe...

—Estamos en Elvenmouth —digo—. Vinimos aquí de vacaciones. Más de una vez, me parece, cuando yo era muy chica —murmuro—. Ni siquiera sabía que esto quedara en Escocia. Pero me acuerdo bien. Mamá sabía que yo lo reconocería.

—¡Gracias al cielo! —dice Alicia—. ¿Y ahora qué?

—Vamos al faro, lo encendemos y esperamos a que aparezca una lancha —dice Smitty, señalando con un dedo—. Tenemos que acercarnos todo lo que podamos, detener el tren y salir corriendo hacia el puerto.

Hago un gesto de asentimiento, y mientras tanto, Alicia grita:

—¡Alto!

—¡Tranquila! —la calma Smitty—. Déjame que saque... —y entonces mira de nuevo hacia delante, y no hace falta que termine la frase.

Ahí, en medio de las vías, está el helicóptero suspendido.

Todos gritamos mientras Smitty pisa el freno, con lo cual nos lanza contra las paredes de la cabina. Pero el tren no se detiene de inmediato.

—¿Puedes regresar en reversa? —grita Pete.

—¡Por supuesto, si supiera cómo hacerlo! —le responde a gritos, manipulando los controles. Los frenos rechinan, pero seguimos yendo hacia delante.

—Bajemos y corramos al faro —propongo.

—No pienso salir ahora —Alicia empieza a llorar.

—Todos calmados, por favor —dice Russ.

El tren va cada vez más despacio, hasta detenerse como a regañadientes. El helicóptero sigue sobrevolando delante de nosotros, a unos tres metros del suelo. Guardamos silencio y nadie se mueve. Vemos que nos observan y, por alguna razón, eso nos hace quedarnos inmóviles como estatuas.

—¿Qué hacemos? —susurra Alicia.

—Acelerar. ¿Chocar contra ellos? —digo medio en broma—. No pensarán que tenemos el temple necesario. Van a moverse de donde están, seguro.

—No creo que puedan aterrizar sobre las vías —comenta Pete.

—Nos quedamos aquí y ya —opina Russ.

—O vamos hacia atrás —propone Alicia.

—No sé cómo ir para atrás —dice Smitty, rechinando los dientes.

—No pueden quedarse ahí para siempre —añade Pete—. Tendrán que retirarse un poco para aterrizar, y entonces podremos huir a toda máquina.

—Estaré preparado para ese momento —Smitty se limpia una gota de sudor que le baja por la frente. Esperamos.

En ese instante, las puertas del helicóptero se abren, tres hombres de negro se paran en el tren de aterrizaje y saltan al suelo.

—Hasta aquí llegó esa buena idea —dice Pete.

—¡Acelera, acelera! —grita Alicia—. ¡Oblígalos a moverse!

Antes de que Smitty tenga tiempo de hacerlo, se oye un silbido y un estallido, y entonces todos nos tiramos al suelo.

—¡Están disparando!

—¿Esta cosa será a prueba de balas?

—¿Qué vamos a hacer?

—¡Todos, de pie, lentamente! —una voz resuena desde un megáfono—. ¡Todos! ¡Ahora mismo!

No nos movemos.

—¡Más vale que no nos obliguen a ir a buscarlos! —continúa la voz—. Levántense despacio y ninguno saldrá lastimado.

Smitty me abraza.

—Voy a entregarme, al fin y al cabo, me quieren a mí. Me pondré de pie muy lentamente mientras ustedes escapan por detrás.

—No seas tan egocéntrico. No sabes si te quieren a ti. Estaban muy interesados en nosotros antes de que te encontráramos —lo agarro por los hombros—. Me choca cuando sales con esas cosas.

Niega con la cabeza.

—Voy a hacer lo que dicen mientras ustedes, mis buenos muchachos, salen corriendo de aquí. Me encargaré de distraerlos lo suficiente, para que puedan sacarles ventaja.

—Tiene razón, debemos irnos —Russ me da una palmadita en el hombro y pasa a gatas frente a mí.

Smitty levanta una ceja.

—¡Pero qué fácil fue!

—Si él se va, yo también me voy —Alicia atraviesa la cabina en cuatro patas y abre la puerta.

—¿Y creen que vaya a funcionar? —pregunta Pete en voz baja—. ¿Esta treta para distraerlos? Te van a meter un tiro.

—Vete, Pete —lo apremio—. Yo me quedo para ayudar a Smitty. No hemos terminado con ellos, créeme.

Pete me responde con una mirada interrogadora, pero acaba por asentir y sale gateando.

Ya se fueron. Solamente quedamos yo y Smitty. El maravilloso y terco Smitty.

—¿Estás listo para todo esto? —le pregunto.

—¿Tienes una bandera blanca? —me contesta con una sonrisa mordaz.

—Estoy lista.

—¿A la de tres? —me hace un guiño.

—Como en los viejos tiempos.

—No, nada qué ver… —dice.

Lo miro frunciendo el ceño.

Se inclina hacia mí, me pone una mano cálida en la mejilla y me besa.

—Ahora sí es como en los viejos tiempos —dice, y me besa de

nuevo. Cierro los ojos, quisiera que el resto del mundo se evaporara alrededor.

—Esta es su última oportunidad —retumba el megáfono—. Pónganse de pie donde podamos verlos.

—¡Qué pervertidos! ¡Quieren vernos! —dice Smitty con una risita—. ¿Estás lista?

Hago un gesto de asentimiento.

Levantamos las manos por encima de nuestras cabezas, lentamente.

Hay un arma apuntándonos. El arma está unida a un hombre ubicado a un lado de las vías. El hombre misterioso, el de voz áspera y pasamontañas brilloso, está entre los rieles, con los brazos cruzados.

—¿Quieres ver lo que pasa si intento seguir de largo y atropellarlos? —murmura Smitty.

—Yo no lo haría —una voz que viene desde atrás. Nos volvemos rápidamente. Un tercer hombre de negro, una segunda arma—. Muévanse —nos invita con el arma, y pasamos junto a él, rumbo al primer vagón—. ¿Hay algún otro de ustedes del que debiera estar enterado?

—No, sólo somos nosotros —respondo esperando haberles dado a los otros suficiente tiempo para escapar.

Por la puerta veo que los dos hombres que estaban en las vías, caminan por el borde de pasto que hay más abajo. ¡Mierda! Alicia y Pete también están ahí, mirándonos con expresión realmente rara.

¿Estarán tratando de decirnos algo?

Luego caigo en la cuenta: Russ no se ve. El corazón se me encoge al constatarlo. Probablemente está del lado de los malos, al fin y al cabo. Los llamó por el radioteléfono para entregarnos en bandeja de plata.

El hombre misterioso avanza un paso y abre la puerta. Sus ojos chispean, pero no puedo ver nada más de su cara por culpa del estúpido pasamontañas. Sin embargo, me parece que debe estar sonriendo. Me hace un gesto de saludo.

—Hola, Bobby. Qué bien tener tiempo de conversar como se debe otra vez.

Capítulo 24

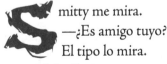mitty me mira.

—¿Es amigo tuyo?

El tipo lo mira.

—Hola, Smitty.

—Hum, hola —Smitty lo mira extrañado—. Perdóneme, pero no puedo reconocer su ronca voz.

Durante unos instantes me parece que sí la reconozco. De cerca se oye áspera y gangosa, como si tuviera un tremendo ataque de amigdalitis. Pero sigue habiendo algo familiar. Y no es porque conozca nuestros nombres. Buscan a Smitty, me buscan a mí. Somos dos híbridos, cruzas mestizas o algo así. Estamos condenados a una vida de experimentos en un hospital secreto, bajo tierra.

—¿Cómo se encuentran muchachos? —con cierta dificultad, el hombre sube los escalones para meterse al tren. No hay mucho espacio para todos en esta zona junto a la salida, así que retrocedo hacia el interior del vagón. El tipo del arma me apunta. Está bien señor. No voy a ninguna parte. Despacio, apoyo mi trasero contra el borde de una mesa.

—Han hecho un buen trabajo para huir de nosotros —continúa el hombre—. Y sobrevivieron. Eso no hay que subestimarlo —su voz es verdaderamente áspera. A lo mejor es su malevolencia, una especie de requisito para su trabajo—. Les dije que eran muy ingeniosos, pero no me creyeron, que eran unos niños. Pero tenía razón, ¿ven? Por lo general la tengo. Están empezando a entenderlo.

Bueno, esto se está poniendo cada vez más raro. Sus ojos, algo en ellos, me resulta conocido… lo sé…

—No puedo expresarles lo satisfecho que estoy de poder tener esta oportunidad para hablar —y suelta una especie de carcajada que suena como un gorgoteo.

Smitty me lanza una mirada de total perplejidad.

—Dejamos las cosas en muy malos términos cuando andábamos juntos —se acerca más y puedo verle los ojos. Son cafés. Y la piel alrededor es roja, roja brillante—. Y me encantaría que no quedaran resentimientos —levanta una mano y me toca la cabeza calva y luego, con delicadeza, casi con cariño, desliza la mano hacia mi mejilla.

Smitty se abalanza sobre él, y al instante me veo transportada a la cocina del castillo. Una mano que acariciaba mi cara. Una pelea a puños entre Smitty y uno de los estudiantes. Ese *déjà-vu* no deja de repetirse en mi memoria. Sé quién es este personaje, lo que me hace sentir náuseas.

Smitty forcejea con el tipo en el suelo hasta que el hombre armado salta sobre ellos. Esta vez no es una pelea pareja. Smitty tiene desventaja de número y está desarmado. El tipo del arma lo levanta de un tirón y el que está en el suelo empieza a reírse.

—Sabes quién soy, ¿no es cierto, hombrecito? —deja de ver a Smitty para voltearse hacia mí, llevándose la mano al pasamontañas, listo para sacárselo y revelarnos su identidad—. Pero tú todavía te vez algo confundida, Bobby.

—No tanto, Michael.

Me adelanto a su sorpresa evitando que tenga esa satisfacción. Su mano se detiene y el pasamontañas permanece en su lugar.

—Perdona que te arrebate los reflectores —doy un paso atrevido hacia delante—, pero siempre fuiste un poco más lento que nosotros.

Sus ojos se entrecierran y se arranca el pasamontañas.

—Y ésta es la prueba.

El estómago se me encoge y un grito se me escapa antes de poderlo evitar. La cara de Michael está distorsionada más allá de lo imaginable. Un lado parece que se hubiera escurrido, como si la piel y los músculos hubieran sido empujados hacia abajo para mantenerse allí. Su cara es roja y negra. Las cejas se quemaron, quedando sólo unos mechones escasos de pelo en su cráneo lleno de costras. Los labios se ven encogidos con la piel brillante en donde perdió la capa externa. Pero lo más impresionante es la nariz, porque desapareció. Hay una mínima elevación para las fosas nasales, pero la punta no existe, como si se hubiera derretido.

Víctima de sus propios actos, en un intento por asustar a las hordas de zombis con una lata de gasolina y una antorcha, lo que logró fue prenderse fuego a sí mismo. La última vez que lo vimos, era una llamarada humana, y éste es el resultado.

Se ve peor que un zombi, lo que de verdad debe pesarle. Y por la manera en que nos mira, sé que nos culpa de todo.

—¿Cómo...? —no puedo evitar preguntar—. Deberías estar muerto.

—¡Ah, tuve suerte! —fanfarronea—. Sabía dónde había un muy buen hospital.

—¿Y te acogieron? —grita Smitty, bajo la mirada de los dos tipos armados—. Las últimas noticias eran que los de Xanthro te querían bien muerto.

—Hummm, es curioso cómo resultan estas cosas, ¿cierto, Smitty? —Michael se vuelve hacia él—. Yo era la última conexión que tenían con Osiris. No se sabía de Grace, y se temía que estuviera zombificada. Shaq ya se había convertido en muerto viviente. Y la mamá de ella... —me apunta con un dedo—, sin paradero conocido. Sabían que el estimulante y el antídoto habían desaparecido del laboratorio, y luego encontraron el estimulante en el lugar del accidente del autobús —se vuelve hacia mí—. Gracias por dejarlo ahí, corazón.

Consumo hasta la última gota de mis fuerzas para ocultar mi reacción, cosa de la que se percata y me da la espalda, riendo. Algo llama mi atención en el tren, detrás de nosotros.

Russ está en el siguiente vagón. Veo la parte superior de su cabeza a través del vidrio, como si estuviera acurrucado en el piso. Tiene los ojos muy abiertos, y es evidente que está muy tenso. Y luego me doy cuenta de la razón: tras él, hay sombras que se mueven. Las siluetas de los muertos vivientes que están en el otro extremo de su vagón. Los dejó salir, retiró la barricada para atraerlos hacia nosotros. La que se nos viene encima.

Michael no ha aprendido ninguna lección de sus errores pasados.

—Así que se ponen a pensar dónde puede haber quedado el antídoto.

Y luego interpretan entre una serie de imágenes de las cámaras de seguridad y unas llamadas de celular que interceptaron, ¿y a qué conclusión llegan? Pues resulta que la doctora mamá de Bobby está metida en el asunto, y no sólo ha aparecido para salvar la situación, sino también a su hijita —me sonríe.

—¿Sí? —trato de mirar hacia el otro lado del vagón sin que él lo note. Russ sigue allí mientras las siluetas se le acercan. Mueve los labios para indicarme algo. Levanto una ceja volviéndome hacia Michael—: Les llevó bastante descifrar todo el asunto.

—Les hubiera tomado más. No sabían quién eras al principio, pero como yo también estaba en el hospital, pude ayudarles —se inclina hacia mí—. Debido a los talentos especiales de tu padre, estaban muy interesados en ti. Te hicieron una buena cantidad de cosas mientras estabas sin conocimiento. ¿Tuviste sueños excitantes? —su cara, vista de cerca, se ve descarnada y supurante—. No podías evitar nada de eso. ¿Disfrutaste la experiencia?

Smitty grita y yo me preparo para darle un puñetazo en su cara llena de pus. Pero esta vez es más rápido y lo esquiva. El impulso me desequilibra y caigo al suelo. Smitty se enfurece y, por un instante, todos se lanzan sobre él, hasta el tipo encargado de vigilar a Pete y a Alicia. Nadie repara en mí, así que es mi oportunidad. Corro todo lo que puedo por el pasillo del vagón y abro la puerta del fondo. Russ me mira y, sin palabras, ambos nos dejamos caer por la salida de emergencia del vagón, abriéndola para ir a dar al borde de pasto de las vías, afuera. Estiro el brazo y cierro la salida justo cuando aparece el primer zombi, el conductor. Como es incapaz de alcanzarnos, camina tambaleante hacia las otras personas sin boleto.

—¡Smitty! —grito. Russ y yo empezamos a correr a lo largo del tren, hacia adelante. Justo cuando llegamos al punto donde Alicia está mirándonos confundida en el pasto, Smitty aparece, cayendo de la puerta. Russ estira el brazo para tocar un botón. La puerta se cierra automáticamente.

El primer tiro se deja oír. Al principio me parece que nos están disparando, pero luego me doy cuenta de que es a nuestros compañeros de viaje que avanzan por el primer vagón.

—¡Corramos! —grito, levantando a Smitty de un jalón. No les tomará mucho tiempo presionar el botón y abrir la puerta.

—¿Dónde está Pete? —grita Russ.

Una cresta de pelo blanco aparece por la puerta de la cabina. Pete se baja del tren con una mueca irónica.

—Espero haberlo hecho a tiempo. Los encerré.

—¿Cómo? —digo corriendo.

—Las puertas del vagón locomotora tienen seguros eléctricos —jadea Pete—. Corté todos los cables, espero que funcione.

Debe haber hecho algo adecuado porque, por el momento, no oigo balas que pasen zumbando a mi lado, ni me persiguen hombres de negro. Pero no me confío en que esas puertas resistan mucho más, o que pierdan mucho tiempo antes de que se les ocurra escapar por la cabina. Y está también el asunto del helicóptero que, tras dejar las vías, da vueltas amenazante sobre nosotros.

—¡A los embarcaderos, corran! —grita Russ, a la cabeza. Atravesamos un campo de pasto muy crecido en el que los mojados tallos me azotan los muslos al avanzar. Hay una reja de barrotes y una carretera que rodea una especie de parque que da hasta la playa.

Ahí, frente a nosotros, está la niebla. Se eleva del mar y se extiende hacia nosotros a través del pueblito, dejando algunos huecos de cielo abierto, tanto en la playa como en la pared tras los embarcaderos, pero en su mayoría es densa e impenetrable.

Nos detenemos en seco.

—¿Oyen a los muertos? —jadea Alicia.

No hace falta que le respondamos, pues todos los podemos oír. Los gemidos se elevan al igual que la niebla. En alguna parte de esa masa gris que cobija los muelles, hay cuerpos, muchos de ellos, empujándose, tambaleándose, aguardándonos.

La parte alta del faro apenas se vislumbra entre la niebla. No podemos rodearla, ni avanzar por encima o por debajo de ella. Sólo nos queda atravesarla.

—No pueden vernos —murmura Smitty—. Será como tratar de jugar a la gallina ciega, esquivándolos.

Miro hacia atrás. Los zombis del tren y las puertas cerradas no les darán mucho problema a los tipos de negro, es cuestión de un par de minutos para que salgan a perseguirnos.

—Tenemos que ser veloces y silenciosos —digo con firmeza—. O llegamos al faro o nos fregamos —debo predicar con el ejemplo. Tomo aire—: ¡Por aquí! —me decido y salgo como un bólido a internarme en la niebla.

Siento que la niebla me envuelve como un abrazo helado de miedo que se desliza por mi piel. Avanzo a ciegas, de puntitas, tan rápido como puedo. Nunca en todas mis aventuras bajo tierra sentí un enclaustramiento semejante. Extiendo las manos hacia delante, pues no tengo manera de saber quién está frente a mí o a los lados, ni quién me acecha desde esa capa húmeda de blancura que amenaza con sofocarme. A diferencia de lo que sucedió en el bosque, esta vez sé que están aquí, a veces a unos cuantos metros. Los oigo, los puedo oler, distingo líneas, formas tambaleantes, casi alcanzo a sentir que me respiran en la nuca. El corazón me retumba en los oídos, la sangre me hierve en el cerebro y me hormiguea en los dedos extendidos hacia delante. Tengo que concentrarme en avanzar o me quedaré paralizada, con las manos cual garras que intentaran atrapar los últimos jirones de valentía que rápidamente se me escapan con la niebla.

Detrás de mí percibo a Smitty y a Russ, no muy lejos. Cada tanto oigo gritos reprimidos por encima de los gemidos. Alicia viene también. Y si ella está ahí, Pete igual, en alguna parte. Sólo podemos movernos hacia delante, no nos queda más que continuar. Bajo nuestros pies hay redes de pesca inutilizadas, rollos de cuerda y trampas para langostas. Debemos estar muy cerca de la pared de los muelles.

Por favor mamá, asegúrate de estar ahí esperándonos. Más te vale tener una lancha que sea rápida, preferiblemente una que se convierta en submarino y nos saque de aquí, fuera del camino de los monstruos, lejos de los hombres armados.

Me golpeo los dedos del pie contra un muro bajo. He llegado a los embarcaderos. Puedo oler el mar que va y viene en alguna parte más abajo. Y poco después veo los botes que se mecen en la niebla. Canturreo una canción marina añadiéndole a la letra algo sobre zombis.

Me sirvo del muro bajo para guiarme por la zona de los muelles, hasta que veo unos escalones que ascienden. Ya llegamos. Encontramos el faro de Elvenmouth.

Subo corriendo los escalones entre la niebla. Hay una puerta color azul brillante, con muchas capas sucesivas de pintura. Ay, espero que no esté cerrada con llave. Tiento la perilla que gira sin problemas. ¡Eureka!

Los demás llegan hasta el final de los escalones, con la cara muy pálida. Sin decir palabra, abro la puerta lentamente, con todos y cada uno de mis nervios de punta, esperando a cada instante que un monstruo se me abalance.

Pero no hay ninguno. Sólo un vestíbulo vacío, con una escalera de hierro y bronce que asciende en espiral detrás de una puerta enrejada metálica, con una valla en la parte de arriba, hecha de barrotes que se entrecruzan. Russ se lanza hacia la puerta. Gira la perilla y la jala hacia él. No se abre. Trata de forzarla, de empujarla. Y luego se vuelve hacia mí.

—¿La llave?

Le tiendo las manos.

—¿Qué llave? No tengo ninguna llave.

Russ se vuelve hacia Smitty.

—¿La mamá de Bobby te la dio a ti?

—No —contesta Smitty—. ¿No crees que, de ser así, ya lo hubiera mencionado?

—¡Ay, por Dios! —camino para acá y para allá—. Fue algo que pasamos por alto. Algo en el refugio —me quito la mochila y empiezo a tantear el forro. Mamá debió dejarnos una llave. Jamás hubiera cometido un error semejante.

—A lo mejor está aquí —dice Alicia, buscando en el desangelado vestíbulo, recorriendo con las manos las paredes de piedra—.

No. Debajo de una piedra, afuera. La gente siempre esconde las llaves debajo de una piedra junto a la puerta.

—Voy a ver —dice Russ que se agacha para buscar afuera.

Mientras tanto, Smitty se ha trepado a la puerta enrejada y busca desprender la barrera superior. Entre la puerta y la barrera hay una abertura del ancho de dos manos. Smitty trata de meterse por ahí, pero es demasiado grande.

Yo sí cabría.

—Así es que se supone que debo entrar yo —digo, casi para mis adentros. Antes de que comience a hacerlo, Russ irrumpe por la puerta.

—Los soldados están aquí —susurra—. Caminan entre la niebla. Vienen hacia acá.

—¿Podemos mantenerlos fuera? —pregunto—. ¿Poner algo para mantener esta puerta cerrada? —pero ya sé la respuesta. No hay nada aquí. Además, ¿con qué propósito lo haríamos? Una vez que se den cuenta de que estamos aquí metidos, no tendremos escapatoria.

Me dirijo hacia la entrada, con la mano en el bolsillo.

—Que uno de ustedes se meta por esa abertura para encender el maldito faro. ¡Pete! —lo señalo con el dedo—. Tú eres lo suficientemente flaco, y lo suficientemente inteligente. ¡Hazlo!

Ha llegado el momento. Esperaba que nunca llegara, pero no fue así. No tenemos adónde huir ni dónde escondernos. Sólo existe una solución.

Me llevo la mano al bolsillo en busca de la pistola.

Capítulo 25

Saco la pistola. Todavía está envuelta en el plástico. ¡Por favor! ¿Cómo fue que no la dejé ya lista? Eso no me permite desenfundar rápidamente. Pero está cargada, eso lo sé. Trato de desprender la cinta adhesiva con mis manos congeladas, y de evitar que se me caiga mientras lo hago.

—¿Qué tienes ahí? —pregunta Russ con tono de exigencia—. ¡No vas a ir allá afuera!

—¡Atrás! —lo prevengo. Russ retrocede un poco—. Pete, sube las escaleras rápido. Smitty y Alicia, más vale que le ayuden —al fin logro liberar la pistola de su envoltura de plástico y la oculto con mi cuerpo para poder revisar el seguro.

—¿Y qué vas a hacer tú? —lloriquea Alicia—. Deja de darnos órdenes, pelona fracasada.

—¡Hazlo ya! —me vuelvo y le apunto con la pistola. Es un golpe bajo, lo sé. En serio, es algo que no se debe intentar hacer en casa. Pero me da un par de segundos gloriosos de satisfacción. Porque al ver la pistola, se caga de miedo y se derrumba sobre el frío suelo de piedra. Si voy a morir en cuestión de minutos, cosa que creo muy probable, al menos habré logrado dominar a Alicia.

Smitty traga en seco:

—¿Qué diab...?

—La cosa es contigo también —lo interrumpo—. Yo los entretengo mientras ustedes encienden el faro para que mi mamá nos encuentre.

Smitty me mira de una manera... con algo de confusión, un tanto de admiración, perplejidad, y también una pizca de deseo y terror por ahí... que por poco me hace ceder. Pero él obedece. Porque cuando hay una pistola de por medio, eso es lo que uno debe hacer.

—No puedo creer que tenga una estúpida pistola. Durante todo este tiempo, una maldita pistola.

Oigo cómo Alicia arma un alboroto detrás de mí mientras abro la puerta azul y salgo a la niebla arrastrándome sobre el estómago. Llegó el momento. Quito el seguro. Respiro. La piedra fría y húmeda sobre la cual estoy tendida me da escalofríos. Pero estoy sudando bajo la ropa. Empuño el arma, observo por la mirilla. Tres siluetas que entran y salen de entre las capas de niebla en la playa. Pero pronto llegarán a los embarcaderos, será cuando yo dispare. No soy un francotirador con un rifle. Ésta es una pistola, no más. Si voy a dispararles, será cuando estén más cerca, pero no tanto como para que desaparezcan entre la niebla.

Michael está señalando el muro de la zona de los muelles. Nos ha visto, o tal vez oyó los gritos del ataque de Alicia. Vienen hacia acá, llegarán en unos cuantos segundos. Encuentro unas trampas para langosta tras las cuales ocultarme.

Ahora, hay que hacerlo, hay que matar a alguien.

Pero ¿a quién? ¿Quién será el primero? Me gustaría liquidar a Michael sin pensarlo, pero a pesar de que lo odio tanto, es más difícil de lo que pensé. Debí morderlo cuando lo tuve al alcance. Si estoy en lo cierto, y estoy infectada, tal vez ya estaría zombificado para este momento. Eso habría sido más fácil que dispararle a sangre fría.

Bien, entonces no será él. Por lo menos no conozco a ninguno de los otros dos. Además, están armados. En cuanto yo dispare, me contestarán. Tiene más lógica liquidar a uno de esos primero.

De tin marín de do pingüé…

Al final me decido por el que está más cerca, el mejor blanco. Perdóneme señor.

Apunto, aprieto suavemente el gatillo. Nada. La pistola pesa y hace que me duela la mano. Aprieto más. Siempre un poco más de lo que uno cree…

Se oye un estallido, casi que salgo despedida hacia atrás, al mar, aunque estaba preparada para un golpe de retroceso por el disparo. En cambio, los tipos no estaban esperando nada semejante y dan un brinco. Pero todos aterrizan de nuevo en una pieza. Fallé el tiro. Y me doy cuenta de que ésa era mi intención. No soy capaz de hacerlo. Puedo dispararles pero no puedo matar. ¡Qué cosa más descabellada! Ellos podrían matarme sin pestañear, y yo no soy capaz de dispararles.

Bueno, tal vez a una pierna...

Tengo que apuntar bien, pero ellos ya entendieron la situación y están a cubierto. Disparo de nuevo, para que sepan que el primero no fue pura casualidad. Y ahora viene la batalla. Desafortunadamente, sé que llevo la desventaja, porque ellos son tiradores entrenados, armados con rifles, mientras que yo no soy más que una jovencita con buena puntería pero sólo tres balas en el cargador y atrincherada tras una trampa para langostas.

Pero todo esto nunca fue una cuestión de ganar o perder, sino de hacer tiempo y en ese sentido, funciona. Un minuto después se oye un golpe fuerte seguido de un repiqueteo y un zumbido, y el faro se enciende. Pete lo logró, nunca lo he admirado más que ahora.

Disparo un tiro, me arrastro de regreso a la puerta y la abro. Smitty y Alicia me esperan dentro.

—Agáchense y corran. Corran hasta el extremo del muro —les hago gestos con la pistola para que salgan, y se van, brincando escalones abajo hacia el agua. Me agacho, medio asomada y medio protegida por la gran puerta azul de madera.

Me parece que oigo el ruido de un motor de lancha allá lejos, en alguna parte, pero quizá no es más que mi imaginación febril.

Sólo queda una bala. Tengo que aprovecharla bien...

—Pete, Russ —murmuro, incapaz de despegar los ojos de los lugares donde los soldados se ocultaron y vigilan el faro—. ¡Muévanse!

Los soldados están retrocediendo. Increíble. ¿Sabrán lo que hicimos? ¿Sabrán que llegaron demasiado tarde? ¿Que están derrotados? ¿O estarán esperando refuerzos? Sólo Michael sigue ahí, saliendo de su escondite tras el muro. Me mira. Podría eliminarlo. Tal vez es lo que él quiere.

Se oye un ruido, un golpe en el faro, y me volteo a mirar.

Pete y Russ están tendidos en el suelo junto a la puerta de barrotes. Al otro lado, hay un zombi barbado y enfurecido. Les lanza alaridos, manoteando con fiereza para tratar de arrancarles algo de carne. Pero están fuera de su alcance.

Me arrastro hacia ellos.

—Estaba escondido... arriba... —jadea Pete—. Me atacó. Me hizo rodar escaleras abajo.

—Pero lo lograste, Pete —le doy un apretoncito en el brazo—. Encendiste la luz y volviste entero.

Pete me mira adolorido.

—No sé... —se lleva una mano a un lado del cuerpo y nos la muestra teñida de rojo.

—Te mordió —dice Russ.

—No estoy seguro —contesta Pete—. Me lastimé durante la bajada —mira a Russ—, y cuando me jalaste para que pasara por la rendija.

—Viejo, venía pegadito a ti —dice Russ, negando con la cabeza.

—Sí, pero... —los ojos de Pete se llenan de lágrimas—. Pensé que me había librado de ésta...

Russ se levanta.

—Tendremos que dejarlo.

Niego en silencio.

—Piénsalo de nuevo. Los soldados retrocedieron. Podemos irnos ahora.

—No con Pete —dice Russ—. Va a convertirse en zombi.

Empuño la pistola con fuerza.

—¿No me oíste, Russ? Yo no abandono a mis amigos mordidos a su muerte.

—Esta vez no tienes antídoto, Bobby —agrega Russ. Pete se ve afligido.

—Tenemos a Smitty. Y tenemos a mi mamá. Ella encontrará alguna salida —levanto la pistola hacia Russ—. Detesto hacer esto, pero muévete. Porque ya me harté de estar perdiendo el tiempo.

Russ abre la puerta y le ayudo a Pete a salir, asegurándome de tener encañonado a Russ en todo momento.

Tan pronto como salimos, percibo un ronquido inconfundible, el sonido de un motor que viene del mar. A través de la niebla, vislumbro una silueta. Una lancha pequeña viene hacia nosotros. La niebla oculta todo menos los contornos, pero ya sé lo que viene.

—Está aquí —digo—. Mi mamá viene por nosotros.

Smitty y Alicia están acurrucados en los escalones de piedra que llevan al agua. Nos agachamos a su lado, a esperar. Con la mirada pegada al mar, deseo fervientemente que la lancha llegue rápido. Un poco más allá de la orilla, alcanzo a distinguir una forma redonda flotando en el agua. Al principio pienso que es una boya, pero es demasiado grande y, al verla con cuidado, me doy cuenta de que encima tiene una diminuta luz roja intermitente.

—¿Qué...? —empiezo.

—Es una mina —tartamudea Pete—. Está anclada, sin duda, y es letal. Explota al contacto. Me había estado preguntando qué usarían para cerrar las fronteras marinas. De otra forma, ¿cómo mantienen a la gente dentro?

Alicia lo mira fijamente.

—¿O sea que eso es una bomba?

Pete asiente mientras el sudor le corre por la pálida cara.

—Deben tenerlas dispersas por toda la línea costera. Y sin duda unas cuantas mar adentro. Más que nada para disuadir a cualquiera.

La lancha se acerca, lo suficiente como para que yo logre distinguir la figura que va a bordo, quisiera gritarle a mamá que tenga cuidado. Pero cuando está a punto de chocar con la mina, la esquiva con destreza. Suelto un suspiro de alivio.

Sin embargo, canté victoria demasiado pronto.

Se oye un grito, un chillido, miro detrás de mí y veo a Pete con los brazos extendidos y una expresión de dolor, cayendo sobre mí.

¿Ya se convirtió? ¿Tan rápido?

Se derrumba sobre mí, con lo que mi muñeca vuelve la pistola contra mi cuerpo. Después, una mano me agarra y me jala hacia atrás y tropiezo en un escalón. La pistola sale volando, cae sobre la piedra y se dispara. Me preparo para caer a la fría agua, y el mundo queda envuelto en una oscuridad que me traga entera.

Capítulo 26

Estoy flotando de espaldas en aguas grises y turbulentas. Las olas me empujan para acá y para allá... en realidad me lanzan hacia arriba y me reciben de nuevo, como solía hacer mi papá cuando era niña. Y ahora, al igual que entonces, resulta divertido. Pienso que debería darme miedo, y frío, y que la sal debería producirme ardor en los ojos y la garganta. Pero, en cambio, me siento bien. Bastante contenta de estar aquí, dejando que todo suceda, ya no puedo hacer nada para evitarlo. Porque después de todo este tiempo de tener que tratar de controlar esta locura, ahora voy a dejar que venga lo que venga. ¿No es genial? Voy a dejar de luchar. Incluso sonreiré. Que la marea me alce por los aires. Que el mar me golpee contra las rocas o me ahogue en las turbias profundidades. Me parece bien, de verdad. Porque estoy aturdida, ya no me importa nada ni nadie, y me siento excelente.

Pero entonces, volteo y veo a Smitty. También está flotando, pero no se mueve. Tiene la cara metida en el agua, los brazos extendidos a los lados, el torso al vaivén de las olas. Durante un horrible instante tengo la impresión de que un tiburón le arrancó las piernas de cuajo, pero luego las veo debajo del agua, colgando inmóviles. Me enderezo cuanto puedo, lo tomo por la chamarra de piel y trato de voltearlo boca arriba para que pueda respirar para que así podamos surcar las olas juntos, siguiendo la lucha hasta el final.

Es muy pesado. Parece que tuviera lastre, y está empapado. Mis músculos no dan más, el frío me atenaza, y me doy cuenta de que a duras penas logro mantenerme a flote en esta agua, así que no podré con el peso de ambos.

Veo un barco enorme a cierta distancia. Cada vez que una ola nos eleva, alcanzo a divisarlo. La esperanza me aguijonea el corazón.

Va a ser muy difícil, pero podemos llegar allá. Sólo necesito que Smitty coopere.

—¡Smitty! —lo sacudo para despertarlo, gritando sobre su negra cabeza—. ¡Smitty!

Justo cuando ya me parece que todo está perdido, una ola me ayuda y lo voltea dejándolo con la cabeza colgando hacia delante, el pelo oscuro pegado a la cara. Lo tomo por las solapas de su chamarra y lo jalo hacia mí. Le paso una mano por la cara, para despejarla de los mechones de pelo adheridos.

Tiene los ojos abiertos. Sonríe.

No es Smitty. Soy yo.

Al quedar boquiabierta, me trago una ola entera hundiéndome cinco brazas en las agitadas aguas.

No es más que un sueño.

Me despierto, jadeando, como si alguien me hubiera obligado a permanecer bajo el agua.

Estoy sola, tendida en una cama. No se oye más ruido que mi respiración entrecortada y los latidos de mi corazón que siento en los oídos. Me agarro del marco metálico de la cama, miro al techo blanco brillante, tratando de recuperar el equilibrio pues siento como si la habitación subiera y bajara, y resisto, a la espera de la calma.

Que nunca llega.

¿Dónde diablos estoy?

—¿Hola?

Luces radiantes. Una habitación. Paredes blancas.

¿Otra vez? ¿Estoy de nuevo en el hospital? ¿Una vez más?

Siento la bilis en la garganta y trato de sentarme. Muevo un pie y se me escapa una palabrota porque me golpeo contra la cama. Veo un pequeño panel de control que cuelga de un lado de la cama. Tiene un botón que dice "Enfermera".

—Muy bien, pues que venga.

Pasan un par de minutos. Tal vez menos, no estoy segura. Y entonces la puerta se abre y una cabeza asoma.

Es mi mamá.

Maldita sea, caramba. Sigo soñando. En serio, ya quiero despertarme. Busco un área de piel descubierta para pellizcarme.

Y ahí está ella, junto a mi cama, como si no necesitara cruzar todo el cuarto, como si hubiera levitado hasta aquí cual ángel, lo que encaja perfectamente porque esto es un sueño y cualquier cosa es posible en los sueños.

Me mira. Toma mi cara entre sus manos, entrecierra los ojos y por sus mejillas bajan grandes lágrimas que caen sobre mí. ¡Ay, Dios! ¡Qué escena! Ahora sé que definitivamente me tengo que despertar. ¡Por favor! Acaba de besarme y solloza.

—¡Bobby! He estado tan preocupada por ti. Lo siento tanto mi niña —más lágrimas ruedan.

¡Diablos! Esta mamá de mi sueño es tan melodramática. Completamente cursi y lacrimosa, literalmente.

Después, la puerta se abre de nuevo y entra Smitty. Y luego Pete y Russ. Y tras ellos un tipo musculoso de negro que no conozco, y por último una mujer en uniforme médico que se ocupa de algo en mi muñeca. ¡Caramba! Esto es como para el mago de Oz... yo soy Dorothy y todos estos personajes deshilvanados que inexplicablemente aparecen en mi habitación en realidad son mis amigos en el sueño.

¿Estoy soñando aún?

—¡Ay!

La enfermera me clava una aguja.

—Perdón —se retira y me sonríe.

—No es más que una muestra de sangre para analizar, Bobby —dice mi mamá—. No hay por qué alarmarse. ¿Cómo te sientes?

—Nos diste un buen susto —interviene Russ—. Te abriste la cabeza contra el borde de la lancha. Había sangre por todas partes.

—Nada bonito, Bobby —Smitty me sonríe.

—Luego de todos tus esfuerzos en el enfrentamiento armado, no fue justo que te perdieras el final —comenta Pete.

—Un momento —me enderezo agarrándome de las barandillas de la cama—. ¿Dónde estamos? —apoyo un pie en el piso frío y

trato de ponerme de pie—. ¡Tú! —exclamo, señalando a Pete—.
Te mordieron, te zombificaste, trataste de atraparme —el piso se
mueve bajo mis pies. Me tambaleo, y siento la náusea que me sube
por el gaznate. Todos gritan "¡Cuidado!", y mamá y la enfermera me
ayudan a volver a la cama.

—Pete está bien. Tiene una herida, pero no resultó infectado
—dice mamá.

—Ya me remendaron, Bobby —Pete empieza a levantarse la camiseta—. Estoy perfectamente bien. Lamento mucho lo que sucedió en el embarcadero —se encoge de hombros—. Todo fue muy
rápido, y mis recuerdos son borrosos. Así que lo que creo es que
resbalé y caí sobre ti.

—¿Y estamos a salvo aquí? —me vuelvo a mirar a mi mamá.

—Éste es un barco-hospital —dice mamá—. Estamos en el Mar
del Norte, en un lugar seguro.

Miro la habitación a mi alrededor. Hay un maldito ojo de buey.
Ésa debió ser una clave obvia. Aunque el último hospital en el que
estuve tenía mariposas tropicales, y ya sabemos en qué acabó todo.

—Entonces, teníamos razón en las coordenadas —la habitación
sigue meciéndose ante mis ojos, pero al menos ahora sé que no soy
yo. Miro a mamá—. Aquí es donde nos has estado esperando.

—Estábamos vigilando la bahía. Tan pronto como vimos venir el
tren, tuve la corazonada de que serías tú. ¡Tienes una manera de hacer
las cosas! —suelta un silbido y mueve la cabeza sorprendida—. Sabía
que éste era el único sitio en el que estaríamos todos a salvo. Moví
algunos contactos. Nos quedaremos aquí mientras pasa lo peor.

—¿Los soldados?

Mamá hace una pausa.

—Los disuadimos de que nos siguieran.

—Bien… —miro alrededor—. ¿Y Alicia dónde está?

Mi mamá sonríe a medias.

—Estaba un poco indispuesta… un poco mareada. Fue a acos-
tarse un rato para sentirse mejor.

Sé cómo se debe estar sintiendo. Yo espero acostumbrarme al
movimiento del barco lo antes posible.

—Necesitas reposo —dice mamá.

La miro con sospecha.

—¿El tipo de reposo en el que me dopan y cuando me despierto todos han desaparecido del maldito lugar menos los que se han convertido en zombis mientras yo roncaba como cerdo?

Mamá hace un gesto al oír mi cuidado lenguaje.

—No, Roberta. No es reposo de ese tipo. Cuando hayas dormido un poco, ven con nosotros. Nos encontrarás en la cubierta principal, subiendo las escaleras, y podremos hincarle el diente a algo todos juntos.

La miro con desconfianza.

Ella levanta una mano.

—No, no vamos a hincarle el diente a nadie… un sándwich o algo así.

—¡Espera! —algo me estaba carcomiendo por dentro, y ya sé lo que es—. Cuando dijiste que Alicia está un poco indispuesta, ¿te referías en realidad a que está infectada y que se va a convertir en zombi y nos va a chupar los sesos a todos, empezando por mí que soy a la que más detesta?

Mamá hace un gesto de negación.

—Descansa tranquila. Ya le hicieron análisis. A todos ustedes. Los hicimos apenas subieron a bordo. Era una de las condiciones para que se les permitiera permanecer en el barco —se pasa la lengua por los labios—. Bueno, ya saben de las circunstancias especiales de Smitty, pero a excepción de ese detalle, todos ustedes dieron negativo. Ahora, a dormir —ella, junto con la enfermera, acompañan a Russ y a Pete hasta la puerta, y Smitty se queda un rato más a mi lado.

—Yo pensé exactamente lo mismo que tú con respecto a Malicia. Y me da cierto gusto que no se vaya a convertir —sonríe con ironía—. Una Alicia zombi sería una verdadera pesadilla.

Mamá, la enfermera y el tipo desconocido caminan hacia la puerta, hablando sobre algo de mi historia clínica. Le susurro a Smitty:

—Qué raro lo de Pete. Russ estaba seguro de que había sido mordido. Quería que lo dejáramos.

Smitty mueve la cabeza, pensando.

—No confía en Pete.

Lo pienso un instante.

—¿Y tú sí? Russ me dijo que había encontrado un radioteléfono entre las cosas de Pete. Uno de los que estaban usando los soldados de Xanthro. ¿Y si fue cierto que se resbaló en el embarcadero? ¿O estaba tratando de sacarme del juego?

Smitty levanta las cejas.

—Nuestro albino ha estado metido en esto con nosotros desde el principio. Es un nerd y un dolor de cabeza, pero sería capaz de ponerme en sus manos sin dudarlo. ¿Y de lo que dice Russ? Puras patrañas sin fundamento: a los tipos que son puro músculo les caen mal los que tienen cerebro.

Lo miro extrañada:

—¿Y tú? ¿A cuál bando perteneces?

—Tú me conoces, Bob —me hace un guiño—. Yo no tengo ni una cosa ni la otra, sólo buena pinta y mi encanto personal.

Hago una mueca.

—Y sangre de zombi que te corre por las venas.

—Bueno... —responde—, aquí me pueden curar de eso. Es un hospital, ¿no? Por mí, encantado, Bob. Tienen X Box, hasta con Fall Out. Nos podemos quedar aquí metidos una semana, o hasta dos —se me acerca—. ¿Ves a ése? Es mi guardaespaldas personal. Parece ser que soy la persona más importante sobre la faz de la tierra en este momento, y este fulano me tiene que seguir adonde vaya. Claro, eso podría dificultar un poco las cosas entre tú y yo —me lanza una miradita cómplice—, a menos que te guste ser observada —dice, con un guiño, y trato de darle un golpe en la cara pero me esquiva. Como suele hacer.

¡Ay! Enfrente de mi mamá y todo.

Smitty se ríe y me tira un beso mientras se aleja. Mi sonrojo calienta toda la habitación. Me pregunto si al estar calva, hasta el cuero cabelludo se me pone colorado. Seguro que sí.

La enfermera me da un jugo y se va. Mamá le hace un gesto al tipo musculoso que ha estado de guardia en un rincón, vigilando, y el hombre sale.

—¿Tienes guardaespaldas? —la miro—. ¿O es para mí? —me bebo el jugo de un solo trago, y mamá me toma la mano.

—Nunca vas a saber lo orgullosa que estoy de ti —dice—. No quería dejarte en ese hospital. Iba en contra de todos mis deseos y corazonadas. Pero sabía que allá ibas a estar a salvo, mientras no supieran que eras mi hija.

—Pero lo supieron —la miro a los ojos—. Michael estaba allá.

Mamá asiente.

—Eso me contaron los demás. Claro que yo no tenía la menor idea. Pensé que el hospital sería el lugar más indicado para ti mientras te recuperabas. Y si no hubieras logrado salir con la ayuda que te mandé, obviamente habría vuelto por ti, con refuerzos considerables, eso sí.

—A Grace la mataron de un tiro —le digo. Vuelve a asentir.

—Una lástima. Jamás debí mandarla por ti. Fue pura imprudencia suya liberar a los infectados.

—Sí, tienes razón —hago una mueca—. En todo caso, hiciste bien en llevarte a Smitty lejos —trago saliva—. Hubieran hecho cualquier cosa por ponerle las manos encima.

—¡Oh, no! —contesta—. No tenían idea de que él llevaba en su sangre el estimulante y el antídoto. ¿Cómo iban a saberlo? No fueron testigos de lo que sucedió. La única persona que lo sabía era yo —niega con la cabeza—. En realidad, él nunca corrió peligro.

Aquí viene lo bueno.

—¿Y entonces, por qué nos persiguen? —le aprieto la mano—. Me hicieron análisis en el hospital, mamá. Ya lo sé. Sé que soy diferente. Es por eso que nos persiguen, ¿cierto?

—Tantas cosas que te han pasado. Descansa un poco. Te debo una buena cantidad de respuestas, ya lo sé —se levanta, y me da un apretoncito en la mano antes de soltarla—. Pero vamos poco a poco. Te veré en cubierta en unas horas. Allá te explicaré todo.

Sale.

¿En serio? Está bien… probablemente estoy más cansada que nunca antes en mi vida, y estoy segura de que la enfermera me puso un coctelito somnífero en ese jugo, ¡como si pudiera dormirme "unas cuantas horas" después de todo lo que ha pasado! Les doy veinte minutos para salir disparada escaleras arriba...

Duermo. Pero no sueño. Esta vez no. Cuando despierto, la luz es escasa y tengo la boca seca. Pero sé que ésta es la realidad. Me duelen todos los huesos.

Me levanto de la cama. Alguien muy considerado me dejó un uniforme médico limpio y una bata. La bata es blanca y esponjosa con unas pantuflas a juego, como de conejito. Mi ropa no se ve, a excepción de mis botas y mi abrigo. Lo pienso un poco y rechazo las pantuflas para preferir las botas apestosas. Si algo he aprendido en las últimas semanas de mi vida es que uno siempre debe estar en capacidad de correr.

Mi mamá dijo que estarían arriba, en la cubierta principal. Me la imagino al pie de un enorme timón de barco, con gorro de capitán, mientras todos se aferran a lo que pueden para no caer. Abro la puerta y salgo al corredor. Tampoco hay mucha iluminación aquí. Y de tanto silencio parece una tumba. Entonces no es un hospital tan concurrido. Mi enfermera está en un escritorio bañado con luz anaranjada al final del pasillo. Levanta la vista hacia mí y sonríe.

—¿Te sientes bien?

—Mmm, sí. Gracias —camino hacia ella, tratando de no apoyarme en las paredes en caso de que crea que no estoy en buenas condiciones.

—Las cosas están un poco moviditas allá afuera—sonríe—. Pero es mejor que estar en tierra.

Lo hace sonar como si tuviéramos una tempestad o algo así.

—Están todos allá arriba —señala un anuncio que dice "Cubierta principal", con una flecha. Le agradezco con un movimiento de cabeza. Hay una escalera metálica por la que subo agarrándome de la barandilla helada. Otro pasillo, otra flecha, y un letrero en una puerta de madera oscura. La abro.

No veo a mi mamá haciendo de capitán, ni tampoco el timón. La habitación es una amplia sala de estar, con sillones de terciopelo y una alfombra con un diseño capaz de producir migraña.

Hay grandes ventanales que dan a proa, a popa y a estribor, y unas puertas de vidrio que salen a la cubierta exterior. Allá afuera la noche se ve oscura y tormentosa. Smitty y Pete están sentados junto a una falsa chimenea encendida muy realista; Alicia está recostada en un sillón, tapada con una cobija, pero a pesar de eso sumida en un intenso coqueteo con Russ. Parece que un poco de mareo no va a modificar sus planes. Mi mamá y el guardaespaldas de Smitty, además de dos de sus compañeros, están conversando al fondo del salón.

Mamá me ve al entrar y me hace pensar que ya sabía que venía hacia acá.

—Bobby —me llama—, ¿te sientes mejor? —avanza hacia mí y me da un apretoncito en el brazo—. Ven, siéntate. Podemos empezar. Ya estamos todos aquí.

¡Ay, caramba! Es como si ahora fuera a anunciar cuál de nosotros es el asesino. Me voy a sentar junto a Smitty, en un sofá color mostaza.

—Gracias a todos por su paciencia —se sitúa en el centro del salón, como el Gran jefe en una asamblea de pieles rojas—. Esto no tomará mucho tiempo, y después les daremos de comer, se los prometo. Tanto correr para escapar los debe haber dejado con mucha hambre.

Su chiste no recibe el menor aplauso. Me muero de la vergüenza. Alicia suelta un gruñido y Smitty me sonríe para consolarme.

Mi mamá sigue adelante, imperturbable.

—Deben saber que aquí están seguros y que no trabajamos para nadie —sonríe—. Ni para el gobierno u organismo privado. Puede ser que tengamos que quedarnos aquí hasta que decidamos cuál será el siguiente paso que no comprometa nuestra seguridad. Escocia sigue aislada, pero el resto de la Gran Bretaña no ha sido afectada. Algunas zonas de Northumbria han sido declaradas tierra de nadie, pero la región de Inglaterra está bien protegida del brote infeccioso —hace una pausa—. Sus familias están bien. Nos tomamos la libertad de contactarlas tan pronto como tuvimos sus nombres completos.

Alicia empieza a llorar, Pete se ríe. Miro a Smitty, que tiene la vista fija en el suelo, mientras asiente en silencio. Jamás me detuve a pensar en sus familias, por estar tan metida en mi propio drama familiar.

—Podrán comunicarse con ellas pronto —mi mamá parece complacida al ver lo bien que ha salido todo esto—. Esperamos que esta situación termine pronto, haremos lo que esté en nuestras manos para acelerar su regreso a casa, una vez que logremos confirmar que su salud está garantizada a largo plazo. Ésa es nuestra prioridad.

Smitty levanta la vista.

—¿Quiere decir que son ustedes los que deciden cuándo volvemos a casa y no nosotros?

Mi mamá parpadea.

—Exacto. Pero lo hacemos sobre todo por su propia seguridad —camina hacia la puerta que lleva a los niveles inferiores—. Como sea, para no quedarnos en ese punto, creo que llegó el momento de presentarles a una persona que puede contarles mucho más que yo. Aunque para algunos de ustedes ya es una vieja conocida.

Al terminar la frase, golpea a la puerta.

Se abre y Martha entra a la sala.

Capítulo 27

Me pongo en pie de un salto, sin saber si oponer resistencia o salir huyendo. Martha parece tener ese efecto sobre mí cada vez que entra en escena.

Pete, a mi lado, no puede estarse quieto.

—¿Qué está pasando aquí? —balbucea—. En el hospital... encontramos su anillo... entre la sangre del piso.

Martha suspira y le sonríe bondadosamente.

—Lamento haberles dado esa sorpresa.

¿Cuántos más supuestos difuntos van a aparecerse por aquí? A este paso, mi mamá va a abrir el telón y mostrarnos a mi papá dando una función junto con Elvis y Michael Jackson.

—Smitty —dice mi mamá—, te presento a la doctora Martha Wagner. Estoy segura de que los demás te dijeron que los estuvo atendiendo en el hospital.

Smitty hace un gesto de asentimiento.

—Sí, mencionaron su nombre, ajá.

Mi madre le responde con una sonrisa cariñosa.

—Este barco pertenece a sus instalaciones. Nos acogió amablemente por... por el momento.

Llegó el turno de la sonrisa afectuosa de Martha.

—Estoy encantada de tenerlos a todos aquí. Anna fue mi alumna cuando estudiaba en Cambridge, hemos trabajado juntas durante muchos años en Xanthro. Es probable que ella haya deseado unas cuantas veces que yo nunca la hubiera metido en esto —las dos sueltan una risita disimulada, como si más bien estuviéramos en un alegre coctel.

—¡Esperen! ¡Esperen! —sigo de pie, y las palabras me salen más bien como ladridos—. Estabas en el hospital, trabajas para Xanthro. Me dijiste que mi mamá había muerto. Nos abandonaste cuando los zombis salieron, prácticamente dejaste que nos devoraran, que nos persiguieran a tiros, que yo casi me ahogara y que un pajarraco zombi intentara picotearnos y arrancarnos la carne, y que un helicóptero de Xanthro nos acorralara —miro a los demás, alrededor—. ¿Todo eso no te convierte en nuestra enemiga?

Levanta sus delicadas manos.

—Les debo disculpas a todos —se vuelve hacia mi madre—. También a ti, Anna —avanza hacia mí, con esa hipnótica manera de deslizarse como si no pisara el suelo, y me tiende las manos. Cuando no correspondo el gesto tomándolas con las mías, suspira resignada—: Te dije que tu mamá estaba muerta para minimizar el riesgo de que supieran que eras su hija. Y les juro que no los abandoné. En un principio pensé que las cosas se podían arreglar. Cuando resultó claro que no había salvación posible, supe que todos estarían seguros en sus habitaciones durante un tiempo. Me moví rápido para destruir cualquier conexión que pudiera existir con tu mamá y conseguir todo lo que necesitábamos llevarnos para poder establecer una división completamente operacional de Xanthro en este barco. Luego, volví a buscarlos, pero para ese momento los pasillos ya estaban invadidos de infectados y de soldados, y ustedes no aparecían por ninguna parte.

—¡Un momento! —Smitty se pone en pie—. ¿Este barco es de Xanthro? ¿Oí bien lo que acaba de decir?

—Claro —Martha parece sorprendida—. Es una de nuestras principales instalaciones por el momento. En este barco se encuentra la mayor parte de nuestras investigaciones relacionadas con Osiris. Todo lo que pudo salvarse del castillo y del hospital.

—¿En serio?

—Son puras mentiras.

—Quiero bajarme.

Estamos todos de pie, cada quien en su versión de un colapso.

Mi mamá toma la palabra.

—Estamos hablando del Xanthro bueno, Bobby, del verdadero. La compañía para la cual Martha y yo aceptamos trabajar, y no de la gente que liberó el virus y vendió vidas para su beneficio —me toma por los hombros—. Nosotros trabajamos para dar con la cura. No queremos que nadie saque provecho de lo que hicimos para perjudicar a nadie. Tenemos que remediar el daño y asegurarnos de que esto nunca vuelva a suceder.

—Hum, disculpen —Pete levanta una mano—. Están haciendo investigaciones en este barco, ¿cierto?

Martha y mi mamá le responden con un movimiento de cabeza.

—Ajá —dice Pete—. Entonces eso debe involucrar experimentos, ¿no? —sonríe a medias—. O tal vez debería preguntar si involucra a zombis.

—¿Qué? —siento el pánico que me inunda de nuevo—. ¿Tienen zombis en este barco?

—Un pequeño grupo —contesta Martha—. Alrededor de treinta individuos, mantenidos de manera humanitaria y dentro de todas las normas de seguridad. No representan ningún riesgo.

—¡Perfecto! —Alicia camina hacia la puerta de vidrio—. Quiero bajarme de este barco, inmediatamente, por favor.

—No hay ningún motivo de preocupación —dice Martha.

—¡Eso dijiste la última vez! —le grita Alicia. Uno de los guardaespaldas va hacia ella—. ¡Ni creas que me vas a poner la mano encima, matón! —grita.

—Todos ustedes le deben sus vidas a Martha —dice mi mamá, sin alboroto—. Ella coordinó el rescate del accidente de autobús, ocultó la verdadera identidad de Bobby y se aseguró de que la mayor cantidad posible de víctimas no resultara infectada. Una vez que se rompieron los canales de comunicación, saber que ella estaba con ustedes era la mayor garantía de que estaban bien —me mira—. Sabía que ella los protegería mientras organizábamos todo lo demás, y que facilitaría su escape llegado el momento.

La miro fijamente.

—¿Y entonces, por qué molestarse con todo lo de los mensajes en clave? ¿Por qué no sencillamente sacarnos de allí?

Mamá niega con un gesto.

—Era más seguro para todos si escapaban por separado. Era preferible que no recayera ninguna sospecha sobre Martha, y más seguro que ella no supiera dónde se encontraba Smitty.

Me siento de nuevo, profundamente impresionada con esas revelaciones.

—¡Huy! —digo—. Entonces, Martha, de todo un autobús, únicamente pudiste salvar a cuatro personas. Perdón, seis, contando a mi mamá y a Smitty. ¡Debes estar muy orgullosa!

—¡Bobby! —exclama mi mamá.

—Ojalá hubiera podido salvar a más —dice Martha—. Cinco personas no es un resultado satisfactorio.

—¿Cinco? —pregunta Pete.

—No —cuento a mi alrededor—. Estoy incluyendo a mi mamá y a Smitty. Ella originalmente me dijo que había cuatro sobrevivientes, pero en realidad eran seis.

Russ niega con la cabeza.

—Yo no iba en el autobús.

—¿Qué? —exclamo.

—Claro que sí —dice Alicia—. Sólo tienes una laguna mental.

Miro a mamá.

—¿Qué está sucediendo aquí?

Russ se retuerce las manos.

—¿Puedo contarles, Anna?

¿La llama Anna? De repente me siento aún más mareada.

Ella le sonríe con ironía.

—Creo que ya empezaste a hacerlo, Russ.

—Ah, esto se pone bueno —dice Smitty con entonación burlona.

Russ parece avergonzado.

—En el fondo, soy un agente infiltrado.

—¿O sea? —pregunta Alicia—. ¿Como un espía?

—Le pedí que fuera adonde ustedes estaban, para ayudarle a Martha. Él era su mejor carta de salida de ahí —dice mamá—. Tiene entrenamiento militar y forma parte de un pequeño grupo que ha trabajado conmigo esporádicamente desde que las cosas empezaron a enredarse con Xanthro. ¿Recuerdan cómo los contacté en el castillo? Eso fue gracias al trabajo de su grupo, quien ha sido mi apoyo.

—A ver, a ver... espera un momento —digo, volviéndome hacia mi mamá—. ¿Enviaste a Russ para que nos protegiera?

Hace un gesto de asentimiento.

—Para ayudarles a escapar. Logré contactarlo después del accidente, y en cuestión de horas llegó al lugar y se presentó allí como si fuera una de las víctimas que no había sido encontrado por el primer grupo de rescate. Martha se aseguró de que lo recogieran.

—¿Cuántos años tienes? —Alicia parece horrorizada.

—Veintiuno —Russ sonríe—. Pero mis amigos dicen que sigo pareciendo un pollito.

—¡Dios mío! —Alicia hace un gesto de sorpresa que no logro identificar. No sé si está encantada o disgustada.

—Bobby, yo te saqué el celular en el lugar del accidente, y tuve unas cuantas horas para obtener las coordenadas y guardarlas en la memoria del teléfono —sigue mamá—. Russ se las arregló para entregarle el aparato a Martha quien lo puso en secreto entre tus posesiones en el hospital.

Miro a Russ.

—Entonces, ¿tú sabías de los mensajes desde el principio? ¿Sabías lo que significaban?

Hace una mueca.

—No, Anna no me dijo nada al respecto. Obviamente yo sabía que el teléfono era importante, pero supuse que ella quería que lo tuvieras para así poderte llamar cuando estuviéramos fuera.

—¿Y tú sabías, Martha? ¿Sabías que estábamos bajo tierra? —Pete mueve la cabeza sin poder dar crédito—. ¡Qué actuación!

—Yo algo sabía —dice Russ—, pero menos de lo que crees. Mi tarea era proteger a Bobby a como diera lugar, ayudarla a salir de allí sin que descubrieran que era un infiltrado. Pero no tenía contacto con Anna. Una vez metido en el juego, no tuve manera de saber lo que estaba pasando en el exterior.

—¿Y cuándo resultó Grace involucrada en nuestro bando? —no puedo imaginarme la respuesta.

—Ella... ella fue un riesgo que corrí —se frota las manos contra las piernas—. Luego de que el grupo me ayudó con transporte para Smitty, fui al castillo. Grace estaba allí, en circunstancias difíciles. Se había escondido de la gente de Xanthro y no tenía adónde ir. Yo había perdido contacto con Martha. Le ofrecí a Grace una alternativa: ir al hospital y sacarlos de allí. Ella aún tenía los códigos secretos de acceso de cuando trabajaba allá. Era un riesgo muy grande para ella, pero le dije que si lograba sacarlos a salvo de ese sitio, me encargaría de protegerla de los bandos malos de Xanthro. Grace sabía que, de otra forma, los malos la hubieran buscado hasta dar con ella y matarla.

—Y resulta que no tuvieron que ir demasiado lejos para encontrarla —agrega Pete.

—Michael la mató —le dice Smitty a mi mamá—. Apuesto a que jamás pensaste que él reaparecería.

Es Martha la que responde.

—Lo rescataron en el castillo. Estuvo en cuidados intensivos durante semanas. Cuando finalmente pudo volver a hablar, fue claro que sería una amenaza para nosotros.

En ese momento, un intercomunicador que se encuentra en la pared más alejada timbra. Uno de los guardaespaldas lo contesta, atiende a algo que le dicen y cuelga.

—Doctora Wagner —dice—, hay un pequeño incidente en los niveles inferiores. Parece ser que se desató un pequeño incendio. Nada de qué alarmarse, pero tenemos que ir a ayudar.

—¡Fantástico! —dice Pete—. ¿Será alguien que se salió de su jaula?

—Imposible —responde Martha, negando con la cabeza. Se vuelve hacia los guardaespaldas—. Vayan. Aquí podemos arreglárnoslas solos.

—Entonces... —necesito llegar al meollo del asunto lo más pronto posible—. ¿Por qué nos seguía Michael en el helicóptero? ¿Nada más para llegar hasta ti mamá? —miro a los demás—. Xanthro no sabía que Smitty tenía el virus y la cura en su organismo, nadie se los dijo —volteo a ver a mi mamá—. Me querían a mí, ¿cierto? Leí los apuntes de mi historia clínica en el hospital. Decían que no habían podido terminar los análisis para Osiris debido a "otros factores presentes". Soy como papá, ¿verdad? ¿Soy portadora pero inmune al virus?

Eso hace que todos se enderecen en sus lugares.

Russ me mira fijamente.

—¿Tienes el virus?

—Bobby… —mamá se pone de pie.

—¡Dios mío! ¿Estás infectada? —exclama Alicia gritando.

—Tal vez sí —miro a todos a la cara—. ¿Se acuerdan del pequeño Cam, en el castillo, que se convirtió en zombi? ¿Alguna vez se detuvieron a pensar en cómo se contagió en la cafetería de la carretera? Todos supusimos que lo habían mordido. Pero a mí me sangró la nariz y la sangre cayó en su cara. Se le metió en la boca. Un día después, se zombificó. Tengo el virus en mi organismo, pero cuento con defensas naturales contra él. Me pueden morder y nunca me voy a convertir.

—Eso no… —comienza a decir mamá.

—No, mamá, está bien —la interrumpo—. Es mejor así, que todos lo sepan.

—Increíble —Russ se levanta, aprieta los puños y empieza a ir y venir frente a la chimenea—. ¿Y Xanthro lo sabía, con seguridad?

Me encojo de hombros.

—Creo que sabían que algo pasaba conmigo y pensaron que podía resultarles valiosa.

Russ asiente, suelta una risita extraña y mueve la cabeza de lado a lado.

—¡Y pensar que yo no tenía ni idea!

Mamá levanta una mano.

—Déjenme que ponga en orden este asunto —viene hacia mí y apoya las manos en mi hombro—. Te equivocas, Bobby. No eres una portadora del virus.

La miro incrédula.

—Pero… ¡esos análisis! Leí que…

—Tienes mononucleosis.

—¡Ay, Dios! ¿Y eso qué es? —pregunta Alicia que se mueve en su asiento para alejarse todo lo posible de mí.

—Una enfermedad relativamente benigna, muy común entre adolescentes. De hecho, a veces la llaman "la enfermedad del beso" por la manera y la facilidad con la que se contagia.

Me sonrojo intensamente y hago lo posible por no mirar a Smitty. Percibo que él hace lo mismo, a mi lado.

Mamá continúa.

—Durante unos días te hace sentir cansada y débil, a veces extremadamente agotada, pero los síntomas desaparecen al cabo de unas cuantas semanas. No es Osiris, créeme.

—Entonces, ¿por qué nos persiguen? —murmuro.

—Pues... —mira a su alrededor—, primero trataron de atraparlos para así poderme obligar a salir de mi escondite. Pero había otra razón. Planeaba contarles de una manera diferente, pero...

—¿Pero qué? —pregunto con brusquedad.

—Tú no eres la portadora —dice atravesando la sala hasta donde están Alicia y Russ—, sino Alicia.

Estoy completamente sorprendida.

—¿Quéeee? —digo.

Smitty suelta una palabrota y Pete otra peor.

—¿Yo? ¿Qué? —Alicia mira a mamá como si no se hubiera enterado de lo que acaba de decir.

—No se trata de algo malo. De hecho, son magníficas noticias —mamá le sonríe—. Eres portadora. Aquí tenemos el equipo necesario para que no puedas enfermarte y para tomar tus anticuerpos naturales. Eres la clave para llegar al antídoto, Alicia. Entre Smitty y tú tenemos todo lo necesario para superar este problema.

Alicia se pone de pie y retrocede.

—¿Soy una zombi? ¿Van a tomar qué? ¿Qué van a querer que haga con Smitty? —empieza a llorar—. ¡No! Yo quiero irme a mi casa. No quiero nada más que eso.

Mamá da un paso hacia ella, lo que provoca que Alicia grite.

—¡Atrás! ¡Aléjense de mí!

—Todo está bien —mamá trata de calmarla—. No eres una zombi. No vas a convertirte. Estás a salvo en mis manos.

—Pero, pero... —solloza Alicia—. El papá de Bobby... era un portador y murió. ¿Voy a morirme?

Mamá niega en silencio.

—Hemos aprendido tantas cosas, incluso en los últimos días, que no tienes nada de qué preocuparte.

Russ jala a Alicia hacia él.

—Ven aquí, vamos a tomar algo de aire para despejarte la mente.

—¿Qué? —Alicia lo mira como si lo creyera loco, y yo también me pregunto... es que afuera está soplando un vendaval—. No, no quiero...

Él la obliga a ir hacia la puerta.

—Anda, Alicia, es lo mejor.

—¿Qué estás haciendo? —le dice ella.

—Por aquí —abre la puerta de vidrio.

—¡No!

—¡Oye! —Smitty se levanta y avanza hacia Russ—. Te dijo que no quiere.

—Pues qué mala suerte —Russ tantea algo en su espalda, y un segundo antes de que lo descubra, ya sé qué es lo que va a hacer. Saca una pistola, la reconozco. Es la que pensé que había caído al mar—. ¿Y sabes qué, Smitty? Tú vienes también. Afuera, ahora —hace gestos con el arma hacia Smitty y Alicia—. Los dos, fuera.

—¡Qué diablos! —exclama Alicia y se queda inmóvil.

—¡Que nadie más se mueva! —grita Russ—. Ni se les ocurra.

—¡Por favor! —dice Pete—. La típica traición —lo mira frunciendo el ceño—. Tú me mordiste, ¿cierto? En el faro, en la refriega con el zombi. Querías que pensaran que me había infectado. Y cuando eso no funcionó, me empujaste de los escalones para caer sobre la pistola de Bobby.

Russ se ríe.

—No pude resistirme, Pete. Pensé que me habías descubierto. Pero resulta que el paranoico soy yo —mira a mamá—. Lo lamento mucho, Anna, pero los malos de Xanthro pagan mucho mejor que tú, incluso teniendo en cuenta a tu hija, tan sabrosa. Alicia se viene conmigo. Gracias por confirmar lo que sospechábamos.

La verdad es que esos análisis que hicieron en el hospital no eran tan confiables como uno quisiera. Sabíamos que una de ellas era la portadora, pero no cuál. Así que gracias por ahorrarnos el trabajo de tener que llevarnos a las dos. Eso me deja con un espacio libre para Smitty... un pequeño premio. Los jefes no van a creer la suerte que tienen —nos obsequia su mejor sonrisa de buen vecino, con hoyuelo y todo.

Y luego, las sirenas se encienden.

Capítulo 28

íganme que ésa es la alarma de incendio, por favor
—pide Smitty.

Russ suelta una risotada y niega con la cabeza.

—No, mi amigo. Pete tenía razón. Por lo general está en lo cierto y deberían hacerle caso siempre —me hace un guiño—. Coloqué una pequeña bomba incendiaria en la entrada del cuarto de seguridad. En cualquier momento esos treinta y tantos muertos vivientes van a subir las escaleras y vendrán a saludar por aquí.

—No, Russ —la cara de mamá se contrae.

—¡Dios del cielo! —Martha queda boquiabierta.

—Me disculpan, señoras, es hora de partir —con eso, empuja a Alicia afuera. Smitty se le planta enfrente. Russ le apunta con la pistola a la cara y Smitty retrocede. Salen y Russ desliza la puerta de un empujón.

Mamá se abalanza sobre el intercomunicador y oprime un botón.

Russ le sonríe a través del vidrio. La cara de Alicia se ve deformada por los gritos que debe estar dando.

Mamá grita por el aparato, mientras yo corro hacia la puerta. Russ me mira fríamente. Lleva el cañón del arma apuntando a la cabeza de Alicia. Me detengo.

—¿Adónde cree que va? —pregunta Pete.

—A una de las lanchas. Hay una lancha motorizada a cada lado del barco —dice Martha—. Los mete allí, la baja al mar.

Los vemos desfilar frente al ventanal, inclinados por la fuerza del viento y la lluvia. No hay nada que podamos hacer.

—Alguien los va a ver, ¿o no? —le pregunto a mamá.

—No servirá de nada, porque piensan que Russ está de nuestro lado —contesta ella.

—Pues sí. Todo el asunto de que tenga un arma apuntando a

las cabezas de dos muchachos puede hacer que cambien de idea, ¿no?

Algo está abriéndose paso en mi mente... rebotando contra sus paredes, como una bala perdida, una idea, un recuerdo.

—Sólo eran seis —ya lo tengo—. Solamente había seis balas.

Antes de que puedan interrogarme, abro la puerta de un tirón y voy patinando sobre la cubierta resbalosa, persiguiéndolos mientras avanzan trabajosamente hacia el bote que cuelga suspendido en un flanco del barco. Yo sabía que había disparado seis tiros. Uno a la pobre cabrita. Cuatro a los soldados. Uno que se escapó accidentalmente cuando caí al mar. Y sé que no eran más que seis. Así que Russ tiene una pistola con el cargador vacío.

A menos que hubiera una más en el revólver.

Esa idea me empieza a roer por dentro, pero no voy a permitir que siga. Yo cargué esa arma. Debería saberlo. Aunque, a decir verdad, mis recuerdos son un poco difusos. Y además queda la posibilidad aterradora de que Russ tenga sus propias municiones... pero entonces, por qué iba a tener balas, pienso mientras patino para esquivar un conducto de ventilación, si tuviera balas, también tendría su propia arma, ¿cierto? Me estoy jugando la vida de Smitty, de Alicia y la mía, por la idea de que Russ nos está amenazando con una pistola descargada.

Acaban de llegar a la barandilla en la que se encuentra uno de los botes salvavidas colgado en un sistema de poleas. Russ oprime un botón y el bote empieza a descender hacia el agua. El barco cabecea al enfrentarse a olas altas, y yo me aferro a la barandilla helada, acercándome a ellos antes de cambiar de parecer. Russ amenaza a Alicia con la pistola, para obligarla a bajar por una escalera en el costado del barco hacia el bote. Estoy a escasos metros cuando él se da la vuelta y me apunta con el arma.

—No tienes balas —le grito. A mis espaldas, percibo a los demás corriendo hacia nosotros.

Se ríe y hace un gesto de incredulidad.

—¿No crees que eso es algo que ya confirmé, Bobby? Sería una novatada de mi parte dejar eso al azar.

—Tal vez ya revisaste —replico a gritos, acercándome más—, pero también estás confiando en que yo no recuerde cuántos tiros disparé. Pero ¿sabes qué? Sí lo recuerdo.

Apunta con el arma a la sien de Smitty.

—¿Quieres correr el riesgo, Bobby? ¿Arriesgar a la la única fuente de la cura para el virus? ¿Quieres poner en peligro a tu novio?

Cómo quisiera que dejaran de llamarlo así.

—Russ, ¿cómo eres capaz de hacer esto? —le grita Alicia, agarrada a la escalera—. Nos cuidaste. Fuiste a buscarme cuando esos chicos me llevaron.

—Fui por el jeep, no seas tan ilusa —los labios de Russ se curvan con un dejo de desprecio—. El jeep era mi principal opción para salir de la ciudad. Anna es tan paranoica que no me quiso decir dónde nos estaría esperando, de manera que tuve que seguir esas pistas tan patéticas junto con todos ustedes.

Mi mamá suelta una risa hueca.

—Y ahora resulta que yo tenía razón en ser paranoica.

—Pues sí —Russ observa a su alrededor y sigo su mirada. En la distancia se divisan tres manchas negras que se mueven por el cielo. El helicóptero se fue para volver con amigos. Russ sonríe—: A pesar de lo interesante de esta conversación, tenemos otra excursión escolar que continuar, muchachos —amenaza a Alicia con la pistola, lo que es suficiente para que salte al bote dejando escapar un grito—. Ahora tú —le dice a Smitty.

Y es ahí cuando veo la silueta detrás de él. Por una puerta sale una figura con los brazos extendidos, la boca muy abierta por el hambre, los dientes preparados para morder.

Mis ojos se abren por la sorpresa. Doy un paso atrás.

Russ se ríe:

—Buena, Bobby, pero no voy a caer en el truco más antiguo de todos.

Es Smitty el que logra persuadirlo. Mira detrás suyo y suelta un grito convincente, esquivando al monstruo en su tambaleante trayectoria hacia Russ. Y Russ, que es humano y como tal comete errores, vuelve la cabeza.

No se requiere más que un instante de distracción. Me abalanzo sobre él, lo derribo contra la barandilla y la pistola sale volando de su mano. Lo sorprendí, pero es mucho más fuerte que yo, y le toma apenas un segundo recuperarse. Eso le basta al zombi para aliarse conmigo. Se agacha, levantando a Russ, listo para plantarle un beso en el estómago. Una ola afortunada mece el barco en el momento preciso, y Russ y el zombi caen por la borda, de cabeza al agua. Una mano sale disparada hacia arriba. Uno de los cuerpos cae, salpicando, el otro queda colgando. Russ logró aferrarse a una cuerda y salvarse de las heladas aguas grises. Está ahí, balanceándose y me mira.

—Bobby... —balbucea—. Por favor, ayúdame.

Siento que se me encoge el corazón. No puedo dejar que caiga. Le tiendo una mano.

Pero en ese instante el barco cabecea una vez más y Russ pierde su agarre. Cae, sin dejar de mirarme, con cara de irritación y sorpresa. Salpica muy poco, como si el mar lo hubiera engullido entero.

—¿Adónde fue? —grita Alicia desde el bote.

No lo sé. Sigo esperando que salga a flote, igual que sucede cuando uno ve a un ave marina zambullirse en el agua para atrapar un pez. Uno queda con la vista fija en el mismo punto y luego se sorprende cuando sale en un lugar completamente diferente. Así que observo las olas ondulantes, sintiéndome mareada. Pero no aparece.

Otro cuerpo se asoma por la puerta y luego otro.

Eso basta para decidirme.

—¡A la lancha! —le grito a Pete. Agarro a Smitty y me precipito escalera abajo, hacia donde está Alicia.

—¿Qué estás haciendo? —me pregunta mamá.

—¡Zombis! ¡Helicópteros! —le respondo a gritos, mientras sigo bajando—. Es la señal para que sigamos con nuestra huida. Es lo que nos ha mantenido a salvo hasta el momento.

—¡No! —Pete sigue en la barandilla—. Debemos quedarnos. Aquí nos pueden ayudar. Estamos entre los buenos de Xanthro, los buenos.

—¡Vuelve acá! —grita mamá.

Martha ha llegado con hombres armados. Les disparan a los infectados mientras que Pete y mamá tratan de cobijarse contra la barandilla de la borda.

Oprimo un botón y el bote desciende los últimos metros, levantando mucha agua.

—¡Encárgate de manejar esta cosa! —le grito a Smitty—. Te las arreglaste con un jeep y un tren, esto debe ser un juego de niños.

—¿Vamos a dejar a Pete? —me responde a gritos—. ¿Y a tu mamá?

—Ellos tomaron su decisión —grito. Además, mi mamá nos va a seguir, estoy segura. Me ha dejado sola para valerme por mis propios medios demasiadas veces como para no seguirme ahora. Pero dejemos que lo haga y que los buenos de Xanthro pongan las cosas en orden antes de que abordemos el Titanic de nuevo. ¡Que les cueste!

Smitty ya nos puso en marcha, y a toda velocidad. Me agarro al borde del bote para mantener el equilibrio, y me desplazo con cuidado hasta donde está Alicia, sentada en la proa en silencio. ¡Qué giros da la vida! Pasó de ser la chica más popular de la clase a ser la más popular del mundo, digamos. Ella y Smitty son la esperanza de Osiris. Me pregunto si los obligarán a tener un montón de bebés inmunes. La sola idea me irrita.

—Ven, siéntate con nosotros —le digo. Asiente con la cabeza, vamos hacia Smitty y nos acomodamos los tres en fila.

—No hemos terminado, ¿cierto? —mira al mar—. Esto jamás va a llegar a un final.

—Vayamos hacia Inglaterra —digo muy confiada—. Tienen que acogernos allá, no somos más que muchachos.

—O podríamos ir a Noruega —dice Smitty—. Allá sólo hay trols, y después de esto, los trols no serían más que un juego de niños —me mira y veo pasar una sombra de temor por su cara—. Pero para mí y para Alicia, las cosas nunca van a terminar. ¿O sí?

La niebla se ha despejado, pero la luz escasea. En la dirección en la que está la tierra, se ven formas oscuras que se mueven en el aire. Parecen cuervos en busca de carroña. ¿Será mi imaginación o allá se ve una manchita negra que flota en la superficie? ¿Podría ser Russ? ¿Habrán venido a recogerlo?

—Quisiera irme a mi casa —dice Alicia—, mientras aún existe.

La rodeo por los hombros y le doy un abrazo.

—Aún no estamos en casa —le digo—, pero te prometo que llegaremos.

Me gruñe:

—Suéltame, fenómeno —pero apoya su cabeza sobre mi hombro y me pasa un brazo alrededor de la cintura.

Los helicópteros suenan más fuerte y se oye un rugido de los motores del barco que se ponen a toda máquina.

—Nos persiguen —dice Smitty—. Tu mamá no nos va a dejar.

Me vuelvo para ver.

¿Qué probabilidades hay de escaparnos de Xanthro? Hasta ahora lo hemos logrado, aunque ahora tengamos mucho en contra en este diminuto bote. Pero ahora tienen que vérselas con otras cosas. Los helicópteros ya le dieron alcance al barco y uno está tratando de aterrizar en él.

Una gran explosión desgarra el aire y el agua bajo nosotros. Instintivamente, nos tiramos al fondo del bote. Smitty suelta el timón lo que nos hace virar y quedar de frente al barco.

—¡Dios mío! —dice Smitty, sin poderlo creer—. Deben haber chocado con una mina.

Detiene el bote justo cuando una ola grande nos golpea. Por suerte, como nos toma de frente, el botecito la remonta sin volcarse, y queda flotando en relativa calma. A cierta distancia, el barco se incendia y el aire se llena de humo negro. Uno de los helicópteros está derribado de lado sobre la cubierta, con la hélice que sigue tratando de girar.

—¡Mamá! —murmuro.

—¡Allí! —Alicia señala algo a lo lejos. Una pequeña lancha con dos personas a bordo viene hacia nosotros. Una lleva el timón, la otra está de pie en la proa, con su copete blanco al viento.

—¡Están sanos y salvos! —vuelvo a respirar. Smitty me abraza y me da un beso.

—¡Ay, qué horror! —Alicia finge vomitar—. No hagan eso en público.

Smitty se separa de mí y miramos el bote que se acerca detrás de nosotros. Mi mamá se ve tan enojada que definitivamente me va a castigar sin salir.

—¿Los esperamos? —propone Smitty.

—Tenemos que seguir —respondo—. Tan rápido como quieras, nada más ten cuidado con las minas.

Que mamá me tenga que perseguir un poco. Siento que eso será lo mejor para ambas.

No podemos detenernos todavía. Ésa es la regla ahora, yo debería saberlo. Si seguimos, podremos vivir para luchar hasta el final de un día más. Si nos detenemos, estaremos muertos, pero muertos vivientes.